WOODY GUTHRIE
HAUS AUS ERDE

WOODY GUTHRIE

HAUS
AUS ERDE

Roman

Herausgegeben und mit einer Einführung von
Douglas Brinkley und Johnny Depp

Aus dem amerikanischen Englisch
von Hans-Christian Oeser

Papier: Holzfrei Schleipen – Werkdruck, der Cordier Spezialpapier
GmbH

Dieser Titel ist auch als E-Book erschienen

Eichborn Verlag in der Bastei Lübbe GmbH & Co. KG

Original © 2013 by Woody Guthrie Publications, Inc;
Einleitung © 2013 by Douglas Brinkley und Johnny Depp.

First published as »House of Earth« by Infinitum Nihil
(Harper Collins Publications, New York, USA)

Text von Woody Guthrie © Woody Guthrie Publications, Inc.

Mehr über Woody Guthrie unter www.woody.guthrie.org.

published by arrangement with Harper, an imprint of HarperCollins
Publishers, LLC in association with Infinitum Nihil.

weitere Copyright-Angaben auf S. 301

© für die deutsche Ausgabe 2013 by Bastei Lübbe GmbH & Co. KG

Lektorat: Doris Engelke
Umschlaggestaltung: Christiane Hahn
Umschlagmotiv: © NOAA George E. Marsh Album
Satz: Dörlemann Satz, Lemförde
Gesetzt aus der FairfieldLH
Druck und Einband: GGP Media GmbH, Pößneck

Printed in Germany
ISBN 978-3-8479-0539-4

5 4 3 2 1

Sie finden uns im Internet unter www.eichborn.de
Bitte beachten Sie auch www.luebbe.de

Für Nora Guthrie, Tiffany Colannino
und Guy Logsdon

I ain't seen my family in twenty years
That ain't easy to understand
They may be dead by now
I lost track of them after they lost their land

Bob Dylan, »Long and Wasted Years«

Da er aber das Volk sah, ging er auf einen Berg und
    setzte sich; und seine Jünger traten zu ihm,
Und er tat seinen Mund auf, lehrte sie und sprach:
Selig sind, die da geistlich arm sind; denn das
    Himmelreich ist ihr.
Selig sind, die da Leid tragen; denn sie sollen getröstet
    werden.
Selig sind die Sanftmütigen; denn sie werden das
    Erdreich besitzen.

Matthäus 5, 1–5

INHALT

EINFÜHRUNG

Das Leben ist ganz schön hart ...
Man hat Glück, wenn man's überlebt.

Woody Guthrie

I

Am 14. April 1935 – Palmsonntag – war der umherzie-
hende Schildermaler und Folksänger Woody Guthrie
fest davon überzeugt, dass die Apokalypse an die Türen
von Pampa, Texas, klopfte. Eine aus Nord- und Süd-
Dakota kommende riesige Staubwolke fegte grimmig
wie die Black Hills auf Rädern über den Panhandle,
den »Pfannenstiel«, von Texas und löschte Himmel
und Sonne aus. Als der Staubsturm sich der Stadt
näherte, wurde der helle Nachmittag von einer unheil-
vollen Finsternis verdüstert. Furcht packte die Gemeinde. War ihr Schicksal besiegelt? Niemand in
Pampa war vor dieser Bestie sicher. Mit Familie und
Freunden in einer schäbigen Behelfshütte um eine
einsame Glühbirne hockend, betete Guthrie, ein gläu-
biger Christ, ums Überleben. Wahnsinnige Winde fin-
gerten sich durch die schlecht schließenden Fenster,
die rissigen Wände und hölzernen Türen des Hauses. In Guthries enger Behausung hielten sich die

Menschen nasse Lappen vor den Mund, um an dem wirbelnden Staub nicht zu ersticken. Atmen, selbst flaches und unregelmäßiges Atmen, war unendlich mühsam. Guthrie, die Augen zusammengekniffen, das Gesicht verzerrt, hustete und spuckte immer wieder Dreck.

Was Guthrie in Pampa erlebte, dieser Wirbelsturm in der »Staubschüssel«, der Dust Bowl, war, sagte er, wie »das Rote Meer, das über den Kindern Israels zusammenschlägt«. Laut Guthrie konnten die verängstigten Bewohner von Pampa an jenem Aprilnachmittag drei Stunden lang »keinen Sechser in der Tasche, kein Hemd auf dem Buckel, kein Essen auf dem Tisch, nichts verdammtnocheins gar nichts« sehen. Als der Staubsturm endlich weiterzog, schippten die Leute Dreck von ihrer Veranda und schleppten körbeweise Schutt aus ihren Hütten. Guthrie, stets neugierig, versuchte, die Freude des Überlebens mit der allgemeinen Verzweiflung in Einklang zu bringen. Er registrierte die Verwüstungen in Pampa, wie es ein altgedienter Reporter getan hätte. Von dem dicken Ruß waren die Motoren der sonst so zuverlässigen GM-Autos und Fordson-Traktoren ruiniert. In den Viehpferchen und um die Holzhäuser türmten sich mächtige Dünen. Die meisten Rinder waren im Sturm verendet, weil der Sand ihnen Hals und Nase verstopft hatte. Selbst die Geier hatten den Wirbelsturm nicht überlebt. Bilder menschlicher Qual überall. Einige alte Leute, am schwersten getroffen, hatten bleibende Schäden an Augen und Lunge erlitten. Die Staub-

lunge, wie die Ärzte die lähmenden Atemwegserkran-
kungen nannten, wurde im Panhandle von Texas zur
Epidemie. Später schrieb Guthrie ein Lied darüber.

In einem kraftvollen Klagegesang, der stilprägend
für seine Laufbahn als Balladendichter der Staubschüssel war, drückte Guthrie sein Mitgefühl mit den
Überlebenden jenes Palmsonntags aus:

On the fourteenth day of April,
Of nineteen thirty-five,
There struck the worst of dust storms
That ever filled the sky.
You could see that dust storm coming
It looked so awful black,
And through our little city,
It left a dreadful track.

Im Frühjahr 1935 war Pampa nicht die einzige Stadt,
die durch die vierjährige Dürre Leid und Verluste erlebt hatte. Plötzliche Staubzyklone – schwarz, grau,
braun und rot – hatten auch die trockenen Hochebenen von Kansas, Nebraska, Oklahoma, Arkansas,
Texas, Colorado und New Mexico verwüstet. Dennoch
hatte die Farmer, Rancher, Tagelöhner und Wanderarbeiter der Gegend nichts auf jenen Palmsonntag vorbereitet, als eine große schwarze Wolke und Dutzende
weiterer, kleinerer Staubwolken sich rasch zu einer
der schlimmsten ökologischen Katastrophen der Geschichte ausweiteten. Vegetation und Tierwelt wurden
großflächig zerstört. Bis zum Sommer hatten die glü-

hend heißen Winde hektarweise Ackerkrume abgetragen, und die endlose Dürre verwüstete die Landwirtschaft in den Tiefebenen. Arme Pächter wurden noch ärmer, weil ihre Felder verödeten. Während der gesamten Großen Depression, der Weltwirtschaftskrise, waren die Great Plains unerträglichen Qualen ausgesetzt. Die anhaltende Dürre der frühen dreißiger Jahre hatte die Ernte zerstört, den Boden erodiert und viele Todesopfer gefordert. Tausende von Tonnen dunkler Ackerkrume, mit rotem Lehm vermischt, waren aus Nebraska und den Dakotas hinunter nach Texas geweht worden, von Stürmen, die eine Geschwindigkeit von siebzig bis hundertzehn Stundenkilometern erreichten. Hoffnungslosigkeit machte sich breit. Aber der nimmermüde Guthrie, im Herzen ein Dokumentarist, ein Chronist, beschloss, dass das Schreiben von Folksongs der richtige Weg sei, die Menschen moralisch aufzurichten.

Angesichts von Trübsinn und Absurdität, von armen Leuten in unendlicher Not, von denen viele durch die Dust Bowl finanziell ruiniert waren, wurde Guthrie zum Philosophen. Es *musste* eine bessere Art der Unterkunft geben als diese wackligen Holzverschläge, die sich bei sommerlicher Schwüle verzogen, schutzlos den Termiten ausgeliefert waren, bei winterlichen Minusgraden nicht wärmten und von jedem Sand- oder Schneesturm davongeweht wurden. Guthrie begriff, dass seine Nachbarn drei Dinge brauchten, um die Krise zu überstehen: Nahrung, Wasser und ein Dach über dem Kopf. Er beschloss, sich mit dem dritten zu beschäftigen. So entstand der ergreifende Roman *Haus aus Erde*.

Im Zentrum von *Haus aus Erde* – in den späten 1930ern konzipiert, aber erst 1947 vollendet – steht die Erkenntnis, dass »Holz vermodert«. An einer Stelle in Guthries Erzählung findet sich eine Tirade gegen forstwirtschaftliche Erzeugnisse, die morsch werden … wackeln … umkippen. Ein Mann beschimpft ein Holzhaus: »Stirb! Fall um! Verrotte!« Vom Staubsturm des 14. April gezeichnet, machte Guthrie, der Sozialist, die Agrarindustrie und den Kapitalismus für die Erosion des Bodens verantwortlich. Wenn dem Roman ein Ethos zugrunde liegt, dann dieses: dass jene, die die Macht haben – besonders Großbanken, Holzhandel, Agrarindustrie, – widerliche Raubritter sind und von den Lohnabhängigen als solche erkannt werden sollten. Woody war ein Mann der Gewerkschaften. Aber seine leidenschaftlichen Reden gegen die Mächtigen enthalten auch einen Hauch von Selbstzweifel. Kann ein Mensch wirklich gegen Wind, Staub und Schnee ankämpfen? Ist es nicht am Ende vergeblich, wenn er seiner Wut Luft macht?

Forscher, die sich mit Woody Guthrie beschäftigen, sind immer wieder erstaunt, wie viel Unveröffentlichtes der Barde aus Oklahoma hinterlassen hat. Er hatte einen untrüglichen Blick für soziale Gerechtigkeit, und er war eine wahre Schreib-Maschine. Während seiner fünfundfünfzig Lebensjahre verfasste er Hunderte von Artikeln, Tagebüchern und Briefen. Oft illustrierte er sie mit gutmütigen Cartoons, Aquarellen und lustigen

Stickern. Zudem schrieb er Memoiren und mehr als dreitausend Songtexte. Ständig kritzelte er Ideen auf Zeitungen und Papiertücher. Auch in der bildenden Kunst war er durchaus begabt. Aber *Haus aus Erde* – in dem das Holz eine Metapher für kapitalistische Plünderer ist, während Adobe, ungebrannte Lehmziegel, ein sozialistisches Utopia repräsentieren, in dem Pachtbauern Land besitzen – ist Guthries einziger vollendeter Roman. Das Buch ist ein Aufruf zum Kampf, so wie die besten Balladen seiner Dust-Bowl-Zeiten.

Der Schauplatz von *Haus aus Erde* ist die vorwiegend baumlose, ausgedörrte Gegend von Caprock im Texas-Panhandle in der Nähe von Pampa. Guthrie war stolz darauf, dass die Great Plains das Land seiner Vorfahren waren. Es ist vielleicht überraschend, dass der aus Oklahoma stammende Guthrie – der in seinem in die Geschichte eingegangenen Leben von den Redwoods in Kalifornien bis ins subtropische Florida gewandert ist – seinen unverwechselbaren Schreibstil erst im windgeschüttelten Panhandle von Texas entwickelte. Der von Guthrie so geliebte Steilhang des Caprock bildet geologisch eine Grenze zwischen den Hochebenen im Osten und den Tiefebenen von West-Texas. Der Boden in der Region bestand aus dunkel- bis rotbraunem Sand, sandigem Lehm und Ton und war immens fruchtbar. Aber der Mangel an Windschutz – bis auf die Cross Timbers, ein schmales Band aus Schwarz- und Roteichen, das zwischen dem 96. und dem 99. Längengrad von Oklahoma Richtung Süden nach Zentral-Texas verläuft – setzte die Pflanzen den tödlichen Stürmen schutzlos aus. Die Erosion, die dem Missbrauch des Landes durch die Agrarindustrie geschuldet war, wurde zur Plage, und diese Agrarindustrie ist es auch, die Guthrie im Roman so heftig aufs Korn nimmt.

Guthrie, so scheint es, wusste mehr über die Gegend von Caprock als jeder andere Künstler. Er kannte den Slang und den Dialekt der Region, geheime Schlupfwinkel und die besten Fischgründe. In *Haus aus Erde* verwendet Guthrie gängige Redewendungen authentisch und meisterhaft. Idiomatische Ausrufe unterstreichen Guthries Glaubwürdigkeit. Er hatte mit Menschen gelebt, die den schuftenden Habenichtsen des Romans sehr ähnlich sind, und er war ein wahrer Meister der Sprache. Seine Slang-Ausdrücke sind Lockmittel, ähnlich denen in O. Henrys volkstümlichen Kurzgeschichten. Auf Will Rogers' großem komödiantischem Repertoire aufbauend, vermittelte Guthrie in einer kleinen Flugschrift mit dem Titel $30 *würden schon helfen*, in der er über die Holzbarone schimpft, die zu Kredithaien wurden, einen Eindruck von seinem geliebten »Lone Star State« Texas: »In Texas kann man weiter sehen, weniger wahrnehmen, weiter gehen, weniger essen, weiter trampen und weniger reisen, mehr Kühe sehen und weniger Milch, mehr Bäume und weniger Schatten, mehr Flüsse und weniger Wasser und mehr Spaß haben für weniger Geld als irgendwo sonst.«

Haus aus Erde hat eine literarische Kraft, die es zu mehr macht als einer Kuriosität; schlichte Glaubwürdigkeit, eingewurzelte Zielstrebigkeit und volkstümliche Traditionen sind auf diesen Seiten deutlich sichtbar. Offensichtlich kannte Guthrie das Land und die verarmten Menschen der Lower Plains. In seinem Roman porträtiert er vier leidgeprüfte Figuren, die den Lesern seiner Songbooks sämtlich oder teilweise vertraut sind: den fleißigen Pächter »Tike« Hamlin; seine streitbare schwangere Frau Ella May; einen namenlosen Inspektor des US-Landwirtschaftsministeriums, der den Farmern empfiehlt, ihr Vieh zu schlachten, um die Preise zu steigern; und Blanche, eine Krankenschwester. Wenn Tike sein morsches Haus voller Ingrimm anschnauzt – »Stirb! Fall um! Verrotte!« –, spricht er für alle Armen dieser Welt, die im Elend leben. Wie Guthries gesamtes Werk, das oft irrigerweise für rein amerikanisch gehalten wird, ist dieser Roman ein flammender Appell an alle Regierungen der Welt, den am schwersten betroffenen Opfern von Naturkatastrophen beim Aufbau eines neuen und besseren Lebens zu helfen. Guthrie macht seinen Lesern auf subtile Weise klar, dass der wahre Bösewicht in dieser Krise der Kapitalismus ist. Guthries Roman könnte ebenso gut in einem haitianischen Slum oder einem sudanesischen Flüchtlingslager spielen wie in Texas.

2

Es war die Hoffnungslosigkeit, die Guthrie zum ersten Mal in die trostlose Gegend um Pampa brachte. Er war

am 14. Juli 1912 in Okemah, Oklahoma, geboren worden. Als Guthries Mutter 1927 ins Staatliche Zentral-
krankenhaus für Geisteskranke in Norman gebracht
worden war (wegen eines Leidens, das heute als Hun-
tingtons Chorea diagnostiziert würde, eine Art Veits-
tanz), war Guthries Vater in den Panhandle von Texas
gezogen. In den zwanziger Jahren war nicht nur die
Ernte auf den Feldern von Texas verdorrt, auch die
Ölfelder trockneten aus. Tragik schien den jungen
Woody zu verfolgen wie eine Gewitterwolke: Seine ältere Schwester Clara starb 1919 bei einem Brand; zehn
Jahre später schlug die Wirtschaftskrise in den Great
Plains mit aller Macht zu und brachte Armut und Ver-
treibung. Nachdem Woody seine Jugend in Okemah
am Rande des Existenzminimums verbracht hatte, beschloss er, zu seinem Vater nach Pampa zu ziehen, einer
großflächigen Gemeinde im Panhandle von Texas, wo
hauptsächlich Cowboys, Kaufleute, Wanderarbeiter
und Farmer lebten. Guthrie, weitgehend Autodidakt,
verdiente seinen Lebensunterhalt inzwischen mit
Gitarre und Mundharmonika. Er heiratete ein Mädchen aus Pampa, Mary Jennings, die jüngere Schwester eines Freundes, des Musikers Matt Jennings.
Die beiden bekamen drei Kinder. Die Entdeckung von
Öl Mitte der zwanziger Jahre machte Pampa unver-
hofft zur Boomtown. Die Guthries hofften, vom plötz-
lichen Wohlstand zu profitieren, und übernahmen
eine Pension.

Vom Temperament her für einen Job von Sonnen-
auf- bis Sonnenuntergang ungeeignet, spielte Guth-

rie – ein zierlicher Mann, der nur fünfzig Kilo wog – in jeder dunklen Pinte, Tanzhalle, Cantina, Fuselhöhle und Tequileria von Amarillo bis Tucumcari für Trinkgeld oder ein Sandwich Mandoline. Links und fortschrittlich eingestellt, war Guthrie entschlossen, sich von der Armut nicht unterkriegen zu lassen. Wie Will Rogers sah er sich als aufrechten Kämpfer für Wahrheit und Liebe. Den Kopf zur Seite geneigt, das Kinn gereckt, verkörperte er den authentischen Vagabunden aus West-Texas, der beschreibt, wie gemein das Leben zu den Armen ist. Er wurde zum Sänger der Verarmten, Verschuldeten und Geächteten. In allem, was Guthrie tat, zeigte sich jedoch auch absurde Komik. »Wir haben auf Rodeos, Hundertjahrfeiern, Rummelplätzen, Paraden, Jahrmärkten und schlichten Besäufnissen gesungen«, erinnerte sich Guthrie, »und mehrere Nächte und Tage pro Woche gespielt, nur um zu hören, wie im Wind das Holz unserer Gitarren klapperte und die Saiten sirrten.«

Entschlossen, seiner ersten Tochter Gwendolyn ein guter Vater zu sein, versuchte Guthrie, sich seinen Lebensunterhalt in Pampa auf ehrliche Weise zu verdienen. Aber er war rastlos und pleite. Als Schildermaler für den C and C-Supermarkt verdiente er sich ein Zubrot. Wenn er nicht Musik machte oder zeichnete, verkroch er sich in der Leihbücherei; die Bibliothekarin schilderte seine unendliche Freude an Büchern. Bereit, sich mit den großen Fragen des Lebens herumzuschlagen, wurde er Baptist, lernte Gesundbeten und Wahrsagen, las Traktate der Rosenkreuzler und beschäftigte sich mit östlicher Philosophie. Er arbeitete als Parapsychologe, um seinen Mitbürgern bei ihren persönlichen Problemen zu helfen. Er wollte Träume in Erfüllung gehen lassen. An den Wochenenden wurde seine Musik, mit der er den Geknechteten das Leben erleichtern wollte, mitunter von einem schuhkartongroßen Rundfunksender in Pampa ausgestrahlt. Je nach Stimmung konnte er ein bodenständiger Komiker sein oder ein profunder ländlicher Philosoph der Ätherwellen. Immer aber war er Woody pur.

Seine Streifzüge durch Texas führten ihn nach Süden ins Perm-Becken, nach Osten in die Gegend von Houston und Galveston, dann durch das Brazos-Tal hinauf in die Nördlichen Zentralebenen und zurück zu den Ölfeldern von Pampa. Stets aufseiten der Benachteiligten, lebte Guthrie frei und ungebunden in Landstreichercamps und gab seine mageren Einkünfte für Mahlzeiten oder eine Dusche aus. Er war stolz darauf, zu den Unterdrückten des Südens zu gehören. Sein Herz schlug für die sozial Schwachen:

If I was President Roosevelt
I'd make groceries free –
I'd give away new Stetson hats,
And let the whiskey be.
I'd pass out suits of clothing
At least three times a week –
And shoot the first big oil man
That killed the fishing creek.

In New Mexico entdeckte Woody die Idee des Adobe für sich. Im Dezember 1936, achtzehn Monate nach dem Schwarzen Sonntag, als der Staubsturm den Panhandle von Texas zerstört hatte, erlebte Guthrie eine Epiphanie. Er besuchte in Santa Fe, New Mexico, einen Pueblo der Nambe. Die schlammbeschmierten Mauern aus Lehmziegeln faszinierten ihn (wie schon D. H. Lawrence und Georgia O'Keeffe). Die Adobe-Haciendas hatten robuste hölzerne Regenabflüsse und waren aus Ziegeln, die aus Erdreich und Stroh bestanden, schlicht, aber vollkommen wasserdicht, im Gegensatz zu den meisten Häusern seiner texanischen Freunde, die aus Abfallholz und billigen Nägeln notdürftig zusammengezimmert waren. Diese Häuser in New Mexico, mit ihren Backsteinen aus Schlamm (2,54 mal 25,56 mal 10,16 cm), waren an der Sonne getrocknet und für die Ewigkeit gebaut, das begriff Woody.

Adobe ist eins der ersten Baumaterialien, die der Mensch je verwendet hat. Guthrie glaubte, dass Jesus Christus – sein Erlöser – in einem Stall aus Lehmziegeln geboren wurde. Solche Bauten schienen Mutter Erde selbst zu verkörpern. Wenn die Menschen in Städten wie Pampa Staub- und Schneestürme überleben wollten, entschied Guthrie, mussten sie Häuser bauen, wie die Nambe es taten, Häuser, die bis zur Wiederkunft Christi halten würden. In New Mexico begann er mit fast religiösem Eifer, Adobes aus »Luft, Lehm und Himmel« zu malen. Vor dem Museum von Santa Fe sagte eines Nachmittags eine alte Frau zu ihm: »Die Welt ist aus Adobe gemacht.« Er war von ihren Worten zutiefst erschüttert und konnte nur noch zustimmend nicken: »Wie der Mensch.«

Aus dieser Offenbarung in New Mexico entstand die Grundidee zu *Haus aus Erde*. Für Guthrie war New Mexico, das Land des Zaubers und der Verzückung, der Ort, an dem sich hispanische, indianische, afro-amerikanische, asiatische und europäische Kultur vermischten. Für ihn war dieser Staat ein Mosaik überdauernder Völker und Kulturen. Im Pueblo von Taos, teilweise fünf Stockwerke hoch, lebten seit einem Jahrtausend amerikanische Ureinwohner. Santa Fe, 1610 gegründet, war die älteste europäische Stadt auf dem Boden der USA. Wie Guthrie in seinem Song »Bling Blang« schrieb, den er 1956 für sein Album *Songs to Grow on for Mother and Child* aufnahm, war der Tag der Abrechnung nah: Lehmziegelbauten im Stil von New Mexico.

I'll grab some mud and you grab some clay
So when it rains it won't wash away.
We'll build a house that'll be so strong,
The winds will sing my baby a song.

In New Mexico begriff Guthrie, dass man kein ausgebildeter Maurer zu sein brauchte, um ein Adobe-Haus zu bauen. Sein Traum war es, im Panhandle von Texas zu leben und umherzuziehen und sich auf dem Land einer Ranch aus sonnengetrockneten Ziegeln eine Zuflucht zu bauen, in die er jederzeit zurückkehren könnte –, ein Haus, das weder hölzerner Sarg war noch einer Bank gehörte und das dem gefürchteten Staub und Schnee nicht schutzlos preisgegeben war. Mit dem Eifer des Bekehrten begann Guthrie, die Stimme der nach Regen dürstenden Staubschüssel, in Texas das Loblied der Lehmziegelbauweise zu singen. Für fünf Cent kaufte er beim Landwirtschaftsministerium dessen Schrift Nr. 1720, *Die Verwendung von Adobe bzw. sonnengetrockneten Ziegeln beim Hausbau*. Von T. A. H. Miller verfasst, brachte dieses praktische Handbuch der armen Landbevölkerung (und anderen) bei, wie man vom Keller aufwärts ein Adobe-Haus baut. Im Panhandle waren Bauholz und Steine nicht billig, Adobe war also für architektonisch venünftige Häuser im Südwesten genau das Richtige. Alles, was ein Amateur brauchte, war eine geeignete Mischung aus Lehm und Stroh, die die selbstverfertigten Ziegel aushärten ließ. Das einzige Problem war der Bau eines regensicheren Daches. (Schließlich wurde zum Abdichten emulgierter Asphalt verwendet.) Alles andere war ein Kinderspiel.

Die in der Flugschrift erwähnte amerikanische Modellstadt war Las Cruces, New Mexico, wo achtzig Prozent aller Gebäude aus Adobe bestanden. Jahrzentelang machte Guthrie für diesen Leitfaden des Landwirtschaftsministeriums Reklame. Da er wusste, dass Keller die Staubstürme des Panhandle besser überstanden hatten als oberirdische Holzkonstruktionen, die Wind und Termiten ausgeliefert waren, hielt Guthrie es für seine Pflicht, sich für diese Art Behausung in

Dürregebieten stark zu machen. Wenn kleine Pächter und Landarbeiter in Gegenden wie Pampa ein Stück Land besäßen – sogar unkultivierbaren Boden inmitten von *arroyos*, trockenen Flussbetten, oder von rotem Fels umgeben –, könnten sie sich ihr erträumtes Haus aus Erde bauen, das feuerfest, gut isoliert, windfest, schneefest, staubschüsselfest, diebstahl- und insektensicher wäre.

Anfang 1937 wurde Guthrie durch seine Vision von der Adobe-Bauweise zu *Haus aus Erde* inspiriert. Ein tückischer Schneesturm, in dem sich Staub mit Schnee vermischte und die weißen Flocken braun färbte, suchte den Panhandle heim, und von einem Unwetter, das die *Pampa Daily News* als das »irrwitzigste« aller Zeiten bezeichnete, wurde Guthries elende $ 25-pro-Monat-Bude völlig durchgerüttelt. Nie zuvor hatten die Anwohner ein Sommergewitter, komplett mit Donner und Blitz, bei Temperaturen von unter −20 °C erlebt. Am Kamin – das Thermometer war eingefroren – träumte Guthrie von warmen Adobe-Häusern und begann *Haus aus Erde* zu konzipieren. Im Vorjahr hatte er sich in Los Angeles mit dem Schauspieler und Aktivisten Eddie Albert angefreundet (der 1938 in der Hollywood-Version von *Brother Rat* an der Seite von Ronald Reagan sein Spielfilmdebüt geben und von 1965 bis 1971 eine Hauptrolle in der Fernseh-Sitcom *Green Acres* spielen sollte). Guthrie war von dem charismatischen Albert, einem Befürworter der ökologischen Landwirtschaft, so begeistert gewesen, dass er ihm zum Abschied seine Gitarre geschenkt hatte. »Tach auch«, schrieb Guthrie ihm aus dem frostklirrenden Pampa. »Wir hatten kein Problem, die Dust Bowl zu finden, und sind so eingemummelt, wie eine Familie es nur sein kann. Dumm ist nur, dass der Staub so gefroren ist, dass er nicht weggeweht wird und überall rumkratzt. Hatten hier sieben oder acht ordentliche Blizzards. Jeder hat 3 bis 4 Tage gedauert. Der letzte Frost hat uns aus unserem Vorderzimmer vertrieben. Im Haus brannten Küchenherd und Heizung volles Rohr, und es war so windig, dass fast das Feuer ausging. Abends graben wir uns ein und bei Sonnenaufgang wieder aus. Echt eisig hier, das kann ich Dir sagen. Nach dem Wäscheaufhängen hat es drei Mal geschneit und getaut. Das Zeug ist auf der Leine gefroren. Beim Abnehmen war es bretthart.«

Das Quecksilber fiel in Pampa auf −21 °C, die Gasleitungen froren ein, und Häuser hatten keine Heizung. Obwohl Guthrie trotz Winter froh war, wieder zu Hause zu sein, machte er sich Sorgen. Das, was die *New York Times* einen »Schneesturm aus gefrorenem Matsch – kakaofarben« nannte, trommelte auf die Great Plains ein. In Pampa konnte man oft weniger als sechzig Meter weit sehen. In seiner Bude, jämmerlich frierend, versuchte Guthrie, seine kleine Tochter vor einer fiebrigen Erkältung zu bewahren, und träumte davon, sobald es im Frühjahr taute, Adobe-Steine zu formen. Ein so kühnes Unterfangen würde ihn $ 300 an Materialien für ein Sechszimmerhaus kosten. »Man gräbt einen Keller aus und mischt da drin den Schlamm und das Stroh, irgendwie mit den Füßen, weißt Du, und wenn der Schlamm richtig dick ist, tut man ihn in eine Form und schafft etwa 20 Ziegel am Tag, und irgendwann hat man genug für ein ganzes Haus«, schrieb er an Albert. »Das Wetter härtet sie 2 bis 3 Wochen lang, die Sonne brennt sie, und dann zieht man seine Mauer hoch.«

Guthries Brief an Eddie Albert – bisher unveröffentlicht, genau wie *Haus aus Erde* – ist erst kürzlich entdeckt worden. Er zeigt, wie fasziniert Guthrie von seinem Traum eines Adobe-Hauses war, während er versuchte, den brutalen Winter des Jahres 1937 zu überleben.

Wir haben nach Washington, D.C., geschrieben und ein Buch über sonnengetrocknete Ziegel gekriegt.

Die Typen da oben beim Landwirtschaftsministerium wissen schwer Bescheid. Sie schreiben über die Arbeit so, dass man denkt, das kann ich auch.

Sie haben dieses Buch über Adobe-Ziegel so schweinemäßig interessant geschrieben, dass man es alle paar Seiten hinlegen muss, um sich Matsch und Heu zwischen den Zehen rauszupulen.

Die Leute hier glauben irgendwie nicht richtig an so ein Haus. Die Alten meinen, dass es nicht hält. Aber das Buch vom Landwirtschaftsministerium, da ist eine Landkarte drin, die zeigt, in welchen Teilen des Landes die Sache funktioniert, und es sagt in klaren Worten, dass sonnengetrocknete Ziegel die Antwort auf so viele Gebete von staubgeplagten Familien sind.

Weil mit viel harter Arbeit, die wir Staubschüssler seit langem gewohnt sind, und sehr wenig Barem jede Familie ein verdammt gutes Haus hochziehen kann, das insektenfest, feuerfest und im Sommer kühl und im Winter innen nicht zugig ist.

Ich habe hier auf dem Hof ein bißchen mit Schlammziegeln rumprobiert, und wenn man erst mal welche gemacht hat, weiß man, wer kein Haus aus Staub und Wasser hinkriegt, bei Gott, der kriegt gar keins hin.

Ich habe hier einen Zementmann an der Hand, der gut ist, wenn er Arbeit kriegen kann, und auch einen Onkel, der seit 45 Jahren hier auf den Plains lebt. Der kennt hier alle Hügel und Mulden und Senken und Canyons und Flussbetten, wo wir Zeug zum Bauen finden, Holz und Steine und Sand, und er ist zu alt, um einen Job zu kriegen, aber jung genug zum Bauen.

Dieser Zementarbeiter ist frisch verheiratet. Könnte aber ein bisschen arbeiten.

Weil das Klima hier ziemlich trocken und sehr staubig ist, weil immerzu ein Wind bläst und der Weizen trotzdem wächst, wieso sind dann hier noch nicht diese guten billigen Häuser eingeführt worden, die, wenn ich mir die Ziegel auf meinem Hinterhof ansehe, ein großer Erfolg wären, glaube ich.

Wenn Leute keine Arbeit finden oder sonst was, könnten sie sich ein Haus bauen, da können sie viel lernen.

Uns gehört das kleine Holzhaus jetzt seit sechs Jahren, und es war rundrum ein Segen, und für genauso viel Arbeit und Geld, wie das Haus uns gekostet hat, kann man aus dem Staub der Erde eins hochziehen, das zwei Mal so gut ist.

Es wäre fast staubsicher, und eine ganze Ecke wärmer, und würde obendrein länger halten. Aber die Leute hier haben es einfach noch nicht begriffen oder keine Information von der Regierung gekriegt, oder sie stolpern irgendwie rum und übersehen, was sie rettet.

Die Holzhändler hier machen keine Reklame für Schlamm und Stroh, weil es auf Erden keinen Fleck ohne so was gibt, aber fast überall sieht man alte Adobe-Häuser, die sind so alt wie Hitlers Tricks und existieren immer noch, wie die Juden.

Wenn ich Dir eine Predigt zu dem Thema halten wollte, würde ich mir die Lunge mit Luft vollpumpen und sagen, dass der Mensch selbst ein Adobe-Haus ist, eine Art zeitloser alter Tempel.

Aber worauf ich rauswill, bevor das Papier alle ist: Wir kratzen uns den Kopf, wo wir diese $ 300 herkriegen sollen, und wir würden die Arbeit machen, und wir würden auf einen Zettel schreiben, dass dies Haus jemand anderem gehört, bis wir es abbezahlt haben …

Die Raten müssten natürlich ziemlich niedrig sein, bis wir alles auf der Reihe haben und es taut und die Sonne sich rausbequemt, aber es wäre ein Darlehen und so willkommen wie ein Geschenk.

In diesem Fall könnten ein paar »nachgedrehte
Szenen« der Kreditgeber einen ziemlich trostlosen
»Film« in einen guten verwandeln, vielleicht sogar in
einen Endlosfilm.

Seit den späten 1930ern spielte Guthrie mit der Idee,
eine Hymne auf die Überlebenden der Staubschüssel zu schreiben, mit Adobe als Leitmotiv. Weil John
Steinbeck mit *Früchte des Zorns* über die Wanderung
der Okies von Oklahoma und Texas nach Westen ihm,
Guthrie, die Schau gestohlen hatte, beschloss er, sich
auf seine Erfahrungen als Überlebender des Schwarzen Sonntags und des großen Schlammsturms zu kon-
zentrieren. Außerdem fand er den Dialekt von Steinbecks entwurzelten Joads unrealistisch. Für Guthrie
war lebensechte schlechte Grammatik wesentlich, um
zu vermitteln, wie die Menschen im Westen *wirklich*
redeten. Er war – wie Joel Chandler Harris, der Verfasser der *Geschichten von Onkel Remus* – ein aus-
gezeichneter Zuhörer. *Haus aus Erde* sollte weniger
eine zugespitzte Dokumentation der meteorologischen
Katastrophe werden als vielmehr die Dialekte der Te-
xas-Okies authentisch wiedergeben. Wie alle Reporter
konzentrierte Steinbeck sich auf die Staubzyklone,
aber Guthrie wusste, dass die eisigen Winterstürme in
West-Texas während der Staubschüssel-Ära auch seinen Leuten schwer zugesetzt hatten. Guthrie gestand
Steinbeck zu, die Diaspora in Kalifornien meisterhaft
dokumentiert zu haben. Er selbst dagegen wollte jenen
tapferen und störrischen Seelen, die beschlossen hat-

ten, im Panhandle in Texas zu bleiben, ein literarisches Denkmal setzen. Steinbeck lässt in *Früchte des Zorns* ganze Familien das Land von Milch und Honig suchen, Guthries Herz dagegen schlägt für jene unbeugsamen Dreck-und-Staub-Farmer, die in den Great Plains zurückblieben, um Bankern, Holzbaronen und der Agrarindustrie die Stirn zu bieten, die das schöne wilde Texas durch Überweidung, Kahlschlag, Tagebau und rücksichtslose Landwirtschaft geschändet hatten. Das ausgebeutete Land und die arbeitenden Menschen bekamen einen feuchten Dreck … nichts … *zero … nada … zilch*. (Eine Zeit lang benutzte Guthrie den *nom de plume* Alonzo Zilch.)

Während Guthries fünfundzwanzigjähriges Herz in Texas blieb, machten sich seine Füße bald auf in Richtung Kalifornien. Wie Tike Hamlin, die Hauptfigur in *Haus aus Erde*, ging Guthrie während des großen Schlamm-Schneesturms von 1937 auf dem Holzboden seiner Bruchbude in 408 South Russell Street, Pampa, auf und ab und suchte im dürregeplagten Elend der Depression nach einem Sinn. Er sah nur zwei Möglichkeiten der Rettung: entweder nach Kalifornien zu ziehen oder in Texas ein Haus aus Adobe zu bauen. Wenn die Protagonistin Ella May Hamlin ruft: »Warum muss es immer was geben, was einen umhaut? Warum is dieses Land voller Sachen, die man nich sehen kann, voller Sachen, die einen umhauen, umstoßen, umschmeißen und einem die letzte Hoffnung rauben?«, spürt der Leser Guthries tief sitzende Frustration. In der Hoffnung auf ein regelmäßiges Einkommen beschloss er, sein Glück in Kalifornien zu versuchen. Er kannte die alten Countrysongs der Carter Family und hatte selbstgeschriebene Songs wie »Ramblin' Round« und »Blowing Down this Old Dusty Road« im Repertoire. Er war entschlossen, ein Folksänger zu werden, der etwas verändern würde.

Anfang 1937 – der genaue Zeitpunkt ist unbekannt, aber es war nach der Schneeschmelze – packte Guthrie seine Malutensilien zusammen, zog neue Saiten auf seine Gitarre auf und trampte auf einem Bierlaster nach Groom, Texas. Dort kletterte er aus dem Führerhaus, winkte zum Abschied und begann, die Route 66 (von Steinbeck die »Fluchtroute« genannt) Richtung Los Angeles entlangzuwandern. In jedem noch so kleinen Kaff bettelten Wanderarbeiter um Nahrung.

Die Probleme und Sorgen, mit denen sich Guthrie in Kalifornien konfrontiert sah, hatten fast etwas Biblisches. Wie alle anderen Wanderarbeiter auf der Route 66 auch war er ständig vom Hungertod bedroht. Hin und wieder versetzte er seine Gitarre, um Essen zu kaufen. Wie die Fotografin Dorothea Lange besuchte er Camps im kalifornischen San Joaquin Valley und sah entsetzt, wie viele Kinder dort an Unterernährung litten. Dann aber kam Guthries große Chance, er ergatterte einen Job beim Sender KFVD in Los Angeles und sang mit seiner Partnerin Maxine Crissman (»Lefty Lou from Mizzou«) traditionelle »Oldtime«-Songs. Sein Hillbilly-Auftreten kam an, und Guthrie schaffte es, mit seinen wehmütigen Songs vom Leben in Oklahoma und Texas über die lokalen Ätherwellen die Wanderarbeiter in den Camps zu erreichen. Eine Zeit lang sendete er aus dem XELO-Studio in Villa AcuMa im mexikanischen Bundesstaat Coahuila; der starke Sender konnte im gesamten Mittleren Westen und in Kanada empfangen werden, der Topographie und den Vorschriften der US-Medienaufsichtsbehörde (FCC) zum Trotz.

Die Besitzer vieler Sender wollten Guthrie als glatten Cowboy-Swing-Schnulzensänger wie Bob Wills (»My Adobe Hacienda«) und Gene Autry (»Back in the Saddle Again«). Guthrie hatte jedoch eine andere Form des Folksongs entwickelt, an der er kompromisslos festhielt. »Ich hasse einen Song, der dir das Gefühl gibt, dass du nix taugst«, erklärte er. »Ich hasse einen Song, der dir das Gefühl gibt, dass du der geborene Verlierer bist. Dass du nur verlieren wirst. Nix wert bist. Zu nix zu gebrauchen. Zu gar nix. Weil du zu alt oder zu jung oder zu dick oder zu dünn oder zu hässlich oder zu dies oder zu das bist ..., Songs, die dich niedermachen, oder Songs, die sich lustig machen über dich, weil du Pech hast oder auf der Straße lebst. Gegen diese Art Songs werde ich bis zum letzten Atemzug und bis zum letzten Blutstropfen kämpfen.«

Als »Hobo-Reporter« für *The Light* war Guthrie 1938 viel unterwegs und berichtete von den 1,25 Millionen heimatlosen Amerikanern der späten 1930er. Das Elend in den Migrantenlagern machte ihn zornig. Ständig wünschte er sich, die Armen könnten in Adobe-Häusern wohnen. »Die Leute leben hungriger als Ratten und dreckiger als Hunde«, schrieb er, »im Land der Sonne und im Tal der Nacht.« Guthrie begriff, dass diese sogenannten Staubschüsselflüchtlinge entgegen dem Mythos nicht von den Stürmen aus Texas vertrieben oder durch die großen Landmaschinen überflüssig gemacht worden waren. Sie waren Opfer von Grundbesitzern und Banken, die sie aus Habgier vertrieben hatten. Diese Raffzähne wollten die Pächter loswerden, um aus einem Flickenteppich kleiner Höfe riesige Rinderfarmen zu machen, und zwangen so die Landbevölkerung in die Armut. Auf seinen Reisen durch Kalifornien sah Guthrie Wanderarbeiter, die in Pappkartons lebten, in schimmeligen Zelten, dreckigen Bretterbuden und Hütten aus Apfelsinenkisten. Jede nur denkbare wacklige Konstruktion war errichtet worden, nur Häuser aus Lehmziegeln waren nirgends zu finden. Dies wurmte Guthrie maßlos. Was würde Jesus Christus von diesen räuberischen Geldwechslern halten, die die kleinen Farmen Amerikas zerstörten und anständige Menschen zwangen, in Verschlägen zu vegetieren? »Für jeden Farmer, der weggestaubt oder wegtraktorisiert wurde«, sagte Guthrie, »wurden weitere zehn von Banken verjagt.«

Die Roosevelt-Regierung versuchte, den armen Farmern durch die Umsiedlungsbehörde (die Nachfolgeorganisation der Farm Security Administration, berühmt, weil sie mit Künstlern wie Dorothea Lange, Walker Evans und Pare Lorentz zusammengearbeitet hatte) zu helfen, indem sie den Ruinierten zehn bis fünfundvierzig Dollar Unterstützung pro Monat zahlte; die Farmer standen in der Behörde um diese Gelder an. Außerdem wollte Roosevelt Farmern wie den Hamlins helfen, indem er die US-Forstverwaltung anwies, auf Millionen Hektar Farmland Bäume und Sträucher anzupflanzen, die als Schutzgürtel dienen und die Erosion reduzieren sollten, und das Landwirtschaftsministerium ließ in Oklahoma und Texas Seen anlegen, um das trockene Riedgras zu bewässern. Diese noblen Anstrengungen des New Deal halfen zwar, beendeten die Krise aber nicht.

3

Die Legende von Guthrie als Folksänger ist in Amerikas kollektives Bewusstsein eingeätzt. Songs wie »Deportee«, »Pastures of Plenty« und »Pretty Boy Floyd« wurden zu Nationalheiligtümern, ähnlich dem Almanach *Armer Richard* von Benjamin Franklin und dem Roman *Die Abenteuer des Huckleberry Finn* von Mark Twain. Mit dem Slogan »This Machine Kills Fascists«, der seine Gitarre schmückte, zog Guthrie durch die Lande, ein selbsternannter Cowboy-Hobo und Hansdampf, der mit seinen proletarischen Songtexten die Benachteiligten feierte. Als Guthrie 1939 hörte, wie Kate Smith im Radio bis zum Überdruss von Küste zu Küste »God Bless America« von Irving Berlin sang, beschloss er, dem lyrischen Unsinn und falschen Trost dieses patriotischen Liedes etwas entgegenzusetzen. Im Hanover House verschanzt, einem billigen New

Yorker Hotel, Ecke 43rd Street und Sixth Avenue, schrieb Guthrie am 23. Februar 1940 eine Antwort auf »God Bless America«. Ursprünglich nannte er das Lied »God Blessed America«, entschied sich schließlich aber für »This Land Is Your Land«. Da Guthrie Tausende seiner Songtexte in der ersten und der letzten Fassung aufbewahrte, sind die vierte und die sechste Strophe der Ballade, die sich mit Klassenunterschieden befassen, zum Glück erhalten geblieben:

As I went walking, I saw a sign there,
And on the sign there, it said »no trespassing.« [*]
But on the other side, it didn't say nothing,
That side was made for you and me.

In the squares of the city, in the shadow of a steeple;
By the relief office, I'd seen my people.
As they stood there hungry, I stood there asking,
Is this land made for you and me?

Guthrie signierte die Seite mit: »Man kann nur schreiben, was man sieht, Woody G., N.Y., N.Y., N.Y.« (Während dieser Woche im Hanover House schrieb der hyperproduktive Guthrie auch »The Government Road«, »Dirty Overhalls«, »Will Rogers Highway« und »Hangknot Slipknot«.)

---

[*] In einer Version des Songs ersetzte er »no trespassing« durch das aufrührerischere »private property«.

Im Lauf der Jahrzehnte wurde aus »This Land Is Your Land« eher ein populistisches Manifest der Massen als ein populäres Lied. Es ist Guthries »The Times They Are a-Changin'«, ein Ruf zu den Waffen. Woodys Erkennungsmelodie ist schlicht wie eine Hymne. Der Text ist klar und fokussiert. Woodys Kunst spiegelte stets seine politische Haltung wider, aber das war alles Teil seines *Esprits*. Seine eigene Person war letzten Endes unwichtig. Was man hörte, war so real wie Regen. Es gab keine Trennung zwischen Lied und Sänger.

Alles in einem Guthrie-Song betont das Positive an Menschen, die kämpfen, obwohl sie keine Chance haben. An jeder Biegung des Weges stand Woody und trompetete Hoffnung. In einem Brief, mit dem er einer zukünftigen Ehefrau den Hof machte, nennt er sich selbst eine »Hoffnungsmaschine«. Es ging Guthrie darum, den Habenichtsen Mut zu machen, jenen Auftrieb zu geben, die in der Großen Depression, der Wirtschaftskrise, alles verloren hatten, und all jene zu trösten, die Mutter Natur auf Gedeih und Verderb ausgeliefert waren. Er konnte nicht anders, als mit den beiden grimmigen Strophen von »This Land Is Your Land«, die Grundbesitz und Hungersnot anprangerten, gegen die schweinische Ungerechtigkeit all dessen anzuwettern –, diese Strophen gingen während McCarthys »roter Bedrohung« verloren. Eine relativ unbekannte, aber sehr wichtige Strophe – »Keiner kann mich aufhalten ... Keiner kann mich je zur Umkehr zwingen« – nimmt die Vertreter des Obrigkeitsstaates aufs Korn, die den freien Zugang verwehren zu dem Land, »das für dich und für mich gemacht ist«. Wenn man diese Strophen heute liest, ist man von Guthries Fähigkeit, so simplen, brutalen Wahrheiten eine so poetische Form zu geben, beeindruckt.

Auf manche Weise ist *Haus aus Erde* – ursprünglich per Hand auf einen Stenoblock geschrieben und dann von Guthrie selbst abgetippt – ein Pendant zu »This Land Is Your Land«. Es ist ein weiterer nicht allzu subtiler Lobgesang auf den in Not geratenen kleinen Mann. Schließlich würde in einem sozialistischen Utopia jede Familie, sobald sie in den Great Plains ein Stück Land besäße, dort eine wetterfeste Unterkunft bauen wollen. Deshalb ist der Roman im Ton irgendwo zwischen ländlichem Realismus und proletarischem Protest angesiedelt, mit einer statischen Handlung, aber einem wunderschönen Porträt des Panhandle und der verarmten Menschen, die dort in den 1930ern lebten. Guthrie widmet sich der elementaren Frage, wie ein Pächterpaar, beide Landarbeiter, im ausge-dörrten West-Texas überleben kann. Unter widrigen Bedingungen, nicht in der Lage, ihre Rechnungen zu bezahlen oder mehr zu verdienen, als zum schieren Überleben notwendig, träumen Guthries Figuren von einer besseren Welt. Tike Hamlin will – wie Guthrie selbst – für seine Familie ein Adobe-Haus bauen. Wo immer Guthrie war, sprach er Tag und Nacht davon, dass er eines Tages ein eigenes Haus aus Lehmziegeln besitzen würde. »Ich bin stur wie der Teufel, will es selber bauen«, schrieb Guthrie 1947 einem Freund,

»mit eigenen Händen und eigener Kraft, aus *pisse de terra*, Erde, Stein und Lehm.«

Vor *Haus aus Erde* hatte er in den frühen 1940ern *Dies Land ist mein Land* geschrieben, seine Autobiographie. In diesem Buch gelang es Guthrie auf geniale Weise, den ländlichen Texas-Oklahoma-Dialekt in realistischer Prosa einzufangen. Irgendwie schaffte er es, die Volkskunst des »Outsiders« mit der hohen Kunst des »Insiders« zu verbinden. *Dies Land ist mein Land*, 1976 verfilmt, ist ein beeindruckender erster Versuch eines von urwüchsigem Radikalismus inspirierten Amateurs. Guthries große Leistung war es, dass seine Stimme, sein Markenzeichen *sui generis*, auch in seiner Prosa gedieh.

Ein weiteres Buch, *Seeds of Man*, über eine Silbermine am Big Bend Nationalpark in Texas, war, obwohl in Teilen fiktionalisiert, weitgehend eine Denkschrift. Dieses Buch hat eine Authentizität, die adelt – daran hat sich bis heute nichts geändert. Sein nächstes Prosaprojekt – *Haus aus Erde* – empfand Guthrie als tief empfundene Hymne auf die Armen. (Nur einen Monat, nachdem er »This Land Is Your Land« geschrieben hatte, spielte er bei der inzwischen legendären Benefizveranstaltung des John-Steinbeck-Komitees für Wanderarbeiter und unterhielt sein Publikum mit Geschichten über die harten Zeiten in der Staubschüssel.)

In *Haus aus Erde* wollte Guthrie erkunden, ob Ortschaften wie Pampa mehr sein konnten als Geisterstädte voller Steppenläufer und ob arme Pächterfami-

lien in West-Texas dauerhaft Wurzeln schlagen konnten. Er wollte Themen wie die Überweidung und die
ökologische Bedrohung, die aus der Zerstörung natürlicher Lebensräume entsteht, behandeln. Er betonte
die Notwendigkeit des Klassenkampfs im ländlichen
Texas, eines Aufstands der neunundneunzig Prozent
mistgabelschwingenden Farmarbeiter gegen das eine
Prozent Kapitalisten. Seine Einstellung war sozialis-
tisch (Steine allen Großgrundbesitzern! Bankrott allen
Holzhändlern! Fluch den Immobilienmaden, die die
Armen aussaugen!). Kompromisslos erklärt er den Farmer zum Liebling Gottes.

Guthries Texte – und für *Haus aus Erde* gilt das
ganz besonders – sind so faszinierend, weil wir wissen,
dass der Autor alle Entbehrungen, die er schildert, am
eigenen Leib erfahren hat. Dennoch sind seine Texte
nicht rein autobiographisch. Guthrie schildert den
Wesenskern armer Leute, ohne wie James Agee oder
Jacob Riis auf sie herabzusehen. Sein grimmiger Realismus basiert auf der Gemeinschaft und drückt Einssein mit den Beschriebenen aus. Die Hamlins, so will
es scheinen, haben mehr mit den Pionieren des Ore-
gon Trail gemeinsam als mit einem modernen Paar,
das im Internet-Zeitalter in Amarillo auf Feldbetten
schläft. Dinge wie Kuhglocken, Ölöfen, flackernde
Lampen und Regale aus Apfelsinenkisten gehören
einer vergangenen Ära an, als die Elektrizität das länd-
liche Amerika noch nicht erreicht hatte. Während die
Atmosphäre von *Haus aus Erde* den Roman klar in der
Weltwirtschaftskrise verortet, sind die Grundthemen,

über die Guthrie nachdenkt – Elend, Sorgen, Kummer, Spaß und Einsamkeit –, so alt wie die Menschheit selbst. Guthrie will die Leser daran erinnern, dass sie nur Staubkörner sind auf dem langen Weg, den die Menschheit seit ihren Anfängen zurückgelegt hat.

Die Hamlins führen in einer baufälligen Holzhütte ein schweres Leben, sind aber von äußerster (und stets gefährdeter) Vitalität. Gleich zu Beginn erfährt der Leser, dass ihr Zuhause seine Aufgabe, die Elemente fernzuhalten, nicht erfüllt. Also predigt Tike verzweifelt das idealistische Evangelium der Lehmhäuser. Auf der Farm geht das Leben seinen Gang, und der Leser wird Zeuge eines ausgedehnten deftigen Liebesakts. Dessen intime Beschreibung dient einem Zweck: Guthrie führt uns anhand des biologischen Geschehens Tikes und Ella Mays Einssein mit der Landschaft und der Farm und miteinander vor Augen. Aber das Land gehört nicht den Hamlins, sie können mit ihm nicht tun, was sie wollen, und das ersehnte Haus aus Lehmziegeln bleibt schmerzlich unerreichbar. Der Roman schildert das häusliche Zusammenspiel von Tike und Ella May. Trotz ihrer großen Energie und Verspieltheit plagt sie Unzufriedenheit. In den Schlussszenen, in denen Ella May niederkommt, erfahren wir mehr über die finanziellen Sorgen der beiden und wie Pächter während der Wirtschaftskrise in auswegloser Ungewissheit lebten, weil sie keine Besitzrechte hatten.

4

Als Alan Lomax das erste Kapitel von *Haus aus Erde*
(»Trockenes Harz«) las, war er überwältigt und begeis-
tert, weil Guthrie die Gefühle der Unterdrückten mit
so viel Realismus, so viel Würde schilderte. Monate-
lang ermutigte er Guthrie, das Buch fertigzuschreiben,
und sagte, er habe »erwogen, alles stehen und liegen zu
lassen«, um den Roman zu verkaufen. »Es war schlicht
und einfach«, schrieb Lomax, »die beste Schilderung,
die ich je von diesem Teil des Landes gelesen habe.«
Haus aus Erde macht deutlich, dass Guthries soziales
Verantwortungsgefühl dem Steinbecks vergleichbar ist
und dass er wie D. H. Lawrence in *Lady Chatterleys
Liebhaber* bereit war, Sexualiät per se zu erkunden.

Die drei weiteren Kapitel des Romans, »Termiten«,
»Versteigerungspodest« und »Hammerklang«, hat
Guthrie Lomax offenbar nie gezeigt. Er setzte seine
Hoffnungen für *Haus aus Erde* auf Hollywood und
schickte das fertige Manuskript dem Filmemacher Irving Lerner, der so sozialkritische Dokumentarfilme
wie *One Third of a Nation* (1939), *Valley Town* (1940)
und *The Land* (1941) gedreht hatte. Guthrie hoffte,
dass Lerner den Roman mit kleinem Budget verfilmen
würde. Dazu ist es nie gekommen. Das Buch landete
in einer Schublade. Erst vor kurzem, als die Univer-
sität von Tulsa, Oklahoma, eine Ausstellung über
Woody Guthrie ausrichtete, tauchte *Haus aus Erde*
wieder auf. Die Lerner-Erben entdeckten den Schatz,
als sie in Los Angeles ihre Archive ordneten. Das Ma-

nuskript und ein Stapel Briefe, die Guthrie und Lerner einander geschrieben hatten, wurden sofort nach Tulsa in die McFarlin-Bibliothek geschafft, wo sie nun dauerhaft untergebracht sind. Auf der Suche nach Informationen über Bob Dylan für einen *Rolling Stone*-Artikel stolperten wir zufällig über den Roman. Wie Lomax entschlossen wir uns, *Haus aus Erde* endlich in einem New Yorker Verlag herauszubringen. Guthrie wäre sicherlich einverstanden gewesen.

Natürlich stellt sich die Frage, warum *Haus aus Erde* nicht in den späten vierziger Jahren veröffentlicht wurde. Warum hat Guthrie erst so intensiv an einem Roman gearbeitet, nur um ihn dann in die Ecke zu legen? Mehrere Antworten sind möglich. Wahrscheinlich hoffte er auf einen Film-Deal; so etwas braucht Zeit. Vielleicht ahnte er, dass einiges am Inhalt passé war (beispielsweise wurde die Trope des Fruchtbarkeitszyklus von Kritikern belächelt) oder dass die provokante, sexuell aufgeheizte Sprache seiner Zeit voraus war (unverblümte Sexdarstellungen mit erigierten Penissen waren in der Literatur der vierziger Jahre noch nicht akzeptabel). Der Liebesakt von Tike und Ella May ist ein mutiges Beispiel gefühlsstarken Schreibens und eine gekonnte Darstellung der Psychodynamik des Geschlechtsaktes. Aber diese Szene wäre zu einer Zeit, da *Wendekreis des Krebses* verboten war, als Pornographie missverstanden worden. Ein weiteres Hindernis für eine Veröffentlichung mag Guthries Verwendung des Hillbilly-Slangs gewesen sein. Diese erschwerte es New Yorker literarischen

Kreisen in den Vierzigern, *Haus aus Erde* als Kunstwerk wahrzunehmen, in unserer gegenwärtigen Phase literarischer Archäologie dagegen wird der Dialekt als erhaben empfunden. Außerdem war es in der Truman-Ära (der Sowjetkommunismus war der Feind Nr. 1) schwierig, originelle linkslastige Texte zu vermarkten. Zudem hätten Kritiker die Begeisterung des Romans für die Adobe-Bauweise des Südwestens als fetischistisch abgetan.

Gegen Ende von *Haus aus Erde* wettert Tike gegen die Schafsmentalität der ehrlichen Leute in Texas und Oklahoma, die sich von miesen kapitalistischen Geiern bestehlen lassen. Lange, bevor Willie Nelson und Neil Young »Farm Aid« gründeten, eine Bewegung, die in den achtziger Jahren wegen der Zerstörung ländlicher Familienbetriebe gegen die Agrarkonzerne zu Felde zog, machte sich Guthrie Sorgen um die Mittelschicht, die von gierigen Banken ausgeraubt wurde. Während Tike sich in der Stallszene in *Haus aus Erde* auf den Liebesakt mit Ella May vorbereitet, schwirrt ihm der Kopf, denn alles um ihn herum – »Haus, Kuhstall, der eiserne Wassertank, die Windmühle, das kleine Hühnerhaus, die alte wacklige Hütte, die ganze Farm, die ganze Ranch« – war »ein Teil von ihm, so wie ein Ei vom Hof in seinen Mund hinein- und seinen Schlund hinabwanderte und ein Teil von ihm wurde«. Selbst mit dem Heu auf dem gepachteten Grundstück ist Tike biologisch eins.

1947, nach Jahren des Reifens, war *Haus aus Erde* fertig. Kurz danach verschlechterte sich Guthries Zustand durch Komplikationen der Huntington'schen Krankheit. Während Sänger wie Ramblin' Jack Elliott und Pete Seeger seine Songs immer berühmter machten, blieb *Haus aus Erde* unter Lerners Papieren begraben. Wie ein Wandgemälde von Thomas Hart Benton oder ein Roman von Erskine Caldwell war es ein Artefakt aus einer anderen Epoche: Es passte in keine der standardisierten Kategorien populärer Belletristik zu Zeiten des Kalten Krieges. Aber wie Guthrie vielleicht sagen würde: »Alles Gute braucht Zeit.« Die Richtigkeit von Adobe-Häusern ist heute deutlicher denn je. Oscar Wilde hatte recht: »Literatur nimmt immer das Leben vorweg.« Als hätte Guthrie *Haus aus Erde* prophetisch geschrieben, mit der Erderwärmung im Sinn.

Wenn man Guthrie liest, hört man die vielen Stimmen der Leute, seiner Leute, der hart arbeitenden Menschen in den Great Plains, Menschen, die keine Plattform hatten, um ihrer großen Not Gehör zu verschaffen. Seine Stimme ist die des verlorenen, des unterdrückten, des vergessenen Amerikaners, der im Landesinneren sein Leben fristet.

Guthrie selbst war ein »gewöhnlicher Mensch«, außergewöhnlich war sein Bestreben, in seiner Kunst dem Proletariat eine Stimme zu geben. Er hoffte, Amerika würde lernen, würde die Logik von Schulden und Rückzahlung eines Tages abschaffen. Er wollte gehört werden, wollte etwas bewirken. Er wollte, dass man seine politischen Überzeugungen zur Kenntnis nahm, würdigte und respektierte. Wie seine drastischen Liebesszenen zeigen, hatte er vor niemandem Angst.

Er kannte keine Furcht. Er lebte seine Kunst. Kurz, Guthrie inspirierte nicht nur seine Zeitgenossen, sondern auch Menschen späterer Zeiten, die Ungerechtigkeit wütend macht, die sich nach Gerechtigkeit sehnen, die davon träumen, Klassenunterschieden ein Ende zu bereiten.

Wir empfinden die Veröffentlichung von *Haus aus Erde* als wesentlichen Beitrag zu den Feierlichkeiten anlässlich Woody Guthries hundertstem Geburtstag, als bedeutsames kulturelles Ereignis und als wichtigen Bestandteil seines publizierten Œuvres. Er schrieb das Buch nebenbei; es stand nie im Fokus seines unerschrockenen Lebens als Balladensänger. Dennoch garantiert die Intensität des Romans ihm einen Platz im stetig wachsenden Gebiet der Guthrieana. Als wir Guthries Roman Bob Dylan zu lesen gaben, sagte er, er sei »überrascht von der Genialität« der fesselnden Prosa. Im Kern ist *Haus aus Erde* eine Meditation darüber, wie arme Menschen in einer korrupten Welt nach Liebe und Sinn suchen, einer Welt, in der die Reichen ihren moralischen Kompass verloren haben.

Haus aus Erde bekräftigt Guthries Position unter den Unsterblichen der amerikanischen Literatur. Guthrie überdauert als die Seele der ländlichen amerikanischen Volkskultur im 20. Jahrhundert. Seine Musik ist der Ackerboden. Seine Worte – Songtexte, Memoiren, Essays und nun auch Belletristik – sind die Bausteine des Hauses. Er ist vom Volk, durch das Volk, für das Volk. Möge seine Wahrheit lange gehört werden von all jenen, die hören wollen, von all jenen mit Hoffnung im Herzen und aufrechtem Gang. Guthries Vermächtnis als proletarischer Troubadour ist zutiefst menschlich, und sein Werk wird hoffentlich immer gefeiert werden. Wie Steinbeck schrieb: »Woody ist einfach Woody. Tausende wissen gar nicht, dass er einen Nachnamen hat. Er ist einfach eine Stimme und eine Gitarre. Er singt die Lieder des Volkes, und ich denke, er ist dieses Volk, irgendwie. Mit rauher und nasaler Stimme, seine Gitarre hängt wie ein Montiereisen an einer rostigen Felge, an Woody ist nichts Süßes, und nichts Süßes ist an den Songs, die er singt. Aber es gibt etwas Wichtigeres für die, die noch bereit sind zuzuhören. Es gibt den Willen eines Volkes, durchzuhalten und gegen Unterdrückung zu kämpfen. Ich glaube, wir nennen es den amerikanischen Geist.«

Douglas Brinkley und Johnny Depp
Albuquerque, New Mexico

ERSTES KAPITEL

Trockenes Harz

Über die Halme der trockenen Riedgräser sang der Wind der Upper Plains sein einsames Hohelied. Was nicht niet- und nagelfest war, bewegte sich mit dem Wind, der Staub aber blieb dicht am Boden.

Es war ein klarer Tag. Blauer Himmel. Ein paar gewittrige Quellwolken zogen ihre Schatten wie dunkle Laken über das flache Land um den Caprock, jene mächtige, hohe, gekrümmte Felswand aus Kalkstein, Sandstein, Marmor und Feuerstein, die die Lower Plains des westlichen Texas von den Upper Plains des Panhandle im Norden trennt. Die Canyons, die ausgetrockneten Flüsse, die sandigen Bachbetten, Gräben und Rinnen, die auf diese Felswand treffen, sind Friedhof für untergegangene indianische Zivilisationen, Flug- und Versuchsgelände für Herden lederflügeliger Fledermäuse, Darre für riesige Knochen und Zähne, Schlaf-, Nist- und Brutplatz für den großen braunen Weißkopfseeadler. Höhlen und Baue von Klapperschlangen, Eidechsen, Skorpionen, Spinnen, Hasen, Kaninchen, Ameisen, Schmetterlingen und Krötenechsen – beißende Winde und Jahreszeiten. All das entstammt der Felswand des Caprock, sie ist voll davon und von den Gerippen früher Siedler jedweder Hautfarbe. Eine Welt nah an der Sonne, noch näher am Wind, an Wolkenbrüchen, Überschwemmungen, feinem Schlamm, trockenen und staubigen Dingen, die in dieser Welt den Halt verlieren und, wie die Steppenhexe, dahinwehen und -rollen, Drahtzäune überspringen und im Nordwind zu ihrem letzten irdischen Sprung ansetzen, von den Upper Plains des Nordens hinab in die sandigeren, baumwollbepflanzten Plains westlich von Clarendon.

Eine Welt der großen steinernen Zwölfzimmerhäuser und der hölzernen Zehnzimmerhäuser, und eine Welt der Hütten. Von den baufälligen, verrottenden Hütten gibt es mehr als von den hübschen Holzhäusern, und die Hütten schauen auf die größeren Häuser und verfluchen sie, heulen, weinen und fragen nach Fäulnis, Schmutz, Schmerz, Elend, dem Verfall von Land und Familien. Zwischen den kleineren Häusern, den Hütten, und den größeren Häusern gibt es viel Streit. Das gilt für die Stadt, wo die Häuser sich aneinanderlehnen, und für die Farmen und das Weideland, wo der Wind – groß, breit und stattlich – sein Wesen treibt und die Häuser weit auseinanderliegen. Auf all das bläst der Wind herab. Und die Menschen arbeiten hart, wenn der Wind bläst, und sie streiten noch härter, wenn der Wind bläst, und dies ist der Canyon: der Mutterschoß, das Dornenbett, die flache Pritsche auf dem Boden der Erde, wo der Wind höchstselbst geboren wurde.

Von den selbstmörderischen Dingen, die darüber hinwegfegen, ist das felsige Land um den Caprock fast ganz eingeebnet. Die Felswand und die Canyons, die in sie münden, sind Dämme aus Lehm und Schichten aus Sand, Ablagerungen von Kies, Feuerstein und Sandstein, vulkanische Mischungen getrockneter Lava, und an manchen Stellen trägt die Felswand eine hübsche Perücke aus Riedgras, das für eine Weile Büffel, Antilopen oder Jungochsen anlockt, dann unter ihnen wegrutscht und den Fliegen und den Bussarden mehr Fleisch und Blut, den weißen Fängen von Kojote, Grauwolf, Opossum, Waschbär und Stinktier am Fuß der Klippe mehr warme Mahlzeiten beschert.

Old Grandpa Hamlin grub einen Keller, um seine Frau vor dem Wetter und den Männern zu schützen. Er grub ihn eine halbe Meile vom Rand des Caprock entfernt. Er liebte Della ebenso sehr, wie er sein Land liebte. In dieser Erdhöhle zog er fünf seiner Jungen und Mädchen groß. Ein paar Meter vom Keller entfernt bauten sie ein gelbes Sechszimmerhaus. In diesem gelben Sechszimmerhaus kamen vier weitere Kinder zur Welt, und alle seine Kinder nahm er mit auf Ausflüge entlang der Klippe, wies auf den Himmel und sagte zu ihnen: »Die beiden alten Adler, die wo da drüben fliegen und kreisen, die sind schon an dem Morgen gekreist, wie ich angefangen hab, meine Höhle zu graben, und egal, was euch trifft, Kinder, egal, was euch widerfährt, keine Hast, keine Bange, denn diese beiden Adler werden uns alle kommen sehen und werden uns alle gehen sehen.«

Und Grandma Della Hamlin sagte zu ihnen: »Besorgt euch ein eignes Stück Erde. Besorgt's euch. Und dann kämpft. Kämpft, haltet dran fest. Holz vermodert. Holz wird morsch. Das is kein Land nich, wo man sich an was festhält, was aus Holz is. Das is kein Land nich für Bäume. Nich mal n Land für Gestrüpp, nich mal für Sträucher. In der Gegend hier kann man sich nich groß an was festhalten, was aus Holz is, weil mit Holz gehn Wind und Sonne und Wetter hier einfach zu schlecht um. Man kann nich gut kämpfen, wenn man nich mit beiden Beinen auf der Erde steht und für was aus Erde kämpft.« Und auf der Straße, die vom Caprock nach Hause führte, sagte sie zu ihnen: »Mein größter Kummer war immer, dass wir nich n Haus aus Erde gebaut haben statt n Haus aus Holz. Unsre alte Höhle war aus Erde, und die hat hundert Holzhäuser überdauert.«

Doch die Kinder heirateten eins nach dem anderen und zogen weg. Wenn Grandma und Grandpa Hamlin auf der Veranda ihrer alten Heimstatt standen, konnten sie die sieben Häuser ihrer Söhne und Töchter sehen. Zwei hatten die Plains verlassen. Ein Sohn war nach Kalifornien gezogen, um Walnüsse anzubauen. Eine Tochter war nach Joplin gezogen und lebte mit einem Blei- und Zinkbergmann zusammen. Della schaukelte auf ihrem Stuhl und sagte: »Tut mir an Leib und Seele weh, zu sehen, wie mein eigen Fleisch und Blut in diesen alten Holzhäusern wohnt.« Und Grandpa schmauchte seine Pfeife, sah dem Sonnenuntergang zu und sagte: »Ärger dich nich über sie, Del, die machen's sich halt leicht. Können keine dreißig Jahre über ihre Nasenspitze gucken.«

Tike Hamlin hieß eigentlich Arthur Hamlin. Am Tag seiner Geburt hatten Della und Grandpa ihn Little Tyke – »kleiner Racker« – genannt, und seitdem war er

Tike Hamlin. Die Marke »Arthur« war zu einem langen Eiszapfen gefroren und dann in der Sonne geschmolzen, fort und vergessen, und nicht einmal sein Papa und seine Mama dachten an »Arthur«, außer wenn sie Rechtsurkunden oder dergleichen unterschreiben mussten.

Tike war als Einziger in der ganzen Hamlin-Sippe nicht auf dem Caprock zur Welt gekommen. In einem ausgewaschenen Canyon gab es eine kleine, längliche Zweizimmerhütte, wo seine Mama gleich neben dem Eingang mehrere Schösslinge der Amerikanischen Wildpflaume angepflanzt hatte. Die Pflaumenwurzeln grub sie aus und kaute sie als Tabak, und mit den abgekauten Stielen reinigte sie sich die Zähne. Die Hütte stürzte ein, sie bekam Angst vor Schlangen, Echsen, Fliegen, Käfern, Schnaken und heulenden Kojoten und überredete ihren Mann, auf einem sechshundertvierzig Morgen großen neuen Weizenfeld, nur eine Meile nördlich von Old Grandpa Hamlins alter Höhle gelegen, ein Fünfzimmerhaus zu bauen.

Tike war ein mittelmäßiger Mann, mittelmäßig klug und mittelmäßig unwissend, klug genug, um zu lernen, was der Kampf mit dem Wetter und die Bewirtschaftung des Landes ihn lehrten, klug genug, was die Tricks von Männern, Frauen, Tieren und all den anderen Dingen der Natur anbelangte, klug genug, um einen Schneesturm, heftige Regenfälle, eine Trockenperiode, den raschen Wechsel des starken Windes vorauszusehen, klug genug, um zu wissen, wie man Freundschaften schließt und Feinde bekämpft. Unwissend, was Schulangelegenheiten betraf. Er war ein drahtiger, hart zupackender, hart arbeitender Mann. An seinem Bauch gab es kein überschüssiges Fett, weil er es schneller verbrannte, als es entstehen konnte. Er war 1,72 groß, vierschrötig, aber lässig in seinen Bewegungen, mit harten Muskeln, festen Knochen und Lungen, aber einem ausgeprägten Hang zur Trägheit. Er war von der lächelnden, freundlichen, unbeschwerten, gutmütigen Sorte, und wenn er jemanden hasste, setzte er genau dasselbe Lächeln auf, um den Betreffenden zu täuschen, und ob er einen Faustkampf gewonnen oder verloren hatte, immer grinste er dasselbe kleine Grinsen. Als Junge hatte sich Tike wegen aller möglichen Sachen alle möglichen Kämpfe geliefert, hatte alle möglichen Kleider zerrissen und war mit allen möglichen Striemen und Schrammen nach Hause gekommen. Jetzt jedoch war er dreiunddreißig Jahre alt und ein verheirateter Mann; seine Frau Ella May hatte ihn gelehrt, sich nicht zu prügeln und keine Kleider im Wert von fünf Dollar zu zerreißen, solange er keinen Zehn-Dollar-Grund dafür hatte.

Seine Arbeitswut überkam ihn in Anfällen, und seine trägen Träumereien überkamen ihn, damit seine müden Muskeln sich schonen konnten. Er war ein träumerischer Mann mit träumerischem Land ringsumher, ein Mann mit Ideen und Visionen, so groß, zahlreich, ungestüm und geordnet wie die Sterne der großen, dunklen Nacht ringsumher. Seine Hände waren kräftig, groß und knotig, seine Haut wie Leder, und dreiunddreißig Jahre salziger Schweiß hatten in ihren

Runzeln Spuren hinterlassen. Seine Hände waren mit Narben und Scharten bedeckt, mit Schwielen, Blasen, Schnitt- und Brandwunden, die entstehen, wenn man gewinnt, verliert und eine schwere Bürde trägt.

Ella May war dreiunddreißig, genauso alt wie Tike. Klein, mit festem Atem und festen Gliedern, auf zwei festen Beinen und eine schnelle Arbeiterin. Eine Frau, die sich bewegte, die sich schnell bewegte, die immerzu in Bewegung war. Ihr schwarzes Haar fiel ihr bis über die Schultern, ihre Haut war vom Wind verbrannt. Zwei bis drei Mal am Tag weckte sie Tike aus seinen Träumereien und trieb ihn an, in Bewegung zu bleiben. Sie schien aus demselben Stoff gemacht, aus dem die Bewegung ist. Sie war die Tatkraft selbst, die zur Tat schritt. Energie durchströmte die Welt nur ihretwegen. Gab es keine Arbeit zu tun, schmerzten ihre Hände und zuckten vor nervöser Pein.

Tike kam vom Briefkasten zurückgerannt und wedelte mit einem braunen Briefumschlag im Wind. »Er is da! Komm! Guck mal! He! Elly Maaayyy!« Als er auf den Hof lief, schlitterten seine Schuhsohlen über den harten Boden. »Lady!«

Der Boden um das Haus war festgetrampelt, von Füßen festgetreten, fester noch von den Regengüssen und wiederum fester von dem seifigen Spülwasser, das sich aus Wannen und Eimern ergoss. Auf dem Schmutz im Hof lag eine seifige Schicht aus weißlichem Wachs, an einigen Stellen war sie mehrere Zentimeter tief in die Erde gesickert. Als Ella May zwei leere 20-Gallonen-Sahnekannen über den Hof schleppte, stieg ihr der strenge Geruch von Säuren und Laugen in die Nase.

»Puh.« Sie warf einen finsteren Blick auf die Sonne, dann über die Sahnekannen hinweg auf Tike und schließlich auf das Haus. »Stinkendes altes Loch.«

»Guck mal.« Tike drückte ihr den Umschlag in die Hand. »Wird nich mehr lang stinken.«

»Wieso? Wieso soll sich das alles plötzlich ändern? Hmmm?« Sie betrachtete den Brief. »Hmmmm. US-Ministerium für Landwirtschaft. Mmmmm. Mach schon. Wir müssen noch vier Kannen von der Windmühle holen. Habse grad ausgewaschen.«

»Guck doch mal rein.« Er folgte ihr zur Mühle und legte sein Kinn auf ihre Schulter. »Nun mach schon auf.«

»Schnapp dir zwei Sahnekannen, Mann.«

»Guck dir den Brief an.«

»Ich werd meine Arbeit nich unterbrechen, nur um irgend n Brief von irgendwem zu lesen, schon gar nich vom Landwirtschaftsministerium. Außerdem hab ich ganz nasse Hände. Schnapp dir die beiden Kannen da und hilf mir, sie auf die alte Bank am Küchenfenster zu wuchten.«

»Küchenfenster? Wir haben doch nich mal ne Küche.« Tike packte zwei der Kannen an den Henkeln und trug sie neben ihr her. »Küche. Blödsinn.«

»Ich tu halt so, wie wenn's meine Küche wär.« Unter dem Gewicht der Kannen wurde ihr Rücken krumm. »Mehr Küche is für uns sowieso nich drin.« In ihrer Stimme schwang ein kleiner Seufzer müder

Traurigkeit mit. Sie verstummte, und nur noch das Geräusch ihrer Schuhsohlen auf dem harten Boden war
zu hören und über allem der ewige Schrei des Windes:
»Huuuuiii.«

»Schwer? Lady?« Er lächelte sie von der Seite an
und behielt den Brief im Auge, der in ihrer Schürzentasche steckte.

Der Wind war heftig genug, um ihr Kleid bis über
die Knie hochzuwehen.

»Hör auf, mich so anzustarren, Mann.«

»Ha ha.«

»Du siehst doch, dass ich mit den Kannen genug zu
tun hab. Ich kann nichts dafür. Ich kann's nich runter-
ziehen.«

»Eintritt frei. Eintritt frei«, sang Tike in die weite
Welt hinaus, als der Wind ihm Ellas nackte Schenkel
zeigte.

»Du gemeiner Kerl, du.«

»He, Kühe, Pferde, Möpse, Schweinchen. Eintritt
frei. He.«

»Fies. Ordinär.«

»Hierher, Shep. Hierher, Ring. Putt putt putt,
Hühnchen. Miez miez miez, miiiaaauuu. Miiiaaauuu.
Blase, Wind, blase! Da hab ich mir ne Frau angelacht,
und sie will nich mal, dass ich ihre Beine seh! Blase!«
Er bohrte den rechten Ellbogen in ihre linke Brust.

»Tike.«

»Blaaase!«

»Tike! Hör auf. Blödmann. Schwachkopf.«

»Blaaaase!« Scheppernd hob er seine beiden Kannen auf die Bank. Um höflich zu sein, langte er auch nach ihren Kannen, wollte sie hochstellen, doch Ella machte eine Bewegung zur Seite.

»Du bist richtig vulgär. Du hast ne schmutzige Fantasie. Du bist so ziemlich der fieseste, ordinärste, nichtsnutzigste Mann, den ich mir zum Heiraten hätte aussuchen können! Mich so anzustarren. Mich so aufzuziehen. Genau das bist du nämlich. Ein gemeiner Neckbolzen. Lass das! Ich stell meine Kannen selbst auf die Bank.« Sie hob ihre Kannen an.

»Lady.« In seinem Grinsen war der höllische Teufel.

»Lass das. Komm mir bloß nich mit Lady.« Ihr Gesichtsausdruck wechselte von zaghaftem Lächeln zu tiefem und zärtlichem Schmerz, einem Schmerz, der älter war, einem Schmerz, der größer war als sie selbst. »Das Haus is genauso morsch und vermodert wie die alte Bank da. Irgendwann wird das Fliegengitter einfach verrotten und in tausend Stücke zerfallen.«

»Lass es zerfallen.« Tike verkniff sich ein Lachen.

»Der Fensterrahmen is so verfault, dass kein Nagel mehr hält.« Tränen traten ihr in die Augen, sie biss sich auf die Oberlippe und schluchzte: »Hab versucht, den Fliegendraht mit Reißzwecken festzumachen, um die verdammten Fliegen draußen zu halten, aber die kommen einfach weiter rein, weil das Holz so morsch is, dass die Reißzwecken in weniger als zwanzig Minuten rausgefallen sind.«

Tike machte ein trauriges Gesicht, doch bevor sie ihm den Blick zuwenden konnte, gab er sich mit dem Handrücken eine Ohrfeige. Das brachte ihn immer zum Lächeln, ob er nun froh war oder traurig. »Lass es verfaulen, Lady.« Er stemmte die Hände in die Hüften, trat einen Schritt zurück und besah sich das Haus. »Schätze, wenn's verfault sein will, hat's n Recht, verfault zu sein, Lady. Bei allen goldnen Brummern und Rammlern! Denk dran, wie viele Kinder die alte Hütte schon großgezogen hat. Da wär ich auch ganz klapprig und krummbeinig und verbogen und durchgesackt und verfallen und würd auch in der Mitte schwanken, wenn ich auf so nem kleinen Fleck gestanden hätt wie die kleine alte Hütte, und das zweiundfünfzig Jahre lang. Lass sie verfaulen. Verfaul doch! Verrotte! Stürz ein! Kipp um! Krach zusammen! Du kleines, verrottetes, pissegetränktes altes Miststück, du! Fall um!« Seine Stimme wechselte von gutmütigem Spott zu Worten rasender Wut. »Stirb! Fall um! Verrotte!«

»Wie ich es hasse.« Sie trat zurück und stand jetzt dicht vor ihm. »Ich arbeite mir Hände und Finger wund, Tike, aber ich krieg's einfach nich sauber. Es wird jeden Tag dreckiger.«

Tikes Hände wanderten zu ihren Brustwarzen, während er sie auf den Nacken küsste und an ihren goldenen Ohrringen knabberte. Seine Finger rieben erst ihre Brüste, dann ihren Bauch. Dabei zog er den Brief aus ihrer Schürzentasche. »Lesen wir jetzt den kleinen Brief?«

»Hmh? Schau dir die armen, alten, vergammelten Bretter an. Man kann richtig sehen, wie sie Tag für Tag weiter verrotten und verfallen.« Sie lehnte sich an seine Gürtelschnalle.

Er legte die Arme um sie und drückte sanft und leicht ihre Brüste. Während sie beide dastanden und sich umsahen, legte er sein Kinn auf ihre rechte Schulter und roch an ihrem Hals und an ihren Haaren.

»Landwirtschaftsministerium«, las sie auf dem Umschlag.

»M-m.«

»Ach, ein kleines Buch. Mal sehen. *Farmer's Bulletin*, Nummer tausendsiebenhundertundzwanzig. Mm-hmm.«

»Jawohl, Ma'am.«

»Die Verwendung von Adobe bzw. luftgetrockneten Lehmziegeln beim Hausbau.« Ein Lächeln leuchtete durch ihre Tränen.

»Jawohl, Lady.« Er spürte die Wärme ihrer Brüste.

»Ein Foto von einem aus Adobe gebauten Haus. Rundum farbig verputzt. Hübsch. Und da sind lauter Zeichnungen, Tabellen und Schaubilder. Die zeigen so ziemlich alles, was die Welt darüber weiß.«

»Wie man's vom Keller aufwärts hochzieht. Kostenloses Baumaterial. Man muss nur noch arbeiten und den Buckel krumm machen«, sagte er. Dann war ein Lächeln in seiner Seele. »Hat mich n ganzen Nickel gekostet, das Buch.«

»Adobe. Oder luftgetrocknete Lehmziegel. Zum Bauen.« Sie blätterte in den Seiten und sprach langsam einige wenige Wörter. »Sind feuerfest. Sind schweißfest. Brauchen keine Facharbeiter. Sind windfest. Können nicht von Termiten zerfressen werden.«

»Juhu!«

»Bei kaltem Wetter sind sie warm. Bei heißem Wetter sind sie kühl. Lassen sich mühelos frisch und sauber halten. Einige der ältesten Häuser im Land sind aus Erde gebaut.« Sie betrachtete das Umschlagfoto des hübschen kleinen Hauses mit den Blumen davor. »Alles gut und schön. Sehr, sehr gut und schön. Aber.«

»Aber?«, fragte er hartnäckig. »Aber?«

»Aber. Nur ein oder zwei Aber.« Sie schürzte die Lippen und blickte zu Boden. »Siehst du den Lehm hier, den Boden unter deinen Füßen?«

»Klar.« Tike sah hinunter. »Ich seh's. Was is damit?«

»Der is das Aber.«

»Das Aber? Was für n Aber? Bei dem, was in dem Buch steht, gibt's kein Aber. Das is n Buch von der US-Regierung, da is das Siegel, unten links in der Ecke! Was gefällt dir nich an dem Boden unter meinen Füßen? Der is doch jetzt schon so hart wie Adobe!«

»Aber. Aber. Aber. Is nur ganz zufällig nich dein Boden.« Sie strengte sich an und brauchte eine gute Weile, um ihre Worte herauszubringen. Ihre Stimme klang trocken und rauh, nervös. »Kapiert, Mister?«

Tike rieb sich das Auge, dann die Stirn, dann die Haare, dann den Nacken. Er zupfte sich am Ohrläppchen und sagte: »Das is der Haken an der Sache.«

»Ein Haus« – ihre Stimme wurde lauter – »aus Erde.«

Tike hörte nur zu. Seine Kehle war so zugeschnürt, dass er kein Wort herausbekam.

»Ein Haus aus Erde. Und keinen Zollbreit Erde, auf dem wir's bauen können.« Ihr Körper bebte, zitterte, schauderte, als sie mit der Schuhsohle über den Erdboden kratzte. »Ohhhh ja«, sagte sie auf eine Art, die sich über sie beide, über die ganze Farm lustig machte, die über den alten Kuhstall spottete, über den eisernen Wassertank höhnte, sich über alle Häuser in Sichtweite lustig machte. »O jaaaaa. Wenn wir n Stück Land hätten, könnten wir uns n wunderschönes Haus aus Erde bauen. Aber. Na ja. Da beißt sich die Katze in den Schwanz.«

»Da beißt sich die Katze« – er sah zum Himmel hinauf, dann auf seine Schuhspitzen – »in den Schwanz.«

Ella verwandelte sich in eine Predigerin und ging vor Tike auf und ab, hin und her. Sie legte die Hände auf ihre Brüste, fuchtelte mit den Armen, boxte den Wind mit den Fäusten und schrie: »Warum muss es immer was geben, was einen umhaut? Warum is dieses Land voller Sachen, die man nich sehen kann, voller Sachen, die einen umhauen, umstoßen, umschmeißen und einem die letzte Hoffnung rauben? Warum muss mich, sobald ich auf ein kleines Dies oder ein kleines Das hoffe, immer, aber auch immer diese irrwitzige Dieberei umhauen? Ich will mich nich mehr so behandeln lassen, keinen Zollbreit mehr. Nich ne Minute länger, nich ne Sekunde länger. Mein ganzes Leben lang hab ich nie auch nur n Fitzelchen mehr verlangt, als was ich brauchte. Nie wollte ich das Land oder das Leben anderer Leute besitzen, beherrschen oder bestimmen. Nie hab ich mich nach was anderm gesehnt als nach ner anständigen Chance zu arbeiten, nem anständigen Ort zum Wohnen und nem anständigen,

ehrlichen Leben. Warum gelingt uns das nicht, Tike?
Sag's mir. Warum? Warum können wir nich genug Land
haben, um drauf zu arbeiten? Warum können wir nich
genug Land haben, um's zu bestellen und wie Menschen davon zu leben? Warum nich?«

Tike setzte sich in die Sonne und kreuzte die Füße
unter sich. Er buddelte in dem seifigen Spülwasser-
dreck und sagte: »Ich weiß es nich, Lady. Bei den Menschen isses immer jeder gegen jeden. Sie belügen sich,
sie betrügen sich, sie rennen und pirschen und hehlen
und stehlen und zählen und schummeln, und dann
schummeln sie noch mehr. Ich hab mich schon immer
gewundert. Ich weiß es nich. Is einfach jeder gegen jeden. Mehr weiß ich nich.«

Sie setzte sich vor ihn und legte ihren Kopf in seinen Schoß. Und wieder spürte er die nassen Tränen
auf ihren Wangen. Und sie schniefte und fragte ihn:
»Warum muss es ein Kampf jeder gegen jeden sein?
Warum können wir nicht leben und leben lassen? Warum können wir nicht arbeiten und arbeiten lassen?
Jeder gegen jeden! Jeder gegen jeden! Ich hab's satt,
ich bin's leid, mir is schlecht im Magen und schlecht
in der Seele von diesem Kampf. Jeder gegen jeden!«

»Nich schlechter als wie mir, Lady. Aber schnauz
mich nich an. Ich hab's nich angefangen. Ich kann's
nich beenden. Nich ich allein.« Er legte die Hände auf
ihren Hinterkopf.

»Ach, ich weiß doch. Das mein ich ja auch gar
nich.« Sie blies ihren warmen Atem auf seinen Overall, richtete sich auf und sah ihn an.

»Was meinst du nich?«

»Dass du schuld dran bist, dass alle so diebisch und gemein sind. Ich glaub nich, dass du allein Schuld hast. Ich glaub auch nich, dass ich allein Schuld hab. Aber ich glaub, in Wirklichkeit sind wir beide schuld.«

»Wir? Ich? Du?«

»Ja.« Sie schüttelte den Kopf, während er mit ihrem Haar spielte. »Das glaub ich. Das glaub ich wirklich.«

»Hmmm.«

»Wir sind schuld, weil wir zulassen, dass sie uns bestehlen«, sagte sie.

»Wir lassen es zu? Wir haben sie dazu gebracht, zu stehlen?«

»Ja. Wir sind schuld, dass sie uns bestehlen. Einen Penny hier. Einen Nickel da. Einen Dime. Einen Vierteldollar. Einen Dollar. Wir waren bequem. Wir waren gutmütig. Wir wollten kein Geld nur um des Geldes willen. Wir wollten nicht das Geld von andern Leuten, wenn die drauf verzichten mussten. Für n Penny hier haben wir über den Ladentisch gelächelt. Für n Nickel da haben wir durch die Gitterstäbe des Bankschalters gelächelt. An unsrer Haustür haben wir ihnen n Vierteldollar gegeben. Auf der Straße haben wir ihnen Geld gegeben. Wir haben ihre Verträge unterschrieben. Wir wollten kein Geld, also haben wir kein Geld gestohlen, und wir haben sie verwöhnt, wir haben sie verhätschelt, wir haben sie bei Laune gehalten. Wir haben zugelassen, dass sie uns bestehlen. Wir wussten, dass sie uns am Wickel hatten. Wir wussten es. Wir wussten Bescheid, wenn sie uns jeden kleinen roten Cent abgenommen haben. Wir wussten es. Wir wussten Bescheid, wenn sie die Preise raufgesetzt haben. Wir wussten Bescheid, wenn sie den Lohn für unsere Arbeit gesenkt haben. Wir wussten es. Wir haben gewusst, dass sie uns bestehlen. Wir haben ihnen beigebracht, uns zu bestehlen. Wir haben es zugelassen. Wir haben sie in dem Glauben gelassen, dass sie uns betrügen können, weil wir einfache, gewöhnliche Leute sind. Da haben sie sich dran gewöhnt.«

»Die haben sich tatsächlich dran gewöhnt«, sagte Tike.

»Wie an Dope. Wie an Whiskey. Wie an Tabak zum Rauchen. Wie an Tabak zum Schnupfen. Wie an Morphium oder Opium oder sonst was. Die sind dran gewöhnt, uns für gottverdammte Volltrottel zu halten«, sagte sie.

»Du hast geflucht, Elly.«

»Bis das hier vorbei is, werd ich noch viel schlimmer fluchen!«

»Nein. Nein. Ich will keine Flüche nich von dir hören. Ich will mir nich anhören müssen, dass meine Frau sich so aufführt, wo sie doch ihr ganzes Leben lang nich geflucht hat.«

»Du wirst noch mehr davon zu hören kriegen.«

»Ich weiß nich, warum, Lady, würde nie wissen, warum, schätze ich. Aber so schlimme Wörter passen einfach nich in deinen Mund. Dass *ich* fluche, is in Ordnung. In meinem Mund is sowieso n bisschen was von allem drin. Aber ganz bestimmt nich du. Du wirst doch wohl nich den Kopf verlieren und anfangen, mit den Leuten zu streiten und zu fluchen? Das lass ich nich zu. Ich geb dir eins aufs Maul.«

Ella May schüttelte nur ihre Locken in seinem Schoß.

»Du konntest schon immer besser streiten, mit hübschen Worten, Lady. Weiß nich, wie ich's dir sagen soll, aber wenn ich durchdrehe und fluche und aus der Haut fahre, kommt's mir vor, wie wenn meine Wörter in alle Richtungen wehen, und dann gehen sie irgendwie verloren. Aber du hast schon immer vernünftiger geredet. Als ob alles, was du sagst, so oder so, Sinn ergibt und stehen bleibt. Das trifft sie mehr als mein blödes Geschimpfe.«

»Trifft wen mehr?« Sie hob den Kopf, schüttelte sich das Haar aus dem Gesicht und biss sich auf die Lippen, als sie zu lächeln versuchte. »Wen denn?«

»Weiß nich. All die Betrüger und Diebe, von denen du redest.«

»Ich meine keinen bestimmten Mann und keine bestimmte Frau, Tike. Ich rede bloß von Habgier. Von schlichter Habgier.«

»Ja. Ich weiß. Die Gierhälse«, sagte er.

Und sie sagte: »Nein. Nein. Weißt du, Tike – äh, das klingt vielleicht komisch. Aber ich glaube, die Leute, die habgierig sind, die glauben, dass es gut ist, habgierig zu sein. Die haben eine Hoffnung, einen Traum, eine Vision in sich, genau wie ich, äh, wie wir. Und irgendwie ist das schlimm, aber nicht ihre Schuld.«

»Hmm?«

»Nicht mehr, als wenn eine schlimme Krankheit ausbricht, eine Art Fieber oder eine Art Pest, und wir alle würden sie kriegen, wir alle. Manche erwischt es nur leicht, manche, na ja, mittelschwer. Andere erwischt es schwerer und schlimmer, und wieder andere erwischt es ganz schlimm. Manche von uns würden vor lauter Fieber den Kopf verlieren, manche würden die Hände verlieren, und manche würden den Verstand verlieren.«

»Ja. Aber wer hätte Schuld an so ner Seuche? Niemand kann kein Fieber nich anzetteln oder so was wie ne Pest. Oder doch, Lady?«

»Dreck macht krank und frisst die Menschen auf.«

»Ja.«

»Und Unwissenheit ist der Grund für den Dreck der Menschen.«

»Ja – aber –«

»Komm mir nicht mit aber. Und der Grund für deine Unwissenheit ist deine Habgier.«

»Meine Habgier? Du meinst, äh, mich? Meine Habgier? Du meinst, meine Habgier is schuld dran, dass die Farm so dreckig is? Ich habse nich verdreckt. Wenn's meine Farm wär, würd ich das verdammte Ding schrubben, bis es aussieht wie n neuer Hut.«

Sie setzte sich auf und blickte über seine Schulter. »Mir geht's genauso. Ich weiß nich. Aber man kann sein Herz nich an was hängen, was einem nicht gehört.«

»Ganz bestimmt nich.«

»Ich weiß nich. Hab's nie gewusst. Aber mir kommt's so vor, als wenn sich alle zusammentun könnten und ein paar Gesetze machen, die jedem, aber auch jedem ein Stück Land geben, groß genug, um n Haus drauf zu bauen.«

»Jeder würde das Land sofort verkaufen und das Geld verspielen, vertrinken oder verhuren«, sagte er zu ihr. »Zocken. Saufen. Ficken.«

»Sollte aber geregelt werden – wenn man sein Stück Land verkauft, fällt's wieder an die Regierung zurück und nicht an irgendeinen gemeinen, geizigen Pfennigfuchser«, sagte sie.

»Würde die Regierung heute Grundstücke verteilen, hätten die Banken sie in zwei Monaten alle wieder.« Er lachte.

»Und wenn das passiert« – sie legte den Kopf schief – »sollte die Regierung sie den Banken wegnehmen und wieder neu verteilen. Wozu bezahlen wir sie? Fürs Fischen?«

»Fürs Ficken.« Wieder lachte Tike.

Sie kniff die Augen zusammen, um sein Gesicht genauer zu betrachten, und sagte: »Heute hast du wirklich nur Sex im Kopf.«

»Das hab ich jeden Tag.«

»Ich hab so viel Vernünftiges über dein Haus aus Erde gesagt und über das Land, auf dem's stehen soll, und du redest immer nur von Sex.«

»Wozu, glaubst du, will ich n Stück Land und n Haus? Zum Vögeln!«

»Denkst du jemals an was anderes als an die nächste Nummer?«

»Nich, dass ich wüsste.«

»Wie lange geht das bei dir schon?«

»Bevor ich laufen gelernt hab.«

»Dummkopf.«

»Ich ein Dummkopf? Wieso?«

»Ach.« Sie sah ihn an. »Weiß nich. Schätze, du bist schon dumm geboren. Wieso kommt's eigentlich, dass du so dumm geboren bist, Tikey?«

»Wie kommt's eigentlich, dass du so schön geboren bist? Lady?« Tike fühlte seinen Penis im Overall groß und hart werden. So, wie er dasaß, hatte sein Penis nicht genug Platz dafür. Der Stoff ließ ihn in der Mitte abknicken, und Tike verspürte einen pulsierenden Schmerz. Er stand auf und spreizte die Beine. Er griff in den Overall, schob seinen Penis senkrecht und seufzte behaglich. Sein Blut strömte wärmer, und die Welt schien unter seinen Füßen davonzufliegen. Das alte Gefühl überkam ihn, und er ließ den Blick über den Hof schweifen, um Ella May etwas sagen zu können.

Sie stand ebenfalls auf und betrachtete den Boden, auf dem sie gesessen hatte. Sie hob das Buch des Landwirtschaftsministeriums auf und beobachtete Tike, der seine Hand im Overall hatte. Sie sah seine Lippen zittern und hörte, wie er tief Luft holte. »Was hast du denn da drin gefangen, Tikey, n Frosch?«

»ne Schlange«, sagte Tike. »ne Giftschlange.«

»Scheint ja n ziemliches Handgemenge zu sein.«

»Ich kämpfe mit ihr Tag und Nacht.«

»So wie's aussieht, scheint sie die Oberhand zu behalten.« Sie musterte ihn aus den Augenwinkeln.

Er wartete einen Moment mit seiner Antwort, trat einen Schritt vor und griff nach ihrer Hand. Die Feuchtigkeit seiner Handfläche ließ sie die Hitze seines Verlangens erahnen. Langsam, behutsam zog er sie rückwärts zum Kuhstall hin. »Psssst, Lady. Psst, Lady. Willste mal was sehen? He?«

»Was hast du mit mir vor, Mister?« Zuerst zierte sie sich, dann gab sie nach und ging mit. »Bitte um Auskunft.«

»Schsch. Werd dir was zeigen.«

»Was denn zeigen? Was?«

»Schsch. Etwas.« Es war schon komisch, zu sehen, wie er lautlos zu schleichen versuchte, wo doch die Sohlen seiner schweren Arbeitsschuhe ein so knirschendes und mahlendes Geräusch machten, dass es auf der ganzen Ranch zu hören war. »Schsch. Komm mit.«

Was würde das wohl sein? Was auf der Farm hatte er ihr noch nicht gezeigt, auf genau diese Art? Was würde es sein? Eine Schlange, die versuchte, eine Eidechse zu verschlucken, oder eine Eidechse, die einen Frosch verschluckte? Ein Hornissennest, das er erbeutet hatte, mit einem Maiskolben im Einflugloch? Hatte er wieder mal die großen Knochen und Zähne prähistorischer Reptilien angeschleppt? Würde er ihr wieder mal eine Rippe, ein Schienbein oder ein Stück Haut von der Mumie eines vagabundierenden Vorfahren zeigen? Drei Fliegen, die eine tote Gefährtin wiederzubeleben versuchten, indem sie sie mit der Zunge ableckten? Ameisen, die ihre Fühler an Läusen rieben,

bis diese einen Orgasmus bekamen und puren Honig-
tau ausschieden? Eine Krötenechse, den Bauch voll
roter Ameisen? Adlerfedern, zusammengebunden mit
einem Streifen Menschenhaut? Eine rot-weiße Mur-
mel, die er gefunden hatte? Einen Würfel ohne Augen? Vielleicht bloß einen alten Schuh voller Mäuse-
babys? Eine Hummel, an eine Spule schwarzes Garn
gebunden? Was? Warum hatte er auf einer Sechshun-
dert-Morgen-Farm seine Reliquien ausgerechnet im
Kuhstall neben dem Heu aufgehäuft?

»Sag mir, was es ist!« Sie roch den sirupähnlichen
Geruch von gepresstem Viehfutter und Dung und
den noch süßeren Duft des Safts in den Grashalmen.
»Tike!«

Es lag eine Art Trauer über dem kleinen Kuhstall.
In den Boxen, den Futtertrögen, den V-förmigen Krip-
pen mit trockenen Maiskolben, Maishülsen und Heu
herrschte eine magnetische Elektrizität. Es waren die
Radiowellen ihrer alten Erinnerungen. Diese Wellen
schwangen, tanzten und leuchteten auf den hölzernen
Streben, Brettern, Gittern und Stützen, auf den Plan-
ken und Schindeln. Und der Geruch war nicht nur
etwas Bittersüßes, das an ihre Nasen drang. Nein,
der Geruch beschwor ältere Bilder herauf, und diese
Bilder führten Gerüche und Wörter mit sich, Dinge,
getan an Tagen, von denen einige behaupten, sie seien
vergangen. Die Bretter waren alle glatt gewetzt von den
Haaren und der warmen Haut der Kühe, die krummen
Pfaden folgten, nur um den Genuss von Tikes und Ella
Mays Händen an ihren Zitzen zu erleben. Trotzdem

erzählten Ella Mays Augen eine Geschichte von traurigen Abschieden, als sie den Feuerball der Sonne untergehen sah und ihren Strahlen bis zu der Stelle folgte, wo sie auf einen glatten, runden Zedernpfosten prallten, der das kleine Dach stützen half. Ein heißer Kummer regte sich in ihr. Sie saß auf dem Heuballen, auf den Tike sie gesetzt hatte. Sie spürte, wie Erinnerungen sie durchströmten. Sie spürte, wie eine schwere Last müder Mattigkeit sie überfiel. Die erste Liebe ihres Lebens war in diesen drei Wänden geboren worden. Hierher hatte Tike sie geführt, um sie mit losem Heu, losen Saatkörnern, losen Küssen zu bedecken. Hier hatten sie ihrer beider Sorgen zu *einer* Sorge vereint, hier waren all ihre zerstreuten, streunenden kleinen Begierden zu einem einzigen Licht des Sehnens verschmolzen. Diese Bretter, diese Nägel, Stücke langen Drahts, Heu, Getreide, Dung – all das war ein glühendes Streichholz, das den Docht ihrer Lampe entzündete. Jeder Teil, jedes Partikel des Stalls war Teil des Einen. Jeder Zollbreit des Stalls trug seinen eigenen Namen. Und beim Schein ihrer Lampe konnten sie die ganze Welt sehen und fühlen.

Und es schien Ella May, als versuchten ihre Augen, den Sonnenstrahlen um die ganze Welt zu folgen. Sie lehnte sich an einen größeren Heuballen und hob mit den Händen ihre Brüste an, atmete tief ein, öffnete die Lippen und wünschte sich, jedes kleine Haar auf jedem kleinen Körper in der großen weiten Welt zu sehen, so wie das Licht der Sonne es kann. So wie der Atem des Windes es kann. So wie die Wasser sie alle

waschen. Ihr Atem wehte hinaus und hinüber und
herein und herum und durch die ganze Farm, und sie
spürte den Schmerz, das Weh, die Qual, die Krankheit, den Jammer und die Fröhlichkeit aller Dinge um
sie her. Und in ihren Händen spürte sie die Haut ihrer
Brüste, und ihre Haut fühlte sich heiß an. Und auf
ihrem ganzen Körper lag ein Schweißfilm. Sie bewegte
die Ferse in ihrem Arbeitsschuh auf und ab und
spürte, wie die blasige Schwiele am Leder rieb. Sie
legte die Füße seitlich, stemmte sich gegen das Stroh
auf dem Erdboden und zog die Füße aus den Schuhen.
Dann lehnte sie den Kopf zurück und spreizte die
Knie. Das Fächeln der Brise tat ihren Füßen und ihren
Schenkeln gut.

»Ich kann's nich ändern, wenn mir danach is,
Lady«, sprach er in ihre Haare, während er hinter ihr
stand. »Ich weiß nich, vielleicht isses ja nur, weil ich n
Mann bin oder so.«

»Oder so.« Sie legte sich die Hand auf die Schulter
und nahm seine Finger. »Hab ich dich gebeten, das zu
ändern?«

»Nein.«

»Grandma hat uns Mädchen immer gesagt, eine
Frau empfindet sieben Mal so viel Leidenschaft wie
ein Mann. Aber das glaube ich nicht. Ich glaube, dass
du sie jedes Mal genauso empfindest wie ich und ich
sie jedes Mal genauso empfinde wie du. Ich weiß
nicht, wie ich dir sagen soll, was ich empfinde. Ich
glaube nicht, dass eine Frau einem Mann sagen kann,
was sie empfindet. Sie könnte das Blaue vom Himmel

herunterreden und es doch nie sagen. Tike, hast du etwa dein Hemd ausgezogen? Spüre ich da deine Haut? Und deinen Overall auch? Und deinen Pullover? Du holst dir noch den Tod.« Sie stand auf und sah ihn an.

»Hab ein Bett draus gebaut.« Er stand nackt vor ihr und zeigte nach unten.

»Du wirst erfrieren.«

»Die Sonne is warm. Warm genug. Mir is nich kalt. Aber ich könnt ne kleine Umarmung vertragen, falls du eine übrig hast.«

Sie trat auf ihn zu. Er legte die Arme um sie. Sie umschlang ihn, küsste die Haare auf seiner Brust und spielte mit der Nasenspitze an seinem Hals. Während sie so dastanden und sich küssten, durchtränkte die Hitze ihrer Körper ihr Kleid mit Schweiß. Tike küsste ihre Augen, ihre Ohren und ihr Haar, ihre Nasenflügel und ihren Hals. Er presste seine Lippen auf ihre, und sie saugte an seiner Zunge. Sie schloss die Augen und stellte sich auf die Zehen, und alles, was sie spürte, war seine Zungenspitze, die gegen ihre Zähne drückte. Mit einer Hand strich er ihr durchs Haar. Mit der anderen rieb er ihre Rückenmuskeln und ihre Schulterblätter und knetete ihre Hüften. Sie wussten nicht, wie lange sie so dastanden und einander küssten.

Ella spürte, wie sein langer, heißer Penis fest gegen ihre Bäuche presste. Als sie langsam und leicht die Hüften kreisen ließ, spürte sie, dass sein Penis noch heißer wurde und wuchs. Mit der Zungenspitze berührte er jeden ihrer Zähne, einen nach dem anderen;

an zwei Stellen, wo sie keine Zähne mehr hatte, spürte er das bloße Zahnfleisch. Seine Zunge wanderte über ihren Gaumen, und sein Mund füllte sich mit Speichel, den sie in ihren Mund saugte und hinunterschluckte.

Die beiden ließen sich auf Tikes Kleider im Heu fallen und lösten minutenlang nicht ihre Lippen voneinander. Tike küsste sie auf Schultern und Arme. Mit der Zungenspitze berührte er ihre Brustwarzen und sah sie im Licht der Sonne aufragen. »Kriegt das kleine Baby seine Tittimilch?«, versuchte sie ihn zu necken.

»Milch und Honig.« Er sprach, ihre linke Brustwarze zwischen den Lippen. »Die ist für Milch. Die für Honig. Die ist für Milch. Die für Honig.« Während er zu ihrer Haut sprach, saugte er an jeder Brustwarze, an der rechten und der linken.

»Schämt sich das kleine Tikey-Baby eigentlich gar nicht, seine Mama einfach so auf den Heuhaufen zu schmeißen, nur um sein Happahappa zu kriegen?« Sie versuchte, ernst zu bleiben, aber er hielt sein Ohr an ihr Herz und hörte sie verstohlen lachen. Irgendwo in ihr hörte er ein tiefes Gurgeln und Plätschern wie von Wasser.

»Nein.« Er sprach wie ein Baby. »Kleines Tikey-Baby kein Angst.«

Als sie lachte, wippte ihr Bauch. Er spürte, wie all ihre Körpermuskeln zuckten.

Dann sprach er wieder: »Kleines Tikey-Baby kein Schämischämi.«

»Nein? Mmm?«

»In dir plätschert mehr Wasser und Zeugs, als ich

in fünfzig Jahren Zuzeln raussaugen könnt! Hör auf! Sei still! Hör auf, mich zu necken!« Er drückte seinen Mund fester auf ihre Brust und schüttelte den Kopf wie ein verlegenes Kind. Dann wurde er ruhig und still und fragte sie: »Was is n los? Haste Angst, du trocknest aus? Du hast mehr Milch in deinen Titten als jede unserer alten Milchkühe.«

»Tike.«

»Ja?«

»Halt mich einfach. Mmm. Ja, so. Sei meine Decke. Ohhh. So isses gut. So ne schöne warme Decke. So ziemlich die beste Decke, die ich je gehabt hab. Halt mich fest, ganz, ganz fest. Und lange, ganz, ganz lange. Ich möchte nur so liegen und nachdenken. Und nachdenken. Und noch mehr nachdenken.« Sie öffnete die Beine und spreizte die Knie auseinander, als er sich auf sie legte. Dann schloss sie die Beine um seine Hüften und die Arme um seinen Hals. »Wenn du an meinen Nippeln saugst, Tikey, wenn du sie mit deiner Spucke ganz nass machst und der Wind draufbläst, werden sie, ich weiß auch nich, dann werden sie richtig kalt und tun weh. So isses wärmer. Schöner so.«

»Worüber willst du denn nachdenken, Lady?« Tike rieb seine Hüften und seinen Penis an den Haaren zwischen ihren Beinen.

»Über alles.« Sie küsste sein Ohr, dann ließ sie den Kopf nach hinten sinken und ihren Blick im Kuhstall umherwandern. »Über diese ganze große Welt, so voller harter Zeiten, so voller Sorgen, so voller Spaß, mit nem kleinen roten Zaun drumrum.«

»Ich wünschte, du würdst drüber nachdenken, wie wir n Stück schönes Farmland kriegen, mit nem Adobe-Haus drauf und nem großen Adobe-Zaun drumrum.«

»Da gibt's nur einen Weg. Einfach weiterarbeiten und weiterkämpfen und weiterkämpfen und weiterarbeiten und dann arbeiten und sparen und sparen und noch mehr kämpfen«, sagte sie.

»Gegen wen denn?«, fragte er.

»Weiß nich. Bin nich sicher, ob ich's weiß. Aber ich glaube, hauptsächlich gegen die Grundbesitzer«, sagte sie.

»Burschen, die uns unser ganzes Leben lang bis zum Arsch in Schulden halten.«

Tike rückte näher, dann rückte er kurz von ihr ab, um mit der rechten Hand ihre Schamhaare zu fühlen. Er drückte und presste und fuhr ihr mit den Fingern durch die Haare.

Und sie sagte: »Jetzt benutzt du schon wieder ein schlimmes Wort.«

»Allmächtiger, Frau, findest du Arsch etwa n schlimmes Wort?«

»Auf jeden Fall kein schönes.«

»Ja. Aber jeder hat n Arsch. Is doch dein Hintern. Dein Po. Das, worauf du grad liegst.«

Ella lachte, seufzte, kicherte und antwortete nicht. Sie ließ die Arme auf das Heu hinter ihrem Kopf sinken, hielt die Augen geschlossen und drehte das Gesicht zur Seite. Sie biss sich leicht auf die Unterlippe, dann öffnete sie den Mund. Ihre Lippen waren feucht.

Ihr Gesicht – Lider, Haare, Stirn, Ohren, Wangen, Kinn – bot ein Bild fast ungetrübten Friedens und Trostes. Als sie sich die Lippen leckte und atmete, sah Tike eine Spur, zwar nur eine winzige Spur, aber doch eine Spur von Schmerz, Qual und Elend. Ein Gefühl überkam ihn. Ein Gefühl, das ihn noch jedes Mal überkommen hatte, wenn er sie so sah. Es war ein Gefühl von Liebe, aber auch ein Gefühl von Kampf. Einer Liebe, die aus Kampf gemacht war, aus dem Kampf, den er führen würde, falls irgendein Mensch seine Lady kränkte oder verletzte oder auch nur gemeine oder schlimme Dinge über sie sagte. Und lange schien er von einer höheren Warte aus auf ihr gemeinsames Leben zu blicken, auf ihr Leben in einer Hütte auf einer Parzelle aus Schlammboden, und selbst die Parzelle, die Hütte und der Kuhstall, all das gehörte ihnen eigentlich nicht. Nein. Das alles gehörte einem Mann, der sein Land noch nie betreten hatte. Gehörte jemandem, der sich einen Dreck darum scherte. Gehörte jemandem, dem die Gefühle in ihrem Kuhstall gleichgültig waren. Gehörte jemandem, der die feurige Saat aus Worten, Tränen, Leidenschaften nicht kannte, aus Hoffnungen, die hier, auf diesem Flecken Erde, zerschellten. Gehörte jemandem, der nicht glaubte, dass solche Menschen denken konnten. Gehörte jemandem, der ihre Namen auf seiner Geldliste verzeichnet hatte, auf seiner Liste der Dummköpfe. Gehört jemandem, der nicht weiß, wie schnell wir uns zsammentun und wie schnell wir kämpfen können. Gehört einem Mann oder einer Frau, irgendwo, die nicht einmal wissen, dass wir hier unten am Leben sind. Gehört einer Krankheit, die das schlimmste Krebsgeschwür dieses Landes ist, und dieses Krebsgeschwür geht Hand in Hand mit dem Ku Klux Klan, den Jim-Crow-Gesetzen, der Rassentrennung und der Doktrin und dem Evangelium des Rassenhasses, und diese Krankheit ist das System der Sklaverei, die man Naturalpacht nennt.

All das ging Tike durch den Kopf, wenn auch nicht in genau diesen Worten. Nein. Nicht in genau diesen Worten. Es überkam ihn ein Gefühl, wie er es als Junge gehabt hatte, und seither fast jeden Tag. Es ist jenes Gefühl, das sich am schwersten in Worten ausdrücken lässt, weil es nicht nur aus Worten besteht. Es ist eine Vision. Es ist eine wissenschaftliche Tatsache, und alle Experten in Sachen Gehirn und Verstand wissen darum. Es ist keine Geisterseherei, auch keine Vision, die auf Aberglauben beruht, auf Hoodoo, Voodoo, Hexerei, Hokuspokus oder auf der Himmelswelt des Jenseits.

Es geschah jedes Mal, wenn Tikes Hoffnungen, Wünsche, Sehnsüchte und Sorgen, zufällig oder mit Absicht, zu einem einzigen Gedanken zusammenschossen, und gewöhnlich und ganz naturgemäß galt dieser eine Gedanke dem Menschen auf der Welt, den er am meisten liebte. Er hatte einem Dutzend Mädchen auf den Farmen und Ranchen ringsum gegolten. Er war ihm gekommen, wenn Freunde und Verwandte aus der Stadt oder von anderen Farmen ihre Kinder zu Besuch mitbrachten. Er hatte sich eingestellt, wenn Tike an seine Mutter, seinen Vater, seine Brüder und Schwestern dachte. Seit er mit Ella May ging, hatte er diesen Gedanken Hunderte Male gehabt, und seit er mit ihr verheiratet war, ihn nur noch deutlicher, nur noch wirklicher gespürt. Ihr Anblick, wenn sie auf der Farm ihrer Arbeit nachging, ließ ihn in seine Vision verfallen. Wenn sie fort war, in der Stadt oder auf einer der Nachbarfarmen, dachte er so deutlich an sie, dass alles in seiner Welt gleichzeitig auf ihn einstürmte. Tatsächlich sah er eine lebendige Verbindung zwischen allen Gedanken, die er je gedacht hatte, zwischen allem, was ihm je widerfahren war. Jede Zelle in seinem Hirn, jede Erinnerung war überdeutlich mit jeder anderen verbunden, und diese wieder mit einer anderen, und immer so weiter.

Grob gesagt, bestand das Gefühl darin, dass, wenn diese verschiedenen Erinnerungen, Gedanken, Ideen, Vorkommnisse der *eine* Tike Hamlin waren, tja, dann waren die Dinge um ihn herum – Haus, Kuhstall, der eiserne Wassertank, die Windmühle, das kleine Hühnerhaus, die wacklige alte Hütte, die ganze Farm, die ganze Ranch – ein Teil von ihm, so wie ein Ei vom Hof in seinen Mund hinein- und seinen Schlund hinabwanderte und ein Teil von ihm wurde.

Religiöse Menschen wie die Brush Arbor Shouters, die Holy Rollers in ihrem Heu, die Spiritualisten in ihrer Trance, die Christian Scientists auf ihrer Jagd nach dem Einssein mit allen Dingen, sie alle hätten dem Gefühl einen Namen gegeben, wären durchs Land gezogen und hätten darüber gepredigt. Tike sah weder seine Gefühle noch seine schweifenden

Gedanken, noch die Arbeit seiner Hände als etwas, das man kaufte, verkaufte, predigte oder lehrte. Vielleicht sprach es gegen ihn, dass er sein Wissen weder verbreitete noch mit Leuten teilte, die jenes Gefühl verloren hatten, doch seine Entschuldigung war, dass er weder sah noch merkte noch glaubte, dass sie wirklich verloren waren; außerdem fand er, dass, wenn jemand tatsächlich beschloss, verloren zu sein, verloren für sich selbst, verloren für die Welt ringsum, all sein Jagen und Suchen nicht helfen würde, diesen Jemand zu finden.

Er glaubte und sagte: »Hilf einem Menschen, eine Arbeit zu finden, die er gern tut, und dieser Mensch findet sich selbst.«

Er schloss die Augen. Er küsste Ella Mays Ohrläppchen, dann saugte er an ihnen. Er küsste ihr linkes Auge, dann ihr rechtes Auge, küsste ihre Nase, dann ihre Mundwinkel. Als er durch Mund und Nase eine Lungevoll Luft einatmete, hielt er ihre Unterlippe zwischen den Zähnen und roch das Heu und den Stall. An seinen Fingern spürte er einen glitschigen Saft zwischen ihren Beinen, und als sie ihr Gesicht von einer Seite zur anderen drehte und Fersen und Zehen ins Heu grub, wurden seine Küsse zu kleinen, weichen, sanften Bissen, die an ihrem Hals, ihren Achselhöhlen, ihren Brüsten, ihrem Bauch und ihrem ganzen Körper zwackten.

»Weißte, was das für ne Art Kuss is, da unten auf deinem Bauch?«, fragte er sie.

»Keine Ahnung«, sagte sie. »Was für ne Art denn?«

»Ein Schrotflintenkuss.«

»Warum nennst du ihn Schrotflintenkuss?«

»Darum. Weil er ne große Streuwirkung hat und im Unterholz alles erwischt.«

»Tike.«

»Ja, Miss Lady?«

»Wird's nicht allmählich Zeit, dass der kleine Mann endlich aus dem furchtbaren Wetter reinkommt?«

»Is das Wetter denn so furchtbar?«

»Ohh. Mmm. Ganz scheußlich. Ganz, ganz scheußlich.«

»Ha ha ha. Mag sein. Mag sein.«

»Wo steckt er denn?«

»Hier. Erkennste ihn nich?«

»Ohhh. Vorsicht. Tike. Baby. Ohhhmm. Tike. Schatz. Vorsicht, Tikey.«

»Tut's weh?«

»Ein klimperkleines bisschen.«

»Jetzt? Lady?«

»Neieiein. Jetzt isses. Nein. Jetzt isses gut. Stoß nur. Nicht. Zu doll. Nicht. Zu schnellll.«

»Tut's jetzt weh?«

»Ä-ämm. Komm. Leg dich hin und halt mich und sei wieder meine gute warme Decke, bitte. Und. Lass uns lange, lange, lange so bleiben, was meinst du, Tikey? Du weißt, ich denk grad über was nach.«

»Ja. Worüber denn?«

»Ohh. Darüber, wie schön unser Erdhaus sein wird.«

»Ja. Ich auch. Wenn wir's kriegen.«

»Ja. Wenn wir's wirklich kriegen. Wie lange es wohl dauert?« Sie bewegte sich unter ihm und sprach, den Blick auf das Schindeldach gerichtet. »Wie lange?«

»Wie lange es dauert, eins zu bauen?«

»Ja.«

»Weiß nich. Steht im Buch von der Regierung. Wo is das Buch überhaupt? Du hast's doch nich etwa schon verschlampt, oder?«

»Nein. Es ist hier. Neben meinem Ellbogen. Ich hatte es in die Schürzentasche gesteckt, und es ist rausgefallen.«

Er betrachtete das Buch neben ihrem Ellbogen. »Is rausgefallen, ja. Nichts passiert. Aha. Hat sich auf Seite fünf aufgeschlagen. Auf der Seite is nichts weiter. Nur n paar Bilder. Eins, zwei, drei, vier, fünf, sechs, sieben Bilder. Männer, die Ziegel machen. Donnerwetter. Guck mal, wie groß die sind. Wenn wir wollen, können wir sechzig Zentimeter dicke Mauern bauen. Oha.«

»Durch so ne dicke Mauer kann der Wind bestimmt kein Staub oder Dreck nich blasen, oder? Hmmm? Ohh. Tike, Schatz, Baby, Süßer, Zuckerhase, Mann, ich liebe dich. Hast du das gewusst? Hab ich's dir je gesagt? Schatz, hab ich dir jemals gesagt, wie sehr ich dich liebe? Mann.«

»Lehm mischen. Ziegelformen füllen. Oben glatt streichen. Formen wegnehmen. Formen auswaschen. Ziegel zum Trocknen hinlegen. Ziegel so stapeln, dass sie gut aushärten. Hohe Stapel davon mit großen, flachen Brettern drauf. Wofür die wohl gut sind? Wofür?«

»Weiß ich doch nich. Aber ich würd mal vermuten, dass Bretter draufkommen, damit der Regen deine Ziegel nich aufweicht. Komm näher. Noch n bisschen näher, Tikey Ikey. Ist das n guter Name? Magst du ihn? Tikey Ikey. Tacky Wacky. Na?«

Und er rieb sein Kinn an ihrer Stirn und sagte lachend: »Hör zu, Miss Lady. Ich will dir mal ein, zwei Lichter aufstecken. Nur ein, zwei kleine Lichtlein. Ach. Solang ich deine Decke sein darf und dich warm halten kann und so, isses mir egal, wie du mich nennst. Bisher haste mir jedes Mal n andern Namen gegeben. Allmählich weiß ich gar nich mehr, auf welchen Namen ich hören soll.«

Sie lachte leise, und er spürte, wie ihre Muskeln sich zu straffen Knoten verhärteten und wieder lockerten und entspannten. »Ich gebe dir die Namen doch nur, damit du weißt, wie sehr ich dich liebe, du dummer alter Kerl.«

»Ach ja?«

»Ja.«

»Und darum is jetzt Mister Wacky Ikey dran oder Tikey Wikey oder Wuseli Guseli oder was? Oder Mister Decke? Und wie soll ich dich nennen? Miss Decke? Nein. Wie dann? Ah. Ich weiß. Ich werd dich Missis Matratze nennen. Ha.«

»Missis Matratze. Ha ha ha ha.«

»Lach nicht so viel.«

»Ich lache, so viel ich will. Da kannste nix gegen machen. Ha ha ha ha ha ha ha.«

»Ich will doch nur nich meinen Schuss abfeuern,

bevor du deinen abfeuerst, Lady, ich meine, Missis Decke. Aber wenn du so lachst, zuckt mein Pimmel in deinem Bauch, und das fühlt sich so gut an, dass ich am liebsten gleich kommen möchte. Lieg still. Ich will nich vor dir kommen, Missis Decke, ich mein, Missis Matratze.«

»Ich komm ja schon. Ich komm ja schon, Mister Decke. Nein. Noch nich. Fängt grad an, sich richtig gut anzufühlen. Aber es dauert noch n paar Minuten, bis ich so weit bin. Außerdem darf Mister Decke seinen Spaß nich haben, bevor Missis Matratze ihren gehabt hat. Sag mir was, worüber wir reden können. Wackiooo. Tackiooo. Ohh. Übers Haus?«

»Unser Adobe-Haus«, sagte Tike. »Was mich am meisten fertigmacht, is, wo und wie und wann wir an n Stück Land rankommen, auf dem wir's bauen können.«

»Ja. Mir geht's genauso. Sieht ganz so aus, als würden wir immer wieder auf dieselbe Frage zurückkommen, stimmt's?«

»Stimmt.«

»Ich hab ne Idee. Noch dazu ne blitzgescheite.« Ella May blickte über seine Schulter. »Eine gute, schöne, blitzgescheite. Ha. Is mir eben zugeflogen. Einfach so.«

»Einfach wie? Raus mit der Sprache. Bleib nich drauf sitzen, bis das Ei endlich ausgebrütet is. Raus mit der Sprache«, sagte er.

»Na gut. Aber komm erst n bisschen näher.«

»Näher?«

»Ja. Komm näher. Bitte schön, ich möchte, dass Sie alle miteinander ein kleines bisschen näher kommen. Ich werde Ihnen von einer sicheren Methode berichten, wie Sie ein Stück Land erhalten und sich ein schönes, warmes Haus darauf bauen können, ein feuersicheres, windsicheres, regensicheres, schweißsicheres, insektensicheres, narrensicheres, dies-, das- und jenes-sicheres, ein schönes, heißes, kaltes, warmes, kühles, luftdichtes, engsitzendes, vergoldetes, hochglanzpoliertes Haus aus Adobe-Erde, Kork und Kautschuk. Treten Sie ein Itzelfitzelchen näher und halten Sie mich ein Mieselmäuselchen wärmer.« Ihre Stimme klang wie die eines Straßenverkäufers. »Komm rein. Nur n kleines bisschen.«

Tike unterbrach sie: »Ich bin doch schon drin, so weit ich kann. Ich stoß doch schon zu, so fest ich kann. Weiter und fester geht's nich. Nun verrat mir schon deine glänzende Idee und lass die Alfanzereien.«

»Ohhh. Aber, Mr Hackey Jack, Slappy Hap, diese Idee ist einfach Wahnsinn. Mit Abstand die beste Idee, die je auf dieser Ranch entstanden ist.« Während sie sprach, spitzte sie die Lippen und bewegte rhythmisch ihren Körper.

»Um Himmels willen, raus damit, lass mich nich so lange zappeln«, sagte er.

»Also. Hier ist sie. Bist du so weit?«

»Schon seit zehn Minuten.«

»Immer langsam mit den jungen Pferden. Bin gleich bei dir. Jetzt. Willst du die glänzende Idee hören? Ehrlich?«

»Wieso, glaubst du, lieg ich hier und warte? Etwa auf den nächsten Morgenzug?«, sagte er.

Und sie sagte: »Na gut. Also dann. Hier ist sie. Diesmal kommt sie mit Sicherheit.«

»Schieß los.«

»Wehe, du schießt los. Noch nicht.«

»Nun sag schon!«

»Nächstes Mal, wenn wieder einer von diesen großen fiesen Staubstürmen kommt, wartest du, bis er am schlimmsten ist, verstehst du? Dann.«

»Dann?«

»Dann schnappst du dir deinen Hut, rennst raust und fängst ihn ein.«

»Yeeaahh.«

»Dann. Legst du die Hand auf den Hut, so.« Sie klatschte ihm mitten auf den Rücken. »Genau so.«

»So ho ho ho.« Er tat, als müsste er husten. »Und dann?«

»Dann rennst du zum eisernen Wassertank, hältst den Hut mitsamt Staubsturm ins Wasser und lässt ihn drin, bis der Sturm sich beruhigt hat, bis aller Wind und alle Luft raus sind und der Sturm sich wieder in Erde, in Dreck verwandelt hat. Dann gehst du los, legst den Hut, wohin du willst, und das wird dein Land sein. Deine Farm. Deine Ranch.«

Und Tike sagte ihr: »Bei allen Greifern und Grashüpfern, genau das mach ich. Genau das. Ich schwör's bei zwanzig Reihen verbrannter Maispflanzen, ich werd's tun. Ich werd's tun, so wahr ich hier liege.«

»Wirst du das wirklich tun, Tike?« Sie schlug die Augen auf und sprach wie eine Feendichterin, die einer heimatlosen Blume dabei zusieht, wie sie sich öffnet und schließt. »Wirst du das, oh, wirst du das wirklich? Wirklich? Wirst du's tun? Ohhh. Lieber. Mein Lieber. Du weißt nicht, du weißt einfach nicht, du wirst es nie wissen, wie mich das bewegen würde, wie mich das erregen würde, wie mich das von Wegen und von Stegen fegen würde, wie mich das zerlegen würde, wie mich das dann wieder hegen und pflegen würde, wie mir das zum Segen gegen Degen würde. Du hast nämlich keine Ahnung, nicht die geringste Ahnung, mein Liebster, was es heißt, dich etwas, irgendetwas tun zu sehen, nur damit etwas, irgendetwas daraus wird. Ohh. Ahh. Tikus. Mein kleiner Mikus.«

»Meine kleine Tokus«, sagte er. »Du klingst wie einer von den Spinnern, die auf dem Millionärshügel wohnen. Du hast's doch nicht heimlich mit einer von diesen Fledermäusen getrieben, oder?«

»O nein.«

»Dann halt den Schnabel.«

»Aber man muss doch reden, oder?«

»Schon … Aber man soll sein gottverdammtes Maul nich mit sich durchgehen lassen.«

»Du hast meine Selbstachtung verletzt. Du hast meinem Stolz einen Schlag, einen schweren Schlag versetzt. Du hast meine schöpferische Seele beleidigt. Und ich weigere mich, weiter mit dir zu reden. Du hast meine Karriere zerstört. Lebwohl. Ohhh!«

Tike antwortete nicht gleich. Er hob das Gesicht und pfiff eine kleine Melodie. Und als er seine kleine Melodie ausgepfiffen hatte, war kein Laut mehr zu hören im Stall und im Heu; nur draußen sprangen und zirpten noch ein paar Grashüpfer, denen es gelungen war, so spät im Sommer noch am Leben zu bleiben.

Eng umschlungen wälzten sie auf dem Overall, dem Pullover und dem leichten Baumwollkleid.

Und als wieder ein paar Minuten vergangen waren, in denen nichts weiter zu hören war als ihr Atem, ihre Küsse, ihre Bisse, ihre Seufzer, fragte Tike: »Lady. Wie fühlt es sich an? Sag's.«

»Gut.«

»Bloß gut?«

»Einfach gut.«

»Ich hör dich immer so gern sagen, wie's sich anfühlt.«

»Nur gut, gut, gut.«

»Ich meine, äh, mein Penis, Lady. Wie fühlt es sich an, wenn er so richtig tief in deinem Bauch is? Hä?« Er stützte sich auf die Hände und betrachtete den Flaum auf ihren Bäuchen, der von den Säften, die aus ihr herausflossen, ganz feucht und verklebt war. »Ganz, ganz, ganz tief drinnen. Ganz, ganz, ganz tief drinnen. Willst du, dass ich ihn noch länger drin lasse, Lady? Mann. Ich tu, was du willst. Wenn du magst, kann ich ihn den ganzen Tag in dir drin lassen.«

»Noch ein bisschen länger.«

»Wie fühlt er sich an? Ich hab dich was gefragt.«

»Wie?«

»Ja, wie?«

»Weiß nich.«

»Fühlt er sich groß an?«

»M-m.«

»Wie noch?«

»Heiß. Groß. Glatt. Saftig. Nahe.«

»Wie noch?«

»Alles. Komm. Halt mich. Küss mich. Ohhhhhhhhmmm. Tike. Ganz nah. Hier. Küss mich. Oh. Ohh. Ohhh. Drück mich ganz fest. Noch fester. So fest du kannst. Und red nicht mehr.«

»Kommst du, Lady?«

Sie schüttelte bejahend den Kopf.

»Gut. Guuut. Komm. Komm so richtig, richtig, richtig gut. Lass dich ganz gehen. Lady. Mann. Lady.«

»Küss mich. Lange. Red nicht.«

Auf und nieder, hin und her bewegten sie sich auf ihrem Bett im Heu. Auf und nieder, hin und her bewegten sie ihre Hüften, ihre Füße, ihre Beine, ihre Körper. Ihre Arme waren verknotet wie Ranken, die an den Bäumen hinaufklettern, und die Bäume schwankten und wiegten sich, und ihre Bewegungen folgten *einem* Rhythmus und *einem* Takt. Und hinter der Pforte zu ihrem Schoß spürte sie ihre Organe und Gewebe, ihre Muskeln und Drüsen, spürte, wie sie rollten und pressten, pressten und rollten, und spürte, wie sich jeder Zoll ihres Wesens dehnte und streckte, sich hinaustastete, sich hineintastete, sich um die Form seines Penis herumtastete. So gesteigert und gespannt waren ihre Gefühle, dass ihre inneren Nerven sogar die Huppel, Huckel und Pusteln, die wenigen vereinzelten Haare am Schaft seiner Rute spüren konnten. Und ihr Innerstes koste, kraulte, streichelte, umfing und umschloss die ganze Länge seinen Penis. Und sie regte und bewegte sich und wälzte sich und atmete schwer und vergaß vollkommen ihren Namen und ihr Ich. Sie spürte, wie ihre Organe kosten, und sie spürte, wie sie pressten und saugten, sanft, behutsam, weich, glatt, nass, feucht, glitschig, und da war ein Feuer, eine Hitze, eine Hitze, die die seine war, eine Hitze, die nur die seine war, und überall in ihr war ein Feuer, das sein Feuer war und nur sein Feuer, und die Hitze war er, das Feuer war in seinem Blut, die Hitze, dieses saftige, ölige, steife, harte Fleisch, das er war. Die Bewegung ihrer Hüften machte, dass die Lippen um ihren Scheideneingang saugten, saugten, saugten, saugten. Und was für ein Gefühl, was für ein Feuer, was für eine Glut von Wärme und Leben, als sie spürte, wie ihr Bauch mit all ihrer Kraft, all ihrer Macht saugte, saugte, saugte, mit all ihrem Blut, all ihrer Hitze, all ihrem Leben. Als Tike sich an sie presste, um noch einen Millimeter tiefer in ihr drin zu sein, fühlte es sich an in ihrem Bauch, als wäre er hundert Meilen näher. Als er zu kommen begann, hüpfte und zuckte sein Penis und rührte an ihr Innerstes. Und als der Saft aus seinem Penis schoss, löste jeder Tropfen in ihr Wirbel, Schauder, Anfälle, Krämpfe jenseits von Schmerz und Freude aus. Jeder Tropfen, der ihre Nerven traf, verursachte einen solchen Anfall von Feuer und Freiheit, wie sie ihn niemals hätte in Worte fassen können, wie sie ihn sich in ihren wildesten und heißesten Träumen nicht hätte vorstellen können. Sie wünschte sich nur eins: dass ihr Innerstes jeden Tropfen aufsaugte, jeden Tropfen dieses heißen Safts, der aus seinem Bauch

schoss. Als ihr Innerstes seine Hitze berührte, streichelte, liebkoste und sie ihre eigenen Säfte mit seinem
frischen heißen Blut vermischte, hatte sie das Gefühl,
dass die verstreuten Sorgen, Hoffnungen, Ängste und
Schmerzen ihrer ganzen Existenz innerlich und äußer-
lich einem Pfad, einem Weg, einer Straße zu einem
höheren Zweck folgten, und vor ihrem inneren Auge
sah sie die Feuer dieser höheren Sache und den Weg
und den Pfad dorthin und sah die *eine* große Antwort
auf alle Fragen, alle Probleme, die sie je gepeinigt hatten. Als wäre er sie und sie wäre er, als wäre er in ihr
und sie in ihm, als wäre er ganz um sie herum und sie
zugleich ganz um ihn herum. Das Gefühl war eine Vision, und die Vision zeigte den Ausweg. Und als sie die
letzten Tropfen seines Blutes und seines Samens ins
Innerste ihrer Seele, ihres Ichs saugte, spürte sie, wie
ihr ganzer Körper sich hob, wie er zerrte, presste und
sich wieder hob, wie er zitterte, schauderte und bebte,
und in den Feuern ihres Bauches regte und reckte sie
sich, um sein Blut im Grollen und Donnern ihres eigenen Blutes zu baden. Und dann spürte sie, wie ihre
Gefühle so hoch und stark emporstiegen, dass ihr Körper in einem einzigen Ton himmelwärts schmolz, und
als die Glut seiner Hitze auf die Flammen ihres Feuers
traf, war in ihnen beiden eine so strahlende Helligkeit,
dass ihre Sinne sie nicht fassen, ihre Augen sie nicht
schauen konnte.

Die ganze Zeit, während sie sich auf seinen Kleidern im Heu bewegte und wälzte und ihren Orgasmus
erreichte, hatte er sie gehalten. Er hatte gespürt, wie

ihr Schoß seinen Penis molk, und für ihn waren seine Empfindungen genauso gewesen wie ihre für sie. Er lernte jedes Mal ein bisschen hinzu: in ihr zu bleiben, bis sie gekommen war und ruhig und still wurde. Er ließ seinen Penis auch dann noch in ihr, als er all seinen Saft in ihren Bauch gespritzt hatte. Minutenlang blieb er so liegen, weil sie oft nervös reagiert hatte, wenn er sich aus ihr zurückgezogen hatte und aufgesprungen war. Tausendundein Dinge kamen ihm wieder in den Sinn, Dinge, die er erledigen, an denen er werkeln, die er reparieren, auf die er sich vorbereiten musste. Sein Gehirn begann, ihm bewegte Bilder von den Arbeiten zu zeigen, die er angefangen, erledigt oder noch nicht in Angriff genommen hatte. Dieses. Jenes. Und ein Drittes. Dieses. Jenes. Und noch etwas anderes. All diese Arbeit, all diese Aufgaben, aller Schweiß und alle Mühe wurden in einen unnützen Eimer geschüttet, in einen sinnlosen Gully auf einem Stück Land, das nicht ihm gehörte, das Ella May keinen Schutz bot, das sie beide nicht vor Bazillen, Schmutz und Elend bewahrte, das ihrer beider Haut weder vor Hitze noch vor Kälte abschirmte, das ihren Augen keinen schönen Anblick gewährte, und nach geltendem Recht konnten sie keinen Finger rühren, um diesen Ort zu verschönern, weil der Mann, dem er gehörte, sich nicht darum scherte. Oh. Diese. Diese Dinge. Und dann kamen ihm jede Menge anderer Dinge in den Sinn und summten und brummten in seinem Schädel herum. Er versuchte, einen Plan auszuhecken, um ein gutes Stück Farmland zu ergattern, auf dem er jenes Haus aus Erde bauen konnte. Ohh. Ja. Das Buch des Landwirtschaftsministeriums, wie es da so neben ihrem Ellbogen im Heu lag, war eine verdammt gute Sache. Aber es machte ihr größtes Elend nur noch größer, ihren größten Traum nur noch klarer und ihre größte Sehnsucht zehn Mal heftiger. Ein Haus aus Erde, dem Feuer, Wind und Dreck, Insekten und Diebe nichts anhaben konnten. Sein Penis war erschlafft, und als sie sich bewegte, war er aus ihrer Scheide geglitten.

Er spürte die Flüssigkeiten aus ihrem Schoß, die sich in den Haaren auf seinem Bauch, zwischen seinen Beinen und auf seinen Eiern verteilten, und er spürte die Spitze seines Penis, der sich erschlafft im Heu bewegte und mit Heuspänen, Staubfusseln und feinen Strohfasern übersät war. Nachdem er ein paar Minuten lang über das Problem mit dem Haus und dem Stück Land nachgedacht, nachgebrütet, nachgegrübelt und nachgerätselt hatte, fingen die Heuspäne und Strohfasern an der Luft zu trocknen an, und das juckte und piekste.

Ella May und er standen auf und lehnten sich aneinander, um wieder zu sich zu kommen und ihre Gedanken zu ordnen. Eng umschlungen standen sie da, ohne zu reden. Nur ein paar Worte kamen ihnen über die Lippen, und die waren gemurmelt, gestottert, auf eine Weise gesprochen, die nichts bedeutete. Beide redeten flüsternd mit sich selbst. Ein Anflug von nichts und ein Hauch von allem.

Eine halbe Stunde später standen sie wieder an der

kleinen Bank, auf die sie drei Stunden zuvor die Sahnekannen gehoben hatten. Ein Tiegel mit heißem Seifenwasser blies seinen Dampf in die Luft, während Ella May dastand und ihr Kleid über den Bauch raffte, um sich mit einem Lappen zwischen den Beinen zu waschen. Tike verfluchte die Heuspäne und Strohfasern, die, inzwischen getrocknet, ihm am Bauch, am Geschlechtsteil und an den Beinen klebten. »Wie sich das wohl anfühlt, wenn ich ihn mitsamt Stroh und klebrigem Zeug in dich reinstecke, Lady?«, fragte er, als beide sich wuschen. »He?«

»Kannst du nicht dein loses Mundwerk halten, Tike Hamlin?«

»Is mir nur grad so durch den Kopf gegangen«, sagte er.

»Wenn auch nur der Schatten eines hungrigen Baumwollkapselkäfers auf dein Hirn fiele, würde er für die nächsten zehn Jahre alle deine Gedanken wegradieren. Sei still.«

»Nee. Bin nämlich n furchtbar großer Denker, Ella.«

»Ungefähr so groß wie der Dreck unter deinen Fingernägeln. Und ich schätze, der ist ziemlich groß.« Sie ließ den Saum ihres Kleides fallen, wrang ihren Lappen mehrere Male im Tiegel aus und schob Tiegel und Lappen wieder unter die Dielen. »Hast du deinen Lappen in den Tiegel getan, Tike?«

»Nee. Hab ihn aufs Haus geschleudert. Hab mir gedacht, dann fallen n paar von den Schindeln vielleicht nich ganz so schnell ab«, sagte er, wippte auf den

Zehenspitzen und hakte die Träger seines Overalls fest. »Allmächtiger Gott. Weißte was, ich fühl mich wie neugeboren. Ich fühl mich so wohl, dass ich mich weiter rumquälen kann. Weißte was, Lady, es heißt, der liebe Gott hat Adam und Eva aus dem Paradies gejagt, weil sie getan haben, was wir grad getan haben.«

»Na und? Was haben Adam und Eva mit uns zu schaffen, die wir hier auf dieser ausgedörrten und windigen Weizenfarm leben wie zwei ägyptische Sklaven?«

»Ich überleg grad, dass der Herr mit dem, was er dem armen alten Adam und der armen alten Eva angetan hat, völlig im Unrecht war. Geht mir nur so durch den Kopf. Aber weißte, ich schwör bei Gott und allen kleinen Katzenfischen, Schatz, je öfter wir's tun, desto näher komm ich dem Himmel. Is natürlich ganz schön lang her, dass Gott sie verjagt hat. Wer weiß? Meinste, das hat sich damals auch schon so gut angefühlt und damals auch schon so gut geschmeckt wie heute?«

»Ich bin sicher, da wirste zum ewigen Ruheplatz auffahren, auf alle viere gehen und den Herrgott selbst befragen müssen. Ich weiß es nämlich nich«, sagte sie. »Wenn's so is wie das alte Haus hier, isses jedenfalls schlimmer statt besser geworden seit dem Jahr Eins.«

»Kann schon sein, dass die Häuser schlimmer geworden sind. Aber die Sache mit den Säften is bestimmt viel besser geworden.« Er sprach langsam und dehnte jedes Wort. »Also. Lady. Gut, dass du dein Kleid wieder runtergelassen hast. Weißt du das?«

»Was für unanständige Gedanken schießen dir denn jetzt schon wieder durch den Kopf, Mister Hamlin?« Während sie mit ihm sprach, ging sie auf dem Hof auf und ab und nahm einen Armvoll Wäsche von der Leine. Sie befühlte das Geschirrtuch, das an einem Nagel an der Wand hing, ob es schon getrocknet war. »Kannst du mir das verraten?«

»Hab grad Old Grandpa Hamlin gesehen, wie sein flammender Blick von der Veranda übers Feld und dann über die Straße und dann über den Briefkasten und dann über den Zaun flackert, bis zu der Stelle, wo du eben mit gerafftem Kleid gestanden hast.« Tike setzte sich auf die alte Kellertür, die an dem niedrigen Erdhaufen lehnte, von dem der Zugang zum Keller bedeckt war. »Ja doch. Hab gesehen, wie seine alten Augen blaue Funken sprühen.«

»Ich freue mich jetzt schon auf den Tag, wo was passiert in diesem Land, was dich mal an was oberhalb von deinem Bauch denken lässt. Ich bin mir nicht sicher, was das sein könnte, aber irgendwas muss passieren, damit du nicht immer bei dem Thema nackte Haut völlig aus dem Häuschen gerätst. Was Old Grandpa Hamlin angeht und seine alten Augen, die über seine Farm, über die Straße und über unsere Farm hinweg mein nacktes Hinterteil gesehen haben – das macht mir überhaupt nichts aus. Der hat doch genauso oft, wenn nicht noch öfter drüben in der Brise gestanden und sich Beine und Bauch gewaschen. Was heißt das schon? Nix.« Sie ging durch die westliche Fliegengittertür ins Haus und warf ihren Armvoll trockener Wäsche auf einen Stuhl.

»Das beweist, dass Grandpa ziemlich saubere Geschlechtsteile hat, schätz ich mal.« Tike spuckte auf den Boden und sah zu, wie seine Spucke sich zu einer kleinen staubigen Kugel zusammenklumpte. »Müssen ja wohl sauber sein. Von hier aus kann ich jedenfalls nix riechen. Du etwa?«

»Nein.« Die Tür schlug mit einem Knall zu, der das ganze Haus erschütterte. »Verflixt. Dauernd vergess ich, dass du die große, starke Feder an der Tür festgemacht hast. Ich knall sie immer so fest zu, dass ich Angst hab, die ganze Hütte stürzt ein.« Bei dem letzten Satz ließ sie ihre Arme in der Luft kreisen.

»Red nich so laut. Du bringst die verdammte Hütte wirklich noch zum Einsturz.« Tike lachte, kratzte eine Warze auf seinem Handrücken auf und wischte das Blut an der vermoderten Kellertür ab. »Immer mit der Ruhe.«

»Du bist natürlich die Ruhe selbst. Nie wirst du so wütend, dass du mal mit anpackst und n bisschen ehrliche, harte Arbeit tust, oder?« Sie stemmte die Hände in die Hüften und ging an ihm vorbei, um den Pfosten für die Wäscheleine aufzurichten. »Ich würde zu gern mal was sehen, was dich so richtig fuchsteufelswild macht. Dann würd ich wenigstens n bisschen Arbeit aus dir rausholen.«

Tike verschmierte das Warzenblut auf seinem Daumen und sagte: »Ich bin kein Kämpfer, Lady, ich bin jemand, der Frauen flachlegt.«

»Wenn du nich sofort wie n Karnickel angehoppelt kommst und mir hilfst, wirst du dich nie wieder auf mir als Matratze im Heu wälzen.«

»Klingt gefährlich.« Er stützte sich auf den Ellbogen und blinzelte über die Weide nach Westen.

»Was für n Zwei-Dollar-Witz war das denn?« Mit erhobenen Fäusten trat sie auf ihn zu. »Mister?«

»Ich hab nur gesagt, dass das Wetter furchtbar gefährlich aussieht. Richtig gefährlich.« Er hob die Arme, um sein Gesicht zu schützen, als rechne er mit einer Ohrfeige.

»Ich kann dich lesen wie ein Buch, Tike Hamlin. Glaubst du etwa, ich mach Spaß? Wart's nur ab. Heut Abend im Bett.«

»Du hast nichts, was ich in meinem Bett haben will.«

»Du was? Wie schön für dich, Sir, Mister, wie überaus schööön für dich. Wart nur ab, bis es Abend wird. Ich kenn dich besser als du dich selbst. Ich weiß genau, was du sagen wirst. Das weiß ich jetzt schon. Ich brauch nich mal mein Gehirn einzuschalten, um dich besser zu kennen als meinen eignen Namen. In deinem leeren alten Kopf kann ich leichter lesen als in ner Fibel für Abc-Schützen.«

»Ich hab n zehn Mal hübscheres Mädchen als dich, mit dem treff ich mich jeden Tag drüben im Kuhstall. Vor weniger als ner Stunde war ich mit der zugange. Mir kannste mit deinen blöden ausgeleierten Drohungen keine Angst nich machen. Schwachkopf. Zisch ab. Geh deinen Dünger verhökern.« Er reckte sich auf und stand jetzt hinter ihr.

»Von all den Männern, die ich hätte heiraten können. Dass ich mir ausgerechnet dich aussuchen musste.« Als er einen Schritt machte, um sich vor sie zu stellen, schüttelte sie den Kopf und wandte sich ab. Bei jedem Schritt, den er tat, wandte sie sich erneut ab. So stand er immer hinter ihr. Sie wollte ihm nicht ins Gesicht sehen. Sie tat wütender, als sie in Wirklichkeit war. »Dich hab ich ausgesucht. Dich.«

Tike legte die Arme um sie und umschloss mit den Händen wieder ihre Brustwarzen. Er knabberte an ihrem Nacken, zog sie an sich und sagte: »Ja, du meine Güte. Denk doch bloß, Schatz. Wenn du n andern als wie mich geheiratet hättst, hättste sechshundertvierzig Morgen besten Ackerboden im ganzen Land haben können und ein Steinhaus mit allem Drum und Dran. Wie dein Papa es gewollt hat. So oft steh ich da und wundere mich, wundere mich, wieso du neben diesem verrottenden Haufen Nichts stehst, mit mir als Ehemann. Verstehste?«

»Ich stehe genau hier. Hier. Hier. Einfach weil ich nirgendwo sonst stehe! Du dämlicher Idiot! Du bist mein Mann, weil ich dem alten Gemeindeschreiber zweieinhalb Dollar von unserem schwerverdienten Geld gegeben habe, damit er uns traut! Und ich stehe hier und sehe mir dieses verrottete, baufällige alte Haus an, weil, na, weil es so ziemlich das komischste und jämmerlichste kleine Ding ist, das ich je zu Gesicht bekommen hab! Für mich ist das viel komischer als die alten Witzblätter, mit denen ich die Wände tapeziere! Und was meinen reichen alten Geldsack von Daddy angeht, na, der kann seine Farmen und seine schönen Häuser unter seinen anderen Kindern verteilen, die vor ihm niederknien und tun, was er sagt. Bis an ihr Lebensende wird er für sie denken und für sie essen und für sie atmen und für sie schlafen, und er wird die richtige Partie für sie finden und für sie ins Bett steigen, wird dafür sorgen, dass sie die Beine breitmachen, und ihnen alles zeigen. Und und und. Ach. Na gut. Sei still. Jemandem so ne saublöde Frage zu stellen. Ich stelle mir ganz andre Fragen, Fragen zu dir und zu uns, Tike. Wie lange noch werden wir in diesem Gefängnis eingesperrt sein?« Ihre Lippen berührten seinen Arm, der sie umfangen hielt.

Die Sonne an der Südwand, vor der sie standen, war warm, und in der Hitze machte eine Sahnekanne ein lautes Geräusch. Auf dem Weg zum Stall muhten die durstigen Kühe. Unter den Dielen raschelten eine Henne und ein Hahn. Mehrere Schweine wälzten sich grunzend an ihren kühlen Plätzen unter dem Haus. In der Luft lag eine Schwingung, die an der Wand rüttelte, sodass unter einer Fensterbank hervor ein Fingerhutvoll pulvrigen Harzes und verrotteten Holzstaubs auf eine eiserne Sahnekanne rieselte. Als das Geräusch des fallenden Holzstaubs an ihre Ohren drang, bissen sie die Zähne zusammen und tauschten einen raschen Blick tödlichen Hasses. So fest pressten sie die Lippen gegen die Zähne, dass kein lebendiges Blut fließen konnte, und in den letzten Strahlen der untergehenden Sonne malte sich auf ihren Gesichtern bleiche, kampfbereite Bitterkeit.

ZWEITES KAPITEL

Termiten

Ella May ging auf das Haus zu. Sie hielt den Kopf gesenkt und zog Tike an der Hand hinter sich her. Unter ihren Füßen sah sie lose Federn, feines gedroschenes Stroh und Grassamen, Weizenspelzen und Staub wehen. Sie lächelte, und auch er lächelte. Auf ihren Gesichtern lag ein Lächeln, das einen Schmerz verdeckte. Heute war die ganze Farm in Bewegung, und während sie so langsam dahingingen und nachdachten, mussten sie auf ihre Schritte achten. Beide hielten die Köpfe gesenkt, und in ihren Augen bewegte sich das Haus. Ein strahlender Tag. Ja. Bis nach Norden, über die eine Meile entfernte Route 66, über Ben Lomonds Schweineweiden, ein paar Meilen weit über die Weizenfelder aus feinem schwarzem Schlamm bis zu den Upper Plains im Norden, bis zum dunstigen Horizont der kohlschwarzen Pflanzen. Über alledem der blaue Himmel und die hellen Wolken eines schönen Tages. Und bis nach Süden, über Weizenfelder, flach wie ein Dielenboden, eben wie ein Zollstock, bis zu den Klippen des Caprock, die zu den sandigen Baumwollfarmen um Clarendon abfielen, war es ein klarer Tag.

Tike und Ella May waren hundert, waren tausend Mal auf ungesattelten schnellen Ponys die Klippen des Caprock hinauf- und hinabgeritten. Bei jeder Witterung waren sie zu Fuß losgezogen und hatten die Canyons, Rinnen, Gräben und Schluchten durchwandert, heiße Meilen und kalte Meilen hinauf, hinab, hinein, hinaus, hinüber, hinunter und hindurch. Sich bei den Händen haltend, hatten sie sich die Füße angestoßen und die Sohlen abgelaufen, an flachen Sandsteinen und an runden Feuersteinen, an den Wurzeln und Stämmen der Eisenholzbäume, an Scheinastern und Dutzenden von Kakteen- und Amsinckienarten mit ihren spitzen, ins brennende Gift der Natur getauchten Dolchen und Stacheln. Sie hatten sich die Hände an die Ohren gehalten und den starken Wind gespürt, der an ihren Haaren zog. Die rasch dahinrollenden Steppenläufer waren über die Ebenen gehüpft und gesprungen, und die beiden hatten gerufen: »Guck dir die alte Steppenhexe an! Guck mal, wie sie rennt! Guck mal! Guck mal, wie sie über die Klippe rollt und springt!«

Und stets ließen die Steppenläufer sich irgendwo dort unten nieder, irgendwo »auf dem Land irgendeines Baumwollfarmers«, wie Tike es ausdrückte. »Wenn die gute alte Mutter Natur unsere guten alten Upper Plains mal so richtig gründlich sauber machen will, kehrt sie ihren Dreck immer auf den Lower Plains zusammen!«

Und dann lachte Ella May. Sie lachte immer. Sie lachte auf eine Art, die ihr leichtfiel. Am besten, am meisten lachte sie, wenn es um die Feldfrüchte, die Winde, die Schulden, die Sorgen, die Ängste und Zweifel der Welt am schlimmsten stand. Dieses Lachen war kein Lachen, das sich über eine schlanke Dame lustig machte, weil sie schlank, über eine dicke Dame, weil sie dick, oder über einen hässlichen Menschen, weil er hässlich war, es war kein Lachen dieser Art, kein Lachen, das sich über jemanden lustig macht, weil er ist, der er ist. Es sprang aus ihrer Kehle, ihrem Bauch, ihrem ganzen Körper gleichzeitig in ihr Gesicht und fiel ihr so leicht, dass das ganze Land es nur »Ella Mays Lachen« nannte. Andere versuchten, es noch ein wenig auszuschmücken, und sagten: »Da fliegt Ella May wieder mal mit dem Wind.« »Ella Mays Kicherkasten is umgeweht.« »Muss bei ihr zu Hause ziemlich schlimm zugehen, sie lacht schon wieder.« Schon als kleines Mädchen hatte sie ihre Stimme eingesetzt, um sich Gehör zu verschaffen gegenüber den hohen, harten Winden, dem Sand, dem Kies, dem Stroh, den Papieren und allen möglichen ausgedörrten, morschen, lärmenden Dingen, die, wenn die Winde der Plains sie erfassen, die Luft mit lauten Geräuschen erfüllen. Mehr als ihr Lachen war es ihre Art, die Stimme zu heben und gellend zu rufen: »Huuu-uhh!« oder »Uhuuuuiiii!«, oder »Tiiiikkkkey!« oder »Graaannndpa!« oder »Guuuck mal!« Woran auch immer sie gerade dachte oder wenn sie bei den Kühen oder Hühnern, auf dem Traktor oder bei der Ernte arbeitete, stets brüllte sie dieses erste Wort hinaus, darauf folgte ihr Lachen, und dann fiel ihr plötzlich ein, dass andere Leute sie gehört hatten, und so wie sie war, machte sie sich im gleichen Atemzug ein bisschen über sich selbst und über all ihre irdischen Sorgen lustig, all das in einem Atemzug. Die Menschen auf ihrer Luvseite konnten ihre ersten paar Wörter eine Meile weit hören und spitzten die Ohren, um mitzukriegen, was als Nächstes kam, aber das konnten sie natürlich nicht mehr verstehen.

Als sie zur Haustür an der Ostseite kamen, fiel Tikes Blick auf den flachen alten Sandstein, der aus den Canyons heraufgetragen worden war. Er lachte auf seine eigene Art. Auf eine Art, die ganz anders war als die von Ella May. Seine Kehle füllte sich mit einem leisen Glucksen, das in seiner Lunge und in seinem ganzen Körper widerhallte. Stets lachte er so leise wie die Fasern des Strohs, so still wie die Haut des Neumonds, schneller als Ella May und niemals so laut, außer wenn er ihr etwas über den Hof oder einem Freund in der Stadt etwas über die Straße zurief. Wenn er lachte, wurde sein Gesicht lebendig und gab sein ganzes Leben preis, innerlich aber schien er nur über sein eigenes Elend zu lachen. Er betrachtete die flachen alten Steinstufen, den alten Sandstein und sagte: »Und das, Elly, äh, das is, glaub ich, unser erstes Sprungbrett zu was Wirklichem.«

Sie setzte einen Fuß auf den Stein, trat ins Haus und knurrte: »Puh, ich hoffe, dass wenigstens etwas von dem, was wir tun, ein Sprungbrett zu etwas Wirklichem ist.« Als sie sich voller Hass in dem Raum umsah, hatten ihre Augen etwas Junges, Feuriges, Wildes. Tike hörte sie mit den Zähnen knirschen, als er hinter ihr eintrat.

»Hier gibt's nich viel zu gucken, oder?« Mehr konnte

er nicht sagen, als er sich bäuchlings aufs Bett fallen ließ. Eine pulvrige Staubwolke schien aus der Patchworkdecke aufzusteigen. Er schnaubte durch die Nase.

Ella May hatte längst gelernt, woran Tike Hamlin dachte, wenn er mit Mund und Nase dieses nervöse Geräusch machte. Dann war er wütend, zornig, deprimiert und hatte alles satt. Tike Hamlin war ein Mann, der kämpfte, und sie wusste, was sein Schnauben bedeutete: dass er wütend genug war, zornig genug und nervös genug, um zu kämpfen. Ihr Gehirn kochte, und sie dachte:

»Aber. Kämpfen gegen was? Kämpfen gegen wen? Wo kämpfen? Wann? Gegen den Wind oder gegen den Regen? Gegen den Mond und gegen die Sterne? Sich die Kleider vom Leib reißen und gegen die Jahreszeiten und die Wolken kämpfen? Gegen den Wind kämpfen und gegen den Staub kämpfen, weil er immer zur falschen Zeit kommt, nie zur richtigen? Gegen die Route 66 dort drüben kämpfen, weil sie in die verkehrten Richtungen führt? Gegen jeden in der Star Route School kämpfen? Gegen alle Nachbarn ringsum kämpfen? Gegen die Schweine, Hunde und Hühner kämpfen, weil sie unter dem Haus faulenzen? Gegen den Hahn kämpfen, weil er die Henne jagt? Gegen den alten Eber kämpfen, weil er die kleinen Ferkel aufstöbert, jagt und beißt? Gegen das Truthuhn kämpfen, weil es hoch oben auf die Windmühlenplattform geflogen ist und gekreischt hat wie ein Idiot, bis die ganze Farm schier den Verstand verlor? Kämpfen gegen was? Kämpfen gegen wen? Wann? Wo? Gegen die Leute kämpfen, die auf den Hof kommen, um alle möglichen blöden Schulden einzutreiben? Gegen die Regierung, das Rathaus, das öffentliche Klo kämpfen? Was?« Es war all das. Es war mehr als das. Es war etwas so Großes, dass es sich nur schwer in Worte fassen ließ, und es war etwas, das in jeder kleinen Arbeit steckte, die sie in Angriff nahmen, in jedem kleinen Schritt, den ihre Füße tun mussten, etwas, das bei jeder lästigen Pflicht, bei allem, was auf der Farm erledigt werden musste, ein stechender Schmerz war, etwas, etwas, es war etwas so Kleines, etwas so Kleines, dass es in allem war, was sie taten. Und nur weil Tike von diesen Gefühlen erfüllt war, musste Ella May fast lächeln, als er noch ein paar Mal schnaubte. Sie hob das Gesicht zur Decke, zog sich das Kleid über den Kopf und legte es auf die Rückenlehne eines Rohrstuhls. In ihrer Nase spürte sie jenes Brennen, jenes kleine Brennen, jenes ferne, schwache, kleine Brennen, das der Staub im Haus bei ihr auslöste. Sie atmete tief ein. Sie spürte, wie die Tränen ihr die Tusche aus den Wimpern wuschen. Sie versuchte, sie abzuwischen, um sie vor Tike zu verbergen, doch ihre Fingerspitzen verschmierten nur die Farbe auf ihren Wangen und ließen sie hohlwangig, mager, furchterregend aussehen, ein wenig wie der Schatten auf einem ausgebleichten Schädel bei Sonnenuntergang.

»Elly.« Tike presste Nase und Mund fest gegen das Bettzeug. »Schatz.«

»Was?«, antwortete sie und wandte ihm dabei den Rücken zu. Um Tike nicht zu unterbrechen, schleuderte sie die Schuhe so lautlos wie möglich von sich. »Ja?«

»Ich muss dir was sagen. Was mich fertigmacht. Ich muss es dir sagen, muss es dir sagen, selbst wenn du mich deswegen umbringst. Selbst wenn du ein Hackebeil nimmst und mich für immer aus dem Haus jagst.« Seine Hände krallten sich in die Bettdecke, und die Sprungfedern der Matratze quietschten wie ein in die Enge getriebener Kanarienvogel. »Ich dreh durch. Ich werd wahnsinnig. Ich kann's nich länger für mich behalten.«

Ella zog ein sauberes weißgepunktetes blaues Baumwollkleid über den Kopf, und während sie den Stoff straff herunterzog und an der Taille zwei Knöpfe schloss, antwortete sie: »Wir haben uns nie angewöhnt, Geheimnisse voreinander zu haben, stimmt's, Mister?«

»Ja, aber.«

»Aber was? Sir?«

»Es is schlimm. Hundsgemein. Was so Großes wie all unsre andern Sorgen zusammen. Was noch viel Größeres.« Tike schlug mit der Hand aufs Bett und zog mit den anderen fünf Fingern an seinen Haaren. »Was noch viel Schlimmeres.«

Ella stand da und betrachtete die abgerissene Tapete, den Staub und die Spinnweben, die keine Frau der Welt so schnell entfernen konnte, wie sie entstanden. Sie konnte es nicht einmal hoffen. Noch immer wandte sie Tike den Rücken zu. »Ja ...?«

»Na ja, du erinnerst dich noch an letztes Jahr?«

»Ja. Was war letztes Jahr?«

»Na ja. Letztes Jahr haben wir die sechshundert Morgen gepachtet, stimmt's?«

»Ja ...«

»Und wir haben bar bezahlt, stimmt's?« Vor lauter Qual klang er, als wäre es ihm zutiefst peinlich.

»Ja.« Ihre Stimme krächzte, war kaum mehr als ein trockenes Flüstern. Als sie sich mit beiden Händen das Gesicht rieb und leicht schwankte, spürte sie in ihrem Mund den Staub, den Schmutz, den Dreck des ganzes Hauses.

»Schatz. Um mich, um mich selbst mach ich mir keine Sorgen, ich denk nich mal an mich. Es geht nich um mich. Ich hab immer die harte Seite gesehen und immer auf der dreckigen Seite, auf der vergammelten Seite gelebt, aber du nich. Du bist nie tiefer gesunken, warst immer die Tochter eines großen Mannes, dem jede Menge Land und jede Menge Farmen gehören, und hast immer in nem großen Zwölfzimmerhaus aus Stein gewohnt und hattest wenigstens n paar von den guten Sachen dieser Welt. Du bist sie gewohnt. Dein Verstand und deine Pläne und deine Gedanken und deine Hoffnungen, alles an dir war immer, na ja, irgendwie n paar Stufen höher als ich. Ich weiß noch, dass ich mein Leben lang ein großer Mann sein wollte wie dein Dad und wie ich danach lechzte, gierte, fieberte, ein großer Grundbesitzer zu sein oder ein großer Mann, ein großer Geschäftsführer, ein Vorarbeiter, Herr über ein großes Stück Land, das sich in alle Richtungen erstreckt, so weit das Auge reicht. Aber ich war nie was andres, war nie mehr als der hart arbeitende Sohn von Leuten, die ihr Land an deinen Vater verloren haben. Das war vor mehreren Jahren.«

»Und? Was hat das mit heute zu tun? Hör zu! Mister Tike Hamlin!« Sie fuhr herum, stampfte auf und schrie voller Wut: »Wenn du wieder anfängst, mir meinen reichen alten Daddy unter die Nase zu reiben, gehe ich schnurstracks durch diese Tür und bin für immer weg! Ich werde nicht jeden Tag meines Lebens hier rumstehen und mir anhören, wie mein eigener Mann winselt und stöhnt und sich die Haare rauft und sich die Augen aus dem Kopf weint, nur weil ich zufällig einen Vater habe, dem so viele Farmen gehören! Ja! Er hat jeden Trick angewandt, um deinen Leuten die Farm wegzunehmen! Und mit denselben Tricks hat er ein Dutzend andere Menschen von ihren Farmen vertrieben! Oder Pächter aus ihnen gemacht! Diese Seite meines Lebens kenne ich zehntausend Mal besser, als du, Tike Hamlin, sie je kennen wirst oder je kennen könntest, und wenn du deinen Schädel noch so oft gegen die Windmühle oder gegen den Bettpfosten schlägst! Und wär's für die nächsten tausend Jahre! Ich habe ihm die Bücher geführt und seine Dollars und seine Pennys und seine Schulden und seine Zinsen und seine Hypotheken verwaltet, jeden Nickel, jeden verrotteten Cent, rein und raus, rein und raus, sechs der besten Jahre meines Lebens! Lieg nicht da wie ein Baby und heul mir nichts vor über meinen reichen alten Daddy! Schreib mir nicht vor, wo ich leben soll! Und auch nicht, wie! Und auch sonst nichts weiter! Um Gottes willen! Um Christi willen! Um meinetwillen und um deinetwillen! Tike. Noch ein Wort über mich und meine Familie, die alles kaputt macht, und ich marschiere schnurstracks zur Tür hinaus, das schwöre ich dir! Und du kriegst dein ganzes Leben lang weder Haut noch Haar von mir zu sehen!« Ihre Stimme wurde zu einem lauten Kreischen, und um nicht in Tränen auszubrechen, ruderte sie mit den Händen und atmete schwer. »Gott!« Sie presste die Hände flach auf die Tapete, drückte ihre feuchte Wange gegen ihre Knöchel und spürte, wie ihre Wimperntusche verlief.

Tike hatte sich beruhigt. Er sprach etwas leiser, und seine Worte klangen, als kämen sie durch einen Berg Baumwolle. »Is schlimm, Landpächter zu sein. Tiefer konnten wir gar nich sinken.«

»Wenn das alles ist, was du je gewesen bist, warum schäumst und jammerst und quengelst du dann, dass du so tief gesunken bist?« Noch immer presste sie ihr Gesicht gegen ihre Hände und blickte aus dem Nordfenster. In ihren Augen spiegelte sich Trauer.

»Ich bin gesunken.«

»Wie denn um alles in der Welt? Du bist Pächter. Du warst immer schon Pächter. Seit deiner Geburt. Wohin willst du denn gesunken sein? Woher plötzlich all dieses Gesunkensein?« Die dunklen Flecken auf ihren Wangen färbten auf ihre Handrücken ab.

»Der alte Bankier Woodridge will uns die Farm nich für noch n Jahr verpachten.«

Ella sank die Wand hinab zu Boden. Sie saß blinzelnd da, die Füße unter ihrem Kleid gekreuzt. »Nein? Wann warst du denn beim alten Woodridge? Davon hast du mir gar nichts erzählt. Ich wusste gar nicht, dass unser Jahr schon um ist.«

Er leckte sich die heißen Lippen, die er noch immer gegen die Bettdecke presste. »Seit letzter Woche.«

Sie fühlte sich schwach, nervös, unsicher. Sie war zu benommen, um Tike zu antworten. Sie betrachtete den Stapel alter Zeitungen und die Spülschüssel mit Kleister.

Und noch einmal sagte er zu der Wand hinter dem Bett: »Ja. Seit letzter Woche. Ich war bei ihm im Büro und wollte die Pacht um ein Jahr verlängern. Er hat nur den Kopf geschüttelt. Nix zu machen. Keine Chance. Ausgeschlossen.«

»Und??«

Tike krallte die Hände so fest in seine Haare, dass der Schmerz jetzt auch ihm Tränen in die Augen trieb.

»Und. Ah. Tja. Das war's, was ich dir sagen wollte.«

»Also? Ziehen wir weg, oder was?« Sie saugte an ihrer Oberlippe und blickte auf ihren Schoß.

»Nein. Ziehen nich weg.«

»Ziehen nich weg?«

»M-m.«

»Pachten aber auch nich wieder?«

Und Tike sagte: »M-m.«

Als sie sich zurücklehnte, spürte sie die Wand am Hinterkopf. Sie faltete die Hände im Schoß und fragte durch ihre Tränen hindurch: »Wir pachten nich? Wir ziehen nich weg? Dies nich? Das nich? Nun denn, teurer Freund« – ihre Worte kamen ebenso langsam wie ihre neuerlichen Tränen – »vielleicht könntest du dich n klein bisschen klarer ausdrücken. Was tun wir stattdessen?«

»Bin ich froh, dass du ›wir‹ gesagt hast.« Tike lächelte in sich hinein. »Ich glaube, das Wort gefällt mir besser als jedes andre, das ich jemals jemanden hab sagen hören.« Er schloss die Augen und sagte zur Zimmerdecke hinauf: »Wir.«

»Wir was?« Sie rührte sich nicht.

»Wir sind zehn Mal schlimmer dran als Pächter, Schatz.«

»Wieso?«

»Sind wir eben. Ach. Weißte, warum er uns das Land nich für noch n Jahr verpachten wollte?« Tike mahlte mit den Zähnen.

»Warum nich?«

»Sagt, er will n neues Haus drauf bauen. Will's nich für n ganzes Jahr verpachten. Will womöglich selbst herziehen, seine sechshundert Morgen selbst bestellen und selbst hier wohnen. Sagt, wenn's für n ganzes Jahr verpachtet ist, schafft er's nie, n neues Haus drauf zu bauen.«

»Soooo?«

Tike rieb sich mit dem Handrücken über den Mund und merkte, wie sein tagealter Bart in seine Finger piekte. »Also. Tja. Er hat gesagt, er lässt uns nur drauf wohnen, wenn wir ihm, äh, Ernteanteile als Pacht zahlen.«

Die Worte »Ernteanteile als Pacht« brachten eine

stumme, bittere, zittrige Saite im Gehirn und in den Gedanken Ella May Hamlins zum Klingen. Ihre Zunge war klebrig, mit einer widerlichen gummiartigen, kleistrigen Spucke bedeckt, die ihre Kehle überflutete und sie nicht gleich antworten ließ. Auf ihrem verzerrten Gesicht explodierte ein heftiger Schmerz, und die Adern an Hals und Armen traten wie Wurzeln hervor, als es ihr schließlich gelang, mit einem besiegten, gepeitschten, verlorenen Flüstern hervorzupressen: »Ernteanteile als Pacht?«

Tike stand vom Bett auf und legte sich die Hände auf die Augen. Er taumelte auf dem Fußboden umher. Er kaute an seinen Lippen, bis sie nass, bis sie blau, schwarz, lila waren, dann schnaubte er wieder auf seine gelähmte, verrückte, wahnsinnige, trunkene Art und ging auf und ab, nur einen Meter von Ellas Baumwollkleid mit den kleinen weißen Punkten entfernt. Er räusperte sich – eine Art Husten – und sprach vor allem in den Wind:

»Landwirtschaft is was Gutes. So gut wie jede andre Arbeit, die n Mann tun kann. So gut wie jede andre Arbeit, die n Mann oder ne Frau in dieser Welt tun kann. Sie is gut, weil sie gut is und n Mann drin gut sein kann. Er kann was leisten und das Gefühl haben, was Gutes zu tun. Und n Farmer. Also, n Farmer is was Gutes. Aber nimm n Farmer, der pfuscht und bei irgend nem Verein Schulden macht, dann hat er noch ein, zwei Mal Pech, unebenes, steiniges Gelände oder böse Winde oder Hitzewellen oder Trockenperioden oder Überschwemmungen, Fluten, Wolkenbrüche oder so, und er verliert, was er hat. Und dann, tja, dann sinkt er tief und wird Pächter von jemand anderm. Er hat verloren, was Teil von seiner Haut und seinen Knochen, seinem Herzen und seiner Seele war, darum isser im Geist und im Kampf nich mehr bei seiner Farm, nich mehr so wie vorher. Nich mehr so richtig bei der Sache. Weil er jetzt nur noch pachtet. Er is kein Eigentümer mehr. Nur noch Pächter. Gott noch mal, wie tief isser dann gesunken? Gütiger Gott. Er is so tief gesunken und so übel dran, wie er's je sein wird oder wie er glaubt, dass er's je sein wird. Ich kenn das Gefühl. Wie ich noch auf der Farm von meinen Leuten gearbeitet hab, hatte ich Sorgfalt und Pläne und Schneid und Schwung und Pfeffer im Arsch, aber jetzt bin ich nur noch Pächter, ich weiß nich, ich weiß nich, warum, aber anscheinend hab ich die Hälfte von dem alten Zeug verloren, das ich in mir hatte, das ich für mein Land und meine Saat und meine Jahreszeiten empfunden hab. Und dann bin ich zehn Mal tiefer und noch tiefer gesunken als wie n Pächter. Gott im Himmel! Elly! Elly! Schatz! Ich hab meinen Halt in der Welt verloren! Ich hab gepfuscht und bin so tief, so verdammt tief gesunken, dass ich als bloßer Naturalpächter ende! Dass ich n Teil der Ernte als Pacht abgeben muss!« Und eine volle halbe Minute stand Tike reglos da, blickte zur Osttür hinaus auf den Kuhstall und wartete darauf, dass Ella etwas sagte.

Ella May spürte, wie ihr ein saurer Rülpser aus dem Magen in die Nase stieg und trübe kleine Tränen ihre Augen leuchten ließen. Sie schloss die Augen und sah die Windungen und Wendungen ihres ganzen Lebens vor sich. Sie legte den Kopf wieder an die Tapete und roch die Fäulnis und den Dreck im Zimmer. Im Norden, genau eine Meile vor dem Fenster, sah sie auf der Route 66 zwei Autos vorüberfahren. Als sie lächelte, fühlte ihr Gesicht sich schlammverkrustet an. »Guck dir die beiden Autos an.«

»M-m.« Tike lehnte den Hinterkopf an den Türrahmen. »Eins fährt wie n Riese. Das andre wie n Zwerg. Eins fährt wie n Cadillac und das andre wie n Austin.«

»Das klitzekleine sieht aus wie ne winzige Termite oder so ne Insektenart. Oder?« Ellas Tränen schmeckten salzig und sandig auf ihrer Zunge und ihren Lippen, und in ihren Worten schwang ein fernes, klebriges Gefühl der Leere mit. »Termiten. Ha ha ha.«

Tike behielt die Hände in den Gesäßtaschen, nur die Daumen ragten heraus. Mit dem linken Absatz klopfte er auf den wurmzerfressenen Holzfußboden, und mit dem rechten trat er gegen die Kante eines dünnen, harten, abgenutzten Stücks billigen Linoleums. Ella versuchte zu lächeln. Tike lächelte über die Zäune und die Felder, über die Fäulnis und die Mühen hinweg zum Highway. Und er sagte:

»Termiten. Ha.« Seine Stimme war flach und ausdruckslos. Und auf seinem Gesicht stand jenes Lächeln, mit dem er sich im Lauf seiner dreiunddreißig Jahre zehntausend Freunde und Feinde gemacht hatte. Sein Gesicht lächelte. Sein Gesicht lächelte mit all den Rätseln, Echos und Visionen aller Männer, die je der Pflugschar und der Saat und den Jahreszeiten gefolgt waren. Seine Augen waren Murmeln, und wie Radio, wie Fernsehen spiegelten sie die Erdstrahlen des Kummers. Er beugte die Knie und wollte sich in die Tür setzen, glaubte aber, Ella May würde sich besser fühlen, wenn er stehen blieb. Also richtete er sich auf, so gut er konnte, und lehnte den Kopf wieder an den Türrahmen. Er spähte durch den Wind hindurch und sah, wie das große und das kleine Auto, die auf der Straße nach Westen fuhren, immer kleiner wurden. Wieder trat er Linoleumstücke los und ballte so fest die Fäuste in den Hosentaschen, dass seine Fingernägel tiefe violette Spuren in seine Handflächen gruben.

Sein Gesicht lächelte in denselben alten Wind hinaus, den er sein Leben lang als einen Teil von Leben und Tod gekannt, empfunden und gerochen hatte. Der Wind war Teil des Wetters, und das Wetter war Herr über Leben und Tod von Menschen und Feldfrüchten. Schon immer hatte er halb finster, halb lächelnd auf das Wetter geblickt, auf die Sonne, auf die Sterne, die um den großen blauen Erdball jagen. Von Norden her mähten blaue Schneestürme die Grashalme. Allen seinen Tieren waren Nase und Ohren erfroren. Tike hatte gelernt, zu blinzeln und sein Gesicht in Falten zu legen, wenn er hinaustrat in die pfeifenden Winde der kalten Jahreszeiten. Auch in die glühend heiße Sonne, den Staub, den Schweiß, die springende, tanzende Hitze der Trockenperioden hinauszulächeln hatte er gelernt. Und in den Regen. In die wilden, sinnlosen, treibenden, alles hinwegspülenden Regengüsse. All das hatte seine Stirn gefurcht, geformt und geschmirgelt. All das lag in seinem Gesicht, in seinem Blinzeln, war Teil jenes freundlichen, für seine Leute bestimmten Lächelns oder jenes stürmischen Hohnlachens des Hasses, das ihn überkam, wenn er von seinen Feinden sprach und von denen, die ihm Leid zugefügt hatten. Und sein Hohnlachen, sein finsterer Blick und sein Zähnefletschen, selbst sein Blinzeln und sein Lächeln, all das überkam ihn hundert und tausend Mal am Tag, und manchmal wanderte all das gleichzeitig über sein Gesicht, und die Gefühle durchströmten seine Adern hundert Mal, alles in nur einer einzigen Minute aus seinem Hass heraus in sein Blinzeln, sein Lächeln, sein Lachen.

»Ella, Schatz«, fragte er sie, »was meinen die Leute eigentlich, wenn sie ›Termite‹ sagen?«

»Termite?« Ella reckte den Hals, um durch das verrostete Fliegengitter und das halb geöffnete Fenster einen letzten Blick auf die beiden Autos zu werfen. »Eine Termite?« Sie legte das Kinn aufs Fensterbrett.

»Ja.«

»Das is n klitzekleines Insekt oder ne Art winzig kleiner Wurm oder ne kleine Spinne oder so.« Ihr stieg der Rost vom Fliegengitter in die Nase. »So was halt, schätz ich.«

»Wovon lebt sie?«

»Weiß nich. Stell mir nich so viele alberne Fragen. Wofür hältst du mich, für n wandelndes Bücherregal?« Sie rieb sich einen Muskel über dem Knie und spürte die Hitze ihrer Hand auf ihrer Haut. Sie machte einen Schmollmund. Tike sollte sein Leben nicht damit vergeuden, über das Weideland auf den Highway zu schauen, wenn es wärmere Dinge und nähere Dinge gab. Sie hoffte, er würde den blauen Fleck auf ihrem Muskel bemerken, und jede Minute, die er in die andere Richtung blickte, ließen den Schmerz und das Gefühl der Einsamkeit in ihr wachsen. Sie rieb sich den Schenkel schneller und fester und schob die Hand langsam an ihrem Bein hoch, damit der blaue Fleck besser zu sehen war. Einige Augenblicke lang schien Tike sie nicht wahrzunehmen. Sie spürte, wie etliche einsame Jahre der Winde auf den Plains sie durchwehten, und sagte: »Blödmann.«

»Bist doch Lehrerin, oder?« Er blickte nach Osten und sah mehrere seiner Milchkühe am Stall stehen, die darauf warteten, gemolken zu werden. »Dein halbes Leben haste damit verquasselt, den Kindern in der Star Route School Vernunft in die Dickschädel zu hämmern. Aber wenn ich dich frage, was n kleines Insekt ist, ich meine, was ne Termite ist, sitzt du da und sagst einfach, ich bin n Blödmann.«

»Du bist n Blödmann. n Blödmann. Genau das bist du.« Sie rieb den blauen Fleck noch fester. »Alter Blödmann. Blöder alter Mister Tike Hamlin. Weiß nich, wo oben und unten is.«

Tike drehte sich um und sah sie an. Sie lehnte sich fester an die Wand, öffnete den Mund und senkte den Blick auf ihre rubbelnde Hand. Tike spürte ein fernes Grollen, und ein heißes Zittern durchlief ihn, als er sagte: »Sag mir, was ne Termite is. Ich frag dich nich noch mal.«

»Der alte Tikey. Er weiß es nich. Weiß einfach nich, wo oben und unten is.«

»Wenn du nich aufhörst, dich so am Bein zu reiben, reiß ich dir gleich das Kleid vom Leib. Bei den kleinen Hunden des Herrn, Schatz, was glaubst du, wie viel Hitze ich vertragen kann, ohne zu explodieren?« Er wandte ihr den Rücken zu, weil er nicht wusste, was er sonst tun sollte. Dann hatte er Angst, sie könnte ihn schüchtern oder feige finden, und drehte sich wieder zu ihr um. Auf seinen Lippen klebte Speichel. Sein Atem klang wie das schwere Rauschen eines stürmischen Windes. Sein Herz pochte. Er wollte ihr das Baumwollkleid vom Leib reißen und sie auf dem Boden liegend über und über küssen. »Was haste n da? n blauen Fleck? Wo haste dir den denn geholt?«

»Hat aber verdammt lange gedauert, bis du's gemerkt hast.« Wieder zog sie einen Schmollmund. »Das war, als ich die Sahnekannen geschleppt hab. Weißte nich mehr? Als der Wind mein Kleid hochgeweht hat und du n Anfall gekriegt hast?«

»Mmm.«

»Wenn ich du wär, würd ich auch Mmm machen. Ich hätt mir das halbe Bein abreißen können, und du hättst nichts gemerkt.«

»Ziemlich großer blauer Fleck, was? Ja. Komm, ich reib ihn dir. Ich knie mich zwischen deine Füße, genau hier, jetzt spring doch nich gleich weg, ich geb dir die sanfteste und schönste Massage, die je n Weibsbild gekriegt hat, seit Jesus keine kleinen roten Wagen mehr malt. Aber meine alten Hände sind so rauh und wund, so voller Blasen und Warzen und Schwielen, dass du dich vielleicht eher von ner wilden Herde wütender Rinder überrannt fühlst.« Er küsste ihre Kniescheibe.

»Stimmt gar nich. Fühlt sich gut an. Autsch. Nicht so fest an der Stelle da. Da. Autsch. Mmm. Das is so schön, das würd sogar nem Stadtmädchen gefallen. Das Bein is vielleicht nich ganz so hübsch wie das von nem Stadtmädchen. Oder?« Während sie sprach, rieb sie ihren Kopf an der Wand. Ihre Augen waren halb geschlossen, die Lippen feucht.

»Stadtmädchen kommen nich in Frage.« Tike wirkte gekränkt, als er ihren blauen Muskel untersuchte. »Nich mal in die engere Wahl.«

»Autsch. Sei n klein bisschen vorsichtiger. Jetzt weiß ich, dass du n Blödmann bist.« Sie spreizte die Beine. Tike kniete sich vor sie und schob ihre Beine noch weiter auseinander. Die Wärme seiner Massage fühlte sich so gut an, dass ihr Körper schlaff wurde wie ein Handtuch. »Jetzt sag ich dir, was ne Termite is«, sagte sie.

»Ja?«

»ne Termite ist was, was Häuser zerfrisst und alles verrotten lässt.«

»Was? Alles?«

»Nein. Nur n paar Sachen. Holz. Teerpappe. Linoleum. Häuser. Ahh. Mein Gott, Menschenskind, heilige Scheiße. Tike, du hast keine Ahnung, wie gut deine Hände sich anfühlen.«

»Lässt sie Hunde und Katzen verrotten?«

»Nein. Ohhh. Weiß nich.« Sie lachte leise in sich hinein.

»Menschen verrotten?«

»Neeeiiin.«

»Nur Holz und Teerpappe und Linoleum, ja?«

»Eigentlich nur Holz. Holzhäuser«, antwortete sie. »Fast alles, was aus Holz gebaut is.«

»M-m. Streich mir doch mal die Haare aus den Augen, Schatz, ja? Kann ja gar nich sehn, was ich da rubble. Kann's mir nich leisten, irgendwas davon auszulassen.«

»Irgendwas wovon? Dummbatz.«

»Irgendwas von meinem Bein, das ich da rubbele.«

»Von deinem Bein? Seit wann is mein Bein dein Bein?« Ella May versuchte, ernst zu wirken. »Bitte um Auskunft.«

»Seit ich es das erste Mal gerubbelt hab. Weißte noch?«

»Nein. Und du auch nich. Sei still. Mach weiter.« Ella May wusste genau, wie und wann sie den Kopf zurückwerfen und sich die Haare über die Schultern fallen lassen musste, damit Tike bei jeder Bewegung mit Nase und Mund den Geruch ihrer Haare und ihres Halses auffing und sein Blut wie ein Kessel auf dem Küchenherd kochte. »Weißt du noch, wann das war?«

Tike schluckte schwer und sagte: »Kommt mir vor, als wär's an dem Abend gewesen, äh, an dem Abend, weißte noch, als deine Ma und dein Pa im Bett lagen, und deine drei großen Brüder und deine beiden kleinen

Brüder haben im Wohnzimmer rumgelungert und sich am Feuer aufgewärmt, und wir hatten das alte Teigbrett von deiner Mama auf dem Schoß und haben Poker um Streichhölzer gespielt.«

»Ohhhhhh.« Ella ließ den Kopf so heftig gegen die Wand sinken, dass aus den Rissen und kleinen Höckern, in die der Wind den Staub so dicht und fest gepackt hatte, wie es Wespen, Hornissen oder Ameisen tun, loser Schmutz rieselte Als sie hörten, wie der Staub hinter der Tapete herabrieselte, öffneten Tike und Ella May ihre Augen zu einem Schlitz, nicht etwa um zu sehen, sondern um zu horchen und nachzudenken und ihre Geschichte durch ihr Hirn rieseln zu lassen, so wie die Namen ihrer Leute jetzt auf die Grassoden rieselten. Das einzige Geräusch, das sie hörten, war Ellas hohes Gewimmer: »Ohhhhhhhh.« Für eine kurze Sekunde war das Zimmer das Zimmer eines Geisterhauses, und der Geist, den die Winde nannten, schleuderte mehr und mehr Staub, mehr und mehr Dreck in die Luft. Dieser schlug gegen das Haus wie die Geister der Toten, die ihren eigenen Schmutz bei sich tragen, die irgendwo auf den Upper Plains heulen, weinen und darum betteln, wiedergeboren zu werden.

»Ich würd so gern hier bleiben und die ganze Nacht lang deine Schnitt- und Brandwunden rubbeln, Lady, aber ich hör was« – er wandte sein Gesicht zur Decke – »ich glaub, ich hör n ganz komisches Geräusch da draußen im Wind.« Er küsste die Prellung an ihrem Bein und sagte: »Graben, graben. Säen, säen. Abdecken, abdecken. Jetzt is all meine Saat ausgesät und tief vergraben für den Winter.« Mit einem Finger kratzte er an ihrem Schenkelmuskel, als würde er graben, dann machte er eine Bewegung, als würde er Saatgut mit Erde bedecken.

In der Regel zog Tike jeden Nachmittag ein paar Minuten vor Sonnenuntergang los und fütterte seine beiden Schweine, molk seine sechs Kühe, fütterte seine vier Pferde und warf seinen Hühnern einen Eimervoll Mischfutter hin, während Ella May Milch und Rahm trennte, Brötchen buk, Milchsoße anrührte, Schweineschinken briet und eine Kanne Kaffee aufsetzte.

Aber zu Tike sagte sie: »Ich glaub, ich hör auch ne seltsame Musik im Wind. Komm. Spring auf. Mach die nichtsnutzige alte Tür zu, bevor das Haus voll Luft is und wie n Ballon durchs Land weht. Mach sie fest zu. Komm. Wirf dir das dicke Hemd und den Pullover über. Warte, bis ich meinen Lumpenmantel aus der Fifth Avenue anhab, dann helf ich dir draußen bei der Arbeit, und du, was sagste dazu, eh, du hilfst mir, Milch und Rahm zu trennen, das Essen zu machen und dann das Geschirr abzuwaschen und alle Ritzen mit Lumpen zu verstopfen. Was sagste dazu, eh?«

Als sie mit eingezogenen Köpfen den Hof überquerten, schüttelte Tike den Kopf und fauchte wütend: »Puh. Schnapp dir ne Titte und knurr.«

Und Ella May schimpfte: »Ich wünschte, du würdst versuchen, dich anständiger auszudrücken.«

Während sie ihre Arbeit erledigten, fluchte, spuckte, witzelte, schrie und brüllte Tike die ganze

Zeit und machte verschiedene Geräusche wie Hühner, Enten, Hunde, Truthähne, Gänse, Pferde, Kühe und Schafe. »Die einzige Sprache, die ich kann.« Er lachte Ella zu.

Tike sprang über den Stacheldrahtzaun und leerte einen Eimer voll Körner aus, und während die Hühner sie dankbar aufpickten, flatterte er mit den Armen und krähte wie ein Gockel. Die Pferde hoben die Köpfe und schnaubten, wegen seiner wilden Schreie und wegen der noch wilderen Winde in der Ferne. Die Kühe blickten angstvoll aus weit aufgerissenen Augen, und er beugte den Hals, zog die Schultern hoch und schwenkte den Kopf hin und her, genauso kläglich, betrübt und angstvoll wie die Kühe. Er trieb sie in ihre Boxen, während Ella May eimerweise Futter in ihre Tröge schüttete. Wieder schimpfte sie ihn aus: »Du könntest lernen, mal was andres als n Schafskopf zu sein. Das könntste, wenn du's nur versuchen würdest. Aber das Problem mit dir is, dass du's nich mal versuchst.«

»Was versuchst?«, neckte er sie und molk seine erste Kuh.

»Oh.« Sie molk ihre erste Kuh neben ihm. Ihr Rücken war nur zwei, drei Zentimeter von seinem entfernt. »Dass du versuchst, n Mann zu sein und wie n Mann zu reden.«

»Verdammt noch mal. Red ich etwa nich wie n Mann, Lady?« Er verlor die Beherrschung, als er ihr antwortete. »Wie zum Teufel red ich denn, wenn ich nich wie n Mann red?«

Und während sie die sechs Kühe molken, stritten sie weiter. »Wie n Schafskopf. Wie n Depp von der alten Star Route School.«

Das Geräusch des Windes um den hohlen Kuhstall dröhnte ihnen in den Ohren. Beim Reden mussten sie die Stimme heben. Der Lärm der Dinge, die vom Wind herangeweht wurden, drang an ihre Ohren wie Flügelgeflatter. Trockene Maisstängel, Feigenbaumzweige, Steppenläufer und Amsinckien hatten sich gelöst und hüpften, sprangen und pfiffen vorüber oder prasselten gegen die Stallwände. Die Welt um sie her war in Bewegung geraten. Die Natur kroch, krauchte, krabbelte und rüttelte, wartete auf ihre Gelegenheit und heulte dann über das Gras davon.

Hohe Gräser, steife Unkrautstängel, Zweige von Gebüsch und Gestrüpp der Plains hielten stand und verloren nicht den Halt, schienen aber zu singen, zu summen und zu weinen, als lose Dinge: Papierfetzen, Heu- und Grashalme, Lehmbrocken und Strohfasern, vom Luftstrom mitgerissen wurden. Und für Tike und Ella May, die hier auf diesen Plains geboren und aufgewachsen waren, die hier gelebt und gearbeitet hatten, die hier genährt und aufgezogen worden waren, die hier geliebt und geheiratet hatten, für sie war dies zuinnerst eine schmerzliche Jahreszeit, eine alte und trockene Jahreszeit, eine Zeit des Abschieds und der Trennung, eine Zeit, da alle Dinge der Plains: Zweige, Gräser, Heuspäne, Blumen, Stängel und Hülsen, die Dinge, die aus der Erde wachsen, ohne weitere Tränen Abschied nehmen und verweht werden, um auseinandergepeitscht und wieder und wieder zerteilt zu werden. Und die Trauer in den hohen düsteren Wolken und die Trauer in den niedrigen beißenden Winden waren Schmerz genug und Trauer genug. Die beiden mussten sich nicht noch zusätzlich mit dummen Sprüchen eindecken.

Als Tike den letzten Tropfen aus der Zitze der letzten Kuh molk, biss er die Zähne zusammen, um trotz Ella Mays Geschimpfe komisch sein zu können, spuckte in den Dung und das Stroh vor ihm und sagte: »Wart nur, bis ich dich wieder im Haus hab, Miss Lady, dann zeig ich dir, wer hier n Mann ist.« Er schloss halb die Augen und malte sich aus, welche Streiche er ihr spielen würde, sah sie schon vor sich, wie er sie hinter der Lampe im Vorderzimmer in die Enge trieb, und hörte sie schreien und lachen: »Tike. Tike. Ja. Ich hab doch Ja gesagt. Ich hab gesagt, du bist einer. Du bist einer. Du bist n Mann. Du bist n Mann. Ha ha ha ha ha ha ha. Nich. Du bist n Mann. Ich nehm's zurück. Werd nie wieder sagen, dass du keiner bist. Tike. Tike.«

Diese Menschen waren Kinder der Natur. Sie waren Sohn und Tochter der Natur, und ihr lautes Gebrüll, Gekreische und Gelächter kam daher, dass sie allen Menschen und der ganzen Natur ins Gesicht schrien, und ihr schneller Verstand war so schnell wie ihre schnellen Zungen, die jeden Menschen, jedes Geschehnis und alle Dinge der Menschen und der Natur niederbrüllten. Sie waren wieder im Haus, bevor einer von ihnen sprach. Die Menschen der Upper Plains haben für ausreichend Platz gekämpft, um laut reden und über weite Entfernungen brüllen zu können, aber auch um still werden und gründlich nachdenken zu können. »Tike, du würdst mir nur im Weg sein, wenn du versuchst, mir beim Essen zu helfen. Ich finde, du solltest deine Zeit besser damit zubringen, dass du mehr Zeitungen an die Wand klebst. Wegen dir will ich kein heißes Fett nich über mich verschütten.«

»Was, wie?« Tike stellte seine beiden Drei-Gallonen-Eimer mit frischer, kuhwarmer Milch auf den Boden. Er hob die Hand, um eine Katze zu verscheuchen, und sagte: »Ich reiß dir gleich den Kopf ab. Du verdammte miese alte Schachtel, du!«

»Tike. Tike Hamlin.« Auf Ellas Gesicht malte sich ein verärgertes, kämpferisches Grinsen. »Wie hast du mich eben genannt? Ich hab's genau gehört. Was hast du zu mir gesagt?« Sie hob den Saum ihrer Schürze, um sich über dem Küchenherd die Tränen abzuwischen. Die Dämpfe des Asbestdochtes brannten in ihren Augen. Sie spürte, wie der Schmerz ihr durch Nase und Hirn schoss, insgeheim aber freute sie sich darüber, dass ihr die Dämpfe Tränen in die Augen trieben. »Du hast, du hast gesagt, gesagt, dass ich ne alte Schachtel bin und und und dass du, dass du mir gleich den Kopf abreißt! Ich hab's genau gehört! Wenn du mich anrührst, schütt ich dir das heiße Kesselwasser ins Gesicht!«

»Sprichst du mit der Katze?« Tike grinste. »Allmächtiger Gott, verdammt noch mal, Lady, du hast doch wohl nich wirklich geglaubt, dass ich dir den

Kopf abreiße, oder? Den Kopf?« Er zog sie dicht an seinen schmutzigen Overall und küsste ihre Tränen. »Hab ich dich reingelegt, Lady? Ha ha ha. Hab ich dich kleingekriegt? Donnerwetter. Ich brauch deinen kleinen Kopf doch noch, zum Reden und zum Küssen. Den könnt ich dir doch gar nich abreißen. Aber ich hab dich ganz schön zum Flennen gebracht, was? Ha.«

»Hab nich geweint.«

»Nich geweint? Könntste mir vielleicht verraten, was die Tränen in deinem Gesicht sollen?«

Sie entzog sich ihm. »Dämpfe. Die sind schuld. Nicht das, was du gesagt hast.« Mit ihrer Kochschürze wischte sie sich Nase, Wangen und Augen trocken. »Mir kannste keine Angst einjagen. Und wenn du so groß wärst wie der Mond und so breit wie die Ebene und wenn du Zähne hättst wie unser alter Gaul da draußen und n Traktormotor und zwei Weizenmähdrescher in den Gedärmen, Mister Tike.« Sie kehrte ihm den Rücken zu, um sich mit ihrer Kocherei zu beschäftigen. »Tu, was ich dir gesagt hab. Haste gehört? Ich hab die Spülschüssel voller Mehlkleister und n Handfeger als Tapezierbürste. Beeil dich. Mach schon. Mal sehen, wie viel du vor dem Essen schaffst. Verstanden?«

»Nein.« Tike stand hinter ihr und spürte, wie die Hitze von den Kochplatten wuchs. »Nein.«

»Und warum nich? Was? Was sagste da? Mach schon. Steh nich einfach hinter mir und stör mich. Mach schon.«

Tike ließ seine Hand unter ihren Arm gleiten und fühlte ihre Brustwarze. »Lady.«

»Tike. Deine Hand is kalt. Lass das.«

»Lady.«

»Lass das. Ich hack dir mit dem Messer hier die Finger ab. Ohhmm. Schatz. Tike. Ich kann's nich leiden, wenn deine Hände kalt sind. Das is alles. Geh und kleb n paar Tapeten an die Wände, dass das Haus wenigstens n bisschen wärmer wird.«

»Lady. Ich hab gesagt, Lady.«

»Lady was?«

»Dreh dich um. So. Gib mir n dicken Kuss und umarm mich.« Er befühlte die Muskeln auf ihrem Rücken und streichelte ihre Hüften. »Weißt du, Lady, etwas sagt mir, Lady, dass du ne ganz schön zähe Lady sein musst, um das auszuhalten.«

»Um was auszuhalten?« Sie presste ihr Ohr an seine Brust und ihren Bauch an seinen.

»Siehste. Das hier. Das alles.«

»Das hier? Was? Sag's.«

»Oh ... Ich will dich nur n bisschen fester knuddeln, Lady. Ich fühl mich so gut. So gut, wenn ich dich ganz nah bei mir spür. Das hält mich warm.« Er hatte den Kopf gesenkt, und seine Wimpern berührten ihr Haar. »Den ganzen Schlamassel, in dem ich stecke. Die ganze Scheiße. Scheiße, in der du noch nie in deinem Leben gesteckt hast. Scheiße, wie du sie noch nie gesehen hast. Überall gemeine Scheiße. Scheiße, die ich dir nich antun wollte. Ich wollte nich, dass mein altes Leben dich anspringt und überrollt, Lady. Ich wollte nur, dass wir hier sind, zusammen hier sind so wie jetzt, länger als die ganze Scheiße braucht, um zu kommen und zu gehen, und ich hatte gehofft, ich könnt was tun, dass sie dich nicht trifft und dir wehtut und dich anders macht, als du jetzt bist, alt und gemein und zäh wie n wildes Tier, so wie manche Leute um dich rum oder wie ich mich die ganze Zeit fühle, teilweise oder ganz.«

»Ich hab nich den blassesten Schimmer, was du meinst, Mr Mann, aber deine Worte hören sich an, als wär dein gesunder Menschenverstand auf die Windmühlenplattform geflogen, um sich für die Nacht schlafen zu legen. Ich bin zäh, Mister Mann. Eines Tages wirst du rausfinden, wie zäh ich wirklich bin. Lass mich los, dass ich das Essen machen kann.«

»Es gibt Wichtigeres, als Essen machen.« Er blies seinen Atem in ihr Haar. »Lady.«

»Das weiß ich, Tike.« Als ihr Mund sein Hemd berührte, waren Tränen in ihren Worten. »Tausend Sorgen und zehn Millionen Schulden und lauter Krankheiten und das verkehrte Wetter und das ganze Land bestellen. Wir müssen mehr pflügen und mehr pflanzen. Maschinen besorgen. Essen. Kleider zum Anziehen. Öl zum Heizen. Und wir schulden jetzt schon mehr, als wir in dreißig Jahren zurückzahlen können, selbst wenn das Wetter sich beruhigt und wir jedes Jahre ne gute Ernte haben.«

»Und bevor du dich auf diesen fiesen, nichtsnutzigen Tike Hamlin eingelassen hast, hattste keine Sorgen nich, bist dein ganzes Leben lang keinen roten Cent schuldig geblieben«, sagte er.

»Bitte, bitte, bitte, Tike, hab ich dir nich gesagt, du sollst diese Worte nie wieder über deine Lippen kommen lassen? Worüber wirst du dich als Nächstes aufregen, über meinen reichen alten Daddy? Sei bloß still. Küss mich nicht mehr. Ich gehe. Ich ziehe die Schürze aus, gehe durch die Tür da und bin in zwei Sekunden auf und davon. Noch ein Wort. Noch ein kleiner Atemzug. Nur noch einer. Ach du lieber Himmel, ach du liebe Güte. Heiliger Strohsack, heiliger Methusalem, heiliger Pimmel! Gott! Hör auf. Lass mich los. Geh weg. Geh rüber und kleb die Zeitungen an die Wand. Kleb zwei, drei Seiten übereinander, bei Zeitschriften zwei. Lass mein Kleid in Ruhe! Mister, Mister Tike Hambone! Sturer Bock!«

»Ich bock doch gar nich.«

»Doch, das tust du. Ich schlag dich gleich mit dem Messer in Stücke. Ich hab gesagt, tapezier endlich.«

»Nützt nichts, mit so ner kleinen Messerspitze auf meinen Bauch zu zielen, Lady. Ich bock doch gar nich, aber ich rühr mich nich vom Fleck, bis du mir was sagst.« Er blickte ihr in die Augen. »Sag mir, dass du mich in Naturalien bezahlst.«

»Nein. In Naturalien?«

»In Naturalien.«

»Ich bezahl dich mit nem Glas Wasser und nem Zahnstocher.«

»Meine Art Naturalien.«

»Ich bezahlen? Dich? Wie wär's, wenn du mal bezahlen würdest? Die Zeitungen an der Wand werden deinen wunden alten Balg genauso schön warm halten wie meinen. Wieso soll ich dich für deine Arbeit bezahlen? Sprich!« Sie schauspielerte, doch in ihrem Innern spürte sie ein weiches, sandiges Gefühl, wie Regenwasser, das einen Batzen Erde unterspült, wie Regen, der eine Farm Stück für Stück wegschwemmt. »Ich bezahlen?«

»Keine Bezahlung« – er schüttelte den Kopf und musterte ihren Körper von oben bis unten – »keine Arbeit.«

»Wieso soll ich bezahlen?«

»Du. Ich hab gesagt: du. Du hast mich sagen hören: du.« Er zog sie dichter und fester an sich. »Verstehste …? Miss Lady?«

»Aber, aber, aber … Ich hab kein Geld.«

»Wie schade.«

»Nich mal hübsche Kleider. Nich mal schöne Möbel. Nich mal n anständiges Auto. Nichts, was du wirklich wollen würdest.«

»Und?«

»Nur, nur, sagen wir, n bisschen Milch und n bisschen Butter und n paar Eier und ne kleine Handvoll Saatkörner. Nich mal n Scheffel Weizen, Mister. Nich mal, nich mal n Schluck Whiskey. Höchstens schwarzgebrannten Schnaps oder so. Ich, äh, ich, äh, hab vergessen, mein Scheckheft mitzubringen.« Geziert drehte sie sich um und duckte sich, als er sie umarmen wollte.

»Milch und Honig reichen schon.«

»Aber ich, verstehste, äh, all meine gute Milch hab ich verkauft. Ich trenn sie in Rahm und Butterfett.

Wenn das durch die Zentrifuge durch is, hab ich nur noch säuerliche alte Magermilch übrig. Und du als Geschäftsmann von Welt wärst von meiner Milch ganz und gar nich angetan und nich zufrieden, wenn alles Gute aus der Milch verschwunden is. Und, äh, was den Honig angeht, hab ich auf der ganzen Farm keine einzige Biene, das heißt, keine eigne, die kommen her und saugen den ganzen Honig aus meinen hübschen Blumen, und dann fliegen sie weg, bssssssst, und bringen meinen schönen Honig woandershin.« Sie war mit dem Schinken in der Bratpfanne, den Brötchen im Ofen, dem Kaffee in der Kanne beschäftigt.

»Dann schwörst du, dass es auf der ganzen Farm keinen Tropfen Honig gibt?«

»Ich schwör's. Auf n ganzen Stoß von Bibeln.«

»Na schön. Dann sagen wir also, äh, dass es, soweit du weißt, an diesem Ort keinen Honig gibt? Nich mal n winzigen Tropfen? Ich mein, von deinem eignen?«

Sie kehrte ihm den Rücken zu, als sie antwortete: »Nich einen Tropfen.«

»Und was die Milch angeht. Äh, du sagst, du schickst deine gute Sahne in die Stadt, um Butterfett draus zu machen, und hast nur noch altes, schwaches, säuerliches, dünnes Zeug übrig, das du an die Schweine und Hühner verfütterst? Richtig?«

»Goldrichtig.«

»Na schön. Was würdste n sagen, wenn ich dir beweise, dass du ne große, fette Lüge erzählst? So groß? So breit? Und so hoch und so lang? Würde dich nich kränken, oder?«

»Ohhh. Nein, Sir. Verstehen Sie, Sir. Ich bin noch nich so lang mit diesem Grundbesitzer verheiratet, Sir, und Sir, er, Sir, könnte, Sir, vielleicht hat er mir noch nich gesagt, vielleicht hat er mir noch nich gezeigt, Sir, wo alles is. Vielleicht gibt's hier ganze Seen und Berge Milch und Honig, und Butter auch, Sir, das weiß ich nich.«

»Verstehe.«

»Ich bin froh, Sir, dass Sie verstehen, Sir.«

»Trotzdem …« Tike flocht seine Finger in das gewellte Haar, das ihr bis über die Schultern fiel.»Trotzdem, äh, du willst, dass ich dein Haus mit den neuesten Zeitungen tapeziere, ne ganz gewöhnliche Arbeit, und du behauptest, dass es nich n Tropfen Bezahlung für mich gibt. Stimmt's?«

»Nicht einen Tropfen.«

»Jetzt wart mal. Warte. Ähhh. Und was is, wenn ich loslege und die Arbeit mach? Äh, würdste sagen, du bist bereit, mir n gerechten und vernünftigen Anteil an der Milch und dem Honig zu geben, die nich in die Stadt geschickt werden, also an allem, was übrig bleibt?«

»An allem, was übrig bleibt?«

»Ja. Nachdem du deine reguläre Menge wie immer in die Stadt geschickt hast?«

»Dir alles geben, was übrig bleibt?«

»Ich hab gesagt, n gerechten Anteil, n gerechten Anteil an dem, was übrig bleibt.«

»Was nennst du n gerechten Anteil?«

»n Zehntel. n Zehntel von allem, was übrig bleibt.« Tike spielte noch immer den Geschäftsmann.

»Na gut. In Ordnung. Mach ich. An die Arbeit. An die Arbeit. Aber. Oh … Nur noch eins.« Sie reckte das Kinn in die Höhe. »Du musst damit einverstanden sein, dass du als mein Angestellter, Arbeiter, Tagelöhner mich nicht bei der Hausarbeit behinderst und mir auch nicht in die Quere kommst, während ich versuche, meine Farmarbeiten zu erledigen.«

»Du wirst mich nich mal zu Gesicht kriegen, Lady. Miss Lady. Schönen Tag noch.« Tike hob eine Haarsträhne an, als würde er sich höflich an seinen Hut tippen. Dann tat er, als würde er ein schönes gesatteltes Pferd besteigen, und sagte: »Brr. Hier, mein Junge. Mein Junge. Brr. Brr. Ruhig Blut, mein Junge. Ahhh, Miss Lady, würden Sie mir bitte sagen, wie ich zu der Stelle komme, wo ich die Arbeit verrichten soll, von der Sie sprachen? He, bleib stehen, brr.«

Sie stellte sich auf die Zehenspitzen und zeigte auf die andere Seite des Zimmer. »Oh ja. Folgen Sie einfach der Zaunlinie da. Folgen Sie ihr einfach bis ganz dahinten, ach, nicht weit, nur viertausendzweiundneunzig Meilen, dann biegen Sie bei dem kleinen Saumpfad für die Fohlen ab, Sie können ihn nicht verfehlen. Er führt über vier Berge und über zwei ziemlich schlimme Flüsse, falls sie zugefroren sind. Bei so nem hübschen Pferd, wie Sie eins haben, nur n halber Tag Jig Trot.«

»Wie erkenne ich die Stelle, wenn ich hinkomme?« Tike tänzelte auf und ab, auf und ab, und machte mit den Füßen sämtliche Schrittarten, Gänge und Allüren eines Pferdes nach. »Wie?«

»Nun.« Sie hob ihre Stimme, so laut sie konnte, als

wollte sie über einen breiten Canyon hinweg rufen. »Zuerst werden Sie einen hohen Stapel alter Zeitungen und Zeitschriften erblicken.«

»Wie alt?«

»Sei still, du dummer Steinzeitmensch!«

»Was dann?«

»Sie werden zu einer großen, alten, blauen Spülschüssel aus Emaille kommen. Vor fünfzig oder sechzig Jahren haben einige der ganz frühen Siedler hier im Canyon eine Menge Emaille abgeschlagen.«

»Ach ja?«

»Ja.«

»Brr, mein Junge. Ruhig Blut, mein Junge.«

»In der alten Spülschüssel werden Sie eine Menge Mehl mit Wasser finden.«

»Esse ich das Zeug?«

»Nein. Sie nehmen den kleinen Handfeger und kleistern die Wand ein, dann nehmen Sie die Zeitungen, drücken sie flach an und streichen sie mit dem Handfeger ganz schnell fest. Dann bleiben sie an der Wand kleben. Aber vergeuden Sie Ihre kostbare Zeit nicht damit, mit den hübschen Mädchen in den Zeitungen zu flirten.«

»Kann's nich erwarten.«

»Sehen Sie, sollten Sie Lust haben, einfach oder auch raffiniert zu flirten, dann tun Sie das gefälligst mit mir. Mit sonst niemand. Nicht mit einem von diesen Mädchen, die Ihnen aus den alten Zeitschriften entgegengrinsen wie alberne Paviane. Haben Sie gehört? Haben Sie verstanden?«

»Ich sehe. Höre. Rieche. Schmecke. Fühle. Brr, mein Junge. Wie wär's mit ner kleinen Kostprobe von dem, was Sie zu bieten haben, bevor ich mich an die Arbeit mache?«

»Keinesfalls, Sir. Los jetzt. Fort mit Ihnen. Irgendwann werde ich Sie zum Abendessen rufen und nach dem Abendessen vielleicht zwei, drei Minuten lang flirten, aber nicht länger.«

»Brr, mein Junge, brr«, brüllte Tike. »Der Gaul lässt sich kaum bändigen, wenn er hört, dass es was zu tun gibt. Gut, danke, bis später.« Seine Stimme erschütterte das Zimmer, und seine Füße hüpften auf und ab und ließen den alten Linoleumfußboden erzittern. Er verwandte mehr Energie darauf, vom Herd über den Fußboden zu tänzeln, als auf das Tapezieren von fünf solchen Zimmern. Vor den Ohren des Pferdes schwenkte er einen imaginären Hut, nickte nach links und rechts, lächelte Freunden und Fremden am Wegrand zu und hob zwanzig oder dreißig Mal die Füße, ehe er auch nur einen Meter zurücklegte. Wäre das Zimmer nicht so klein gewesen, er hätte die ganze Nacht durchgetanzt. Sein blaues Hemd und sein verwaschener Overall oder was davon übrig war, waren schweißdurchtränkt, als er schließlich zu der Stelle gelangte, wo Ella den Stapel Zeitungen, die Schüssel mit Kleister und den kleinen Handfeger hingestellt hatte.

Sie musste so laut lachen, dass ihre Lungen schmerzten und sie das Gefühl hatte, dass ihre Knochen an einigen Stellen die Haut durchbohrten. Eine Bratpfanne, ein Messer oder eine große Gabel in den

Händen, stützte sie sich mit den Ellbogen auf den Tisch. Dann lehnte sie sich wieder an die Wand neben dem Herd und lachte, bis sie keine Luft mehr bekam. Sie atmete durch den Mund und versuchte, Tike mit den Händen, mit den Fingern in der Luft Zeichen zu geben, versuchte, ihm zu bedeuten, ihn zu bitten, ihn anzuflehen und anzubetteln, mit seiner verrücken Lachnummer aufzuhören. Je mehr ihr die Puste ausging, je mehr ihr der Bauch wehtat, desto stärker wackelte Tike mit den Hüften und dem ganzen Körper, desto stärker wedelte er mit den Ellbogen in den Schatten, die vom Herd, vor dem sie lachte, herüberzuckten.

»Tiiiike, du bist verrückt!« Mehr konnte sie ihrem Magen und ihrer Kehle nicht abringen. Dann gab sie ihrer Lachlust erneut nach, beugte sich über die Rückenlehne eines Rohrstuhls, ließ den Kopf hängen, schloss die Augen, schüttelte ihr Haar und lachte schallend: »Ohh ho ho. Ohh ho ho. Ahh hiii hii hi hi hi hi. Hör auf!«

Das Zimmer war ein, zwei Quadratmeter größer als die meisten Zimmer der Welt, weil die frühen Siedler der offenen, flachen Upper Plains sich nicht so beengt fühlen wollten wie die Bewohner der Hill Street in Los Angeles, der Pike Street in Seattle, der Superior Street in Duluth, der Senate Street in Indianapolis, der Clark Street in Chicago, der Fannin Street in Houston, der Beaver Street in Buffalo oder der Spruce Street in Philadelphia und auch nicht so beengt und bedrängt wie die der Fourteenth Street in New York.

Die Wände maßen fünfeinhalb Meter in der Länge, ganz gleich, in welche Richtung man die Schnur anlegte. Auf jeder Seite gab es ein Fenster, und es gab eine Osttür zur Windmühle und zum Stall und eine Westtür zu einem Streifen Weideland, flach und offen wie der grüne Filzbezug eines Billardtisches. Aber fünfeinhalb Meter sind fünfeinhalb Meter oder so lang wie sechs große Schritte eines kurzbeinigen Mannes, wenn er verhältnismäßig nüchtern die kürzeste Strecke nimmt. Dies war die große, unverwüstliche Schönheit, der ewige, dynamische Reiz, das Lockmittel, der Köder, die magnetische Anziehungskraft, die zusätzlich zu ihrer Blutsverwandtschaft mit und ihrer salzigen Liebe zu den weiten, offenen Flächen, ihrer lebenslangen Bindung an und ihrer Verehrung für das Land nicht nur Ella May und Tike Hamlin, sondern Hunderttausende, Millionen und Abermillionen anderer Menschen wie sie dazu brachte, ihren Samen, ihre Worte und ihre Liebe so freizügig auszustreuen.

Und dennoch waren von diesen Millionen hart zupackender Menschen keine zwei genau so wie Tike und Ella May. Keines der anderen Millionen Gesichter war wie Tikes und keine der anderen Stimmen wie Ellas. Und obwohl es überall weitere Millionen dieser kleinen, schiefen, termitenzerfressenen, verrottenden und verfallenden Gifthäuser gab, wankte, schwankte, schaukelte, verbog und senkte sich keins davon an denselben Stellen wie dieses, befanden sich die Löcher, Risse, Ritzen, Schlitze, Scharten, Sprünge, Spalten nicht an genau denselben Stellen.

Fünfeinhalb Meter, mit welchem Lineal, mit welchem Zollstock im Land man sie auch misst, sind fünfeinhalb Meter, doch im Lauf von vierzig Jahren saugen einige Hütten Feuchtigkeit und Regen auf und dehnen sich um gut sechs bis neun Zentimeter. Andere trocknen aus und verlieren ihr Harz, ihr natürlicher Saft verflüchtigt sich, auf allen vier Seiten sengt die heiße Sonne auf sie herab, und die trockenen Winde rütteln und reißen an den Brettern und verstreuen die Schindeln über den Erdboden, sodass die Hütte nach denselben vierzig Jahren um gute zehn Zentimeter schrumpft.

Tikes und Ellas Hütte fiel weder in die eine noch in die andere Kategorie, sie gehörte weder zu den nassen Hütten, die schwellen, noch zu den trockenen Hütten, die schrumpfen. Sie war eher ein Zwischending und litt umso mehr. Sie hielt den Regenfällen des Vorfrühlings stand, die die schwarzen Schlammfurchen überfluteten, bis sie aussahen wie die ruhigen Teile der Ozeane. Diese Frühlingsregen kamen gleich nach den Hagelstürmen, die die grünen Schösslinge mit Hagelkörnern, groß wie Steckrüben, zertrümmerten. Autodächer werden verbeult und von jedem Stängel und von jedem wachsenden Ding die ersten Blätter geschält. Das Wasser dieser Stürme strömt vom Himmel und zerkaut den hart gepackten Schlamm zu einem klebrigen, glatten schwarzen Brei, in dem alle Karrenräder, alle Autorräder, alle Traktorräder stecken bleiben. Dieses Wasser, das tage- und wochenlang auf Straßen und Feldern steht, spiegelt die Farbe der Wolken und

der Sonne, denn hier gibt es keine von Menschen an-
gelegten Gräben, keine kupfernen Rohre, keine ble-
chernen Rinnen, keine eisernen Schächte, die die Fluten aus dem Flachland leiten. Einen Teil des Wassers
nimmt das Erdreich auf, um seine Adern zu füllen,
einen anderen schöpfen die Winde ab, um sich zu besaufen, ein bisschen davon trinken Pferde, Schweine
und Kühe, wenn sie sich nicht darin suhlen, und die
Menschen? Die stapfen und stolpern durch den Rest.
Trotzdem gibt es überall auf den Plains Seen und noch
mehr Seen, flache, seichte Tümpel mit Himmelswas-
ser, und der Wind, der von diesen Gewässern weht,
fühlt sich an wie die gespaltene Zunge des Winters.

Die Hagelstürme, die Fluten, die fallenden und die
stehenden Gewässer, sie alle stürzten, spritzten, krach-
ten, platzten und prasselten gegen die gemaserten
Bohlen und Bretter von Hamlins kleiner Hütte. Und
sie alle durchweichten sie, jeder einzelne Tropfen.

Dann kamen die langen, scharfen Strahlen der Spät-
frühlingssonne. Jeden Tag brannten sie mehrere Stunden lang aufs Haus. Sie saugten. Sie bissen. Sie kratz-
ten. Sie scharrten und schabten an den Brettern. Und
sie schlürften die wilden Säfte, Harze und andere Flüssigkeiten, zusammen mit den Winden, den trockenen
Zungen und Lippen der Witterung, die da singen und
flüstern, dann saugen und all die kleinen Häuser küssen, bis sie wieder trocken und spröde sind. Und dies
war die Trockenheit der Hitze, die auf das Haus prallte.

Keine Gegend auf Erden ist der Sonne näher als die
flachen Upper Plains. Kein Fleck auf dem Erdenrund

ist dem Wind näher als die nördlichen Ebenen des Panhandle. Nirgendwo sonst könnte der Wind kälteren Regen blasen als hier, nirgendwo sonst könnte der Regen hoffen, heftiger zu fallen oder länger liegen zu bleiben. Kein Wind der Welt bläst tagein, tagaus staubiger oder trockener oder heftiger. Nirgendwo auf dem Planeten saugen Wind und Sonne das Gras, die Blätter, die Rinder, Schafe, Schweine, Hühner, Hunde, Katzen, Menschen stärker aus als hier. Nirgendwo könnten die Schneestürme einsamer heulen, der Winter eisiger wehen, der Rauch aus den Schornsteinen der Farmhäuser schneller aufsteigen, nirgendwo längere Eiszapfen hängen oder die ganze Welt binnen zwei Minuten glasiger gefrieren.

Flachland nennt man die Upper Plains des Nordens, wo früher einmal zehn Schneestürme, zehn Überschwemmungen und zehn Vulkane großen Streit hatten und zehn Hurrikane ihn nicht schlichten konnten.

Nur eine kleine Hütte aus dünner Pappe im Land des grasenden Viehs, der Ölfelder, der kohlschwarzen Pflanzen, der Schafherden, der Hühnerfarmen und der schnurgeraden Highways, flach wie Schützengräben an der Front. Vor allem eine Welt des Flachlands. Verkrusteten, harten Flachlands. Einige ausgewaschene Gräben, tief genug, um junge Canyons zu sein, einige Schluchten und einige Canyons, groß genug, um mehrere eurer großen Städte, Klippen und Tafelberge zu verschlingen, Schlünde und Senken, ausgetrocknete Flüsse, versandete Bachläufe, eierlose

Hennen, rennende Enten, gescheckte Gäule, heuch-
lerische Heuschrecken, Söhne der Jungfrau, hüpfende
Hasen, Büffelbären, Wollschafe, fade Grogtrinker,
Maulaufsperrer, tiefe Denker, Bierbrauer, Schlabber-
fraßatmer, Staub- und Schmutzfresser und Sandfel-
senschläfer. Nachtbodenkriecher, Sonnenbodenunter-
tunneler, Lochfühler, Lochgräber, Lochmacher und
Lochkitzler. Lässige Kiesgänger und Lügengeschich-
tenerzähler. Seele, Gemüt, Winde, Geist der Upper
Plains, des flachen Panhandle, Himmelswinde, die
sich entrollen und entfalten, und die Lauscher unten, die in zwei, drei niedrigen Backsteinhäusern lau-
schen, die Glückswürfel werfen, die Twenty-One, Stud,
Black Jack und Muley Dice spielen, Pferderennenwet-
ter, Rennpferdtippgeber, Münzwerfer, Weinvergärer
und Lockenkopfschlürfer. Haar der oberen Ebenen.
Erdreich der toten Gräser. Kieshügel, Kiessenken,
Hundetrott, Büffelsuhlen. Hühner, Hexen, Ranzen,
Taschen, Prahlerei, Stecherei, hitzige Protzerei. Busch-
werkflitzer, Dunghaufenhüpfer, Plumpsklogeneräle,
krumme Kuhanhänger, Schafeumarmer, billige Schlä-
ger, Schafe- und Lämmerfärber, Schafeschläfer und
schafige Schläfer. Ihr. Welche. Die Winde und der
Lehm staubten Gräber ein, sechzehn und sechzig und
neun hintereinander. Neun in einer Reihe. Noch auf
dem Huf oder schon am Haken. Auf der Fährte oder
auf dem Schlitten. Auf dem Eis oder im Feuer. Hände
zwischen Beinen und Stauden Bananen, Wagenladungen mit Läufigen und Wagenladungen mit Kohl, Bier,
Rüben, Sellerie, Eier, Kürbis, Gerüttel und Geschüt-

tel, Wagen beladen mit Melonen, füttere sie mit Wassermelonen, damit sie nicht durchbrennt. Haar verbrannt. Versengt. Gebrandmarkt und verschmort. Haut voller Blasen, und sie ist eine erschöpfte Schwester. Die flachen Upper Plains.

Tike Hamlin kannte die inneren Geräusche und den äußeren Anblick aller Dinge der Plains, seiner Plains.

Bauchgurt. Rückengurt. Nackenjoch und Kummet. Festschnallen. Abnehmen. Wegtragen und aufhängen. Räucherkammer. Holzschuppen. Kuhstall. Futtertrog. Hühnerhaus. Haupthaus. Klohaus. Keller. Wasserhahn. Bolzen. Schraubenmutter und Schraube. Abgeschabter Knöchel. Verletzter Finger. Verbrannter Arm. Verbrühtes Schienbein. Räder. Naben. Speichen. Hosenboden. Arbeitsschuhe. Schollenhopser. Zitzenzieher. Dinge der Scheuer und Dinge der Feder und der Parzellen. Gerüche und Dünste, süß, zuckrig, sirupartig, verdorben, ranzig, fies und ordinär. Harte Schädel. Dickschädel. Scheuende Rinder und halb wilde Ponys. Der Penis des Hengstes, der in die Stute eindringt, und der verschwitzte, heiße, offene Schoß der Kuh, die den Stier erwartet.

Ella May entstammte diesen Dingen, war zwischen diesen Dingen geboren und aufgewachsen, und das Leben, das sie in sich spürte, war das Leben, das sie, je nach Jahreszeit, in allen diesen Dingen sah, hörte und spürte.

Doch in diesem Jahr waren die Jahreszeiten für Sommerdinge und heiße Dinge schon vorüber, und der Wind, der die ersten Heufasern und Staubkörner über die Farm wehte, war Vorbote der Winde der kalten Jahreszeit, des frostatmigen, eiszungrigen Hauchs des Winters. Und hier, wo keine Täler sie wie Feiglinge vor der Sonne oder dem Wind verbargen, hier, wo sie keinen Schutz hinter Felsen fanden, hier, wo sie sich sämtlichen zehn Millionen Dingen gegenübersahen, mit denen die Menschen oder die Witterung sie traktierten, hier wussten alle beide, Tike und sie, dass der Wechsel von Sommer zu schneestürmischem Winter manchmal, meistens nur zwei, drei kurze Minuten dauerte. Die Zunge des winterlichen Schneesturms schnellte unter dem fliegenden Schwanz des warmen Sommers hervor. Binnen zwei Minuten mochte der eine gehen, der andere kommen.

All das schoss Tike durch den Kopf, als er die Wand mit Mehlkleister bestrich und seine Zeitungen andrückte.

Bei Tisch saß Ella May ihm gegenüber und beobachtete, wie er aß. Sie wusste, dass eine Herde tiefer Gedanken durch seinen Kopf stampfte. Er blickte auf seinen Teller und durch seinen Teller hindurch. Er blickte auf die Schüsseln auf dem Tisch und durch die Schüsseln hindurch. Er blickte im Zimmer umher, und seine Augen durchbohrten die Wände. Er blickte durch das dunkle Fenster hinaus, und seine Augen schweiften über die Farm und den Panhandle. Er blickte über die Plains. Er sprach nur wenig, und im Dunkel der Nacht schienen seine Worte über das Land zu gleiten. Er lächelte und blickte ihr in die Augen, und sein Blick ging in sie hinein und durch sie hindurch und immer weiter. Meistens besprachen sie Dinge am Esstisch. Wenn Tike einer dieser Sehanfälle überkam, herrschte bei Tisch eine Atmosphäre der Einsamkeit. Aber Ella May fühlte Tikes Gefühle, und sie wusste, dass seine Sorgen eine schwerere Last wurden, als seine Lippen tragen konnten. Dann tat er ihr leid, und sie schwieg.

Während Tike noch mehr Zeitschriften und Zeitungen auf die Wände verteilte, wusch sie ab. Töpfe und Pfannen stellte sie auf die Regale aus Apfelsinenkisten an der Südwand, dann bedeckte sie die Schüsseln auf dem Tisch mit einem leinernen Tischtuch und sagte: »Eigentlich bin ich immer ziemlich froh, wenn die Kälte kommt, weil dann die lästigen Fliegen sterben.«

»Stimmt.« Tike war damit beschäftigt, die Seiten auf die Wände zu drücken. Er wirkte zutiefst wütend und arbeitete, so schnell er konnte, um sich zu wehren.

»Soll ich dir helfen, Bruder Tike?«

»Ja. Könnte Hilfe gebrauchen.«

Und zusammen pfiffen, summten, sangen sie Teile von Songs, und Ella May drückte die Zeitungsseiten an, während Tike sie mit seinem Handfeger festpappte. Zusammen lachten sie über die alten Fotos von spitzen Schuhen aus dem Jahre 1910. Sie umarmten sich und zeigten lachend auf klobige, schwerfällige Automodelle mit Messingleisten, Tröthupen, Riemen und Schnallen. Sie krümmten sich und hielten sich die Bäuche vor Lachen, als sie die Damen mit ihren Hüten, Tournüren, Tüllschleiern und Perücken betrachteten. Ein gut gekleideter Mann mit weißem Strandanzug und steifem Strohhut löste Lachanfälle aus. Sie hatten die Zeitungen und die Zeitschriften auch früher schon durchgeblättert, denn Ella May sammelte sie seit Jahren. Und so wurde ihr Gelächter eher durch den Wind ausgelöst, durch die Hütte und das Geräusch des Staubes, der gegen die Wände blies, durch ihr Missgeschick, ihre Armut, ihre Schulden und Sorgen als durch die Fotos auf den Seiten. Beide fanden all ihre Ängste und Sorgen nicht so albern oder komisch wie die Dinge in den zwanzig Jahre alten Zeitungen. Ja, so hätten beide ihr Gelächter erklärt, in Wahrheit aber war es nur eine jener Minuten, eine jener Stunden, da der Schmerz der Sorge sich zu Weißglut erhitzt, einfach schmolz und zu Gelächter verbrannte. Hätten sie einen Drachen am Himmel gesehen, eine Katze auf dem Zaun, einen Stiefel in der Gasse, einen Hund mit langem Fell, drei Bäume auf einem Hügel, eine im Nachtwind wehende Pflanze vor dem Fenster, sie hätten ebenfalls gelacht.

DRITTES KAPITEL

Versteigerungspodest

Ein Jahr. Und was ist ein Jahr? Ein Jahr ist etwas, das zwar hinzugefügt, niemals aber abgezogen werden kann. Ja, das hinzugefügt, vorgemerkt und bezeichnet, in Dollar und Cent berechnet, auf der Habenseite eingetragen und, mit Namen versehen, quer über die Seite geschrieben werden kann. Und von Gesichtern kann man Fotos machen und mit Büroklammern an Dokumenten befestigen, die Fußabdrücke eines Neugeborenen kann man auf der Geburtsurkunde festhalten, den Daumenabdruck dessen, der wieder zur Arbeit geht, auf Papieren verwenden, die bestätigen, dass der Arbeitsplatz gut ist. Und ein Jahr bedeutet Arbeit. Ein Jahr ist jenes nervöse Verlangen, gute Arbeit zu leisten, eine gute Bezahlung zu bekommen und einer guten Gewerkschaft beizutreten.

Und ein Jahr Arbeit, das sind dreihundertvierundsechzig, -fünfundsechzig oder -sechsundsechzig Tage Rennen, Hasten, Laufen, Hüpfen und Springen, Streitereien, Keilereien, alkoholisierte Schlägereien, Katerstimmung, Kopfweh und all so was. Zur Arbeit gehören alle Klimata, alle Dinge, alle Räume, alle Furchen, alle Straßen, alle Gehwege und alle Schuhe, die darauf stapfen. Nicht der Kreislauf der Planeten macht ein Jahr zum Jahr, nicht der Hauch eines leichten Windes, der von kalt zu heiß wechselt, Dunst wieder in Eis verwandelt. Ozeane von Wasser, die von den Gipfeln der Smoky Mountains fließen und sich ins Meer wälzen – sie mögen dazu beitragen, ein Jahr zum Jahr zu machen, aber sie machen das Jahr nicht aus.

Vor ihrer Hochzeit hatte Tike einmal zu Ella May gesagt: »n Jahr is einfach ne neue Runde in unserm großen alten Kampf gegen die ganze Welt.« Damit meinte er seinen Kampf gegen das Wetter und gegen andere Menschen, manchmal auch gegen sich selbst. Doch mit seinen Worten kam er der Wahrheit sehr nahe. In gewisser Weise hatte er das Recht zu sagen: »Unser Kampf gegen die ganze Welt«, denn schon immer war es ihm so vorgekommen, als kämpfte seine kleine Familie dort draußen auf den Upper Plains gegen nahezu alles in der Welt. Er meinte nicht etwa: Ich, Tike Hamlin, kämpfe gegen die Welt und alles, was darin ist.

Aber Tike hatte sich gedacht, dass der Kampf eine furchtbar komische Mischung war. In gewisser Hinsicht arbeiteten und kämpften alles und jeder gegen ihn. In anderer Hinsicht jedoch war er sich nicht sicher, ob es sich wirklich so verhielt, denn er wusste: Wenn es eine Krise gab oder wenn eine Kraftprobe bevorstand, würden seine Leute auf allen vier Seiten alles tun, um ihm zu helfen. Einige von ihnen. Ja. Nur einige von ihnen. Zu behaupten, dass alle ihm helfen würden, wäre verkehrt, denn er wusste nur zu gut, dass manche, wenn sie ihn mit offenem Mund an einer trockenen Straße liegen sähen, nicht einmal stehen bleiben würden, um ihm einen Schluck Wasser zu geben.

Mit manchen Blutsverwandten hatte er sich in der Vergangenheit so heftig gestritten, dass sie seit zwanzig Jahren kein Wort mehr mit ihm wechselten. Und mit jedem Kalenderjahr wurden die beiden Parteien noch stolzer, noch kälter, noch stummer.

Ella Mays größter Schmerz in dieser Welt war es, Hilfe von ihrer oder von Tikes Familie erbitten zu müssen. Ihr alter Daddy hatte gelächelt und versprochen, ihr mit Land, mit Gerätschaften und Krediten auszuhelfen, falls Tike mit seiner wilden Art sie zur Pforte des Hungertodes führte. Er hatte gesagt: »Mit jedem Jahr, das kommt und geht, wirst du tiefer sinken und noch tiefer sinken. Ohhh. Ich weiß, ihr jungen Wichte seid voller Feuer und Schwefel, und ihr glaubt, ihr könnt alles allein und auf eigene Faust schaffen. Ich werde einfach hier auf meiner Veranda oder irgendwo im Haus sitzen und warten, dass ihr angekrochen kommt und um Hilfe winselt. Wie geprügelte Hunde werdet ihr vor mir auf dem Bauch liegen.« Und sie hatte sein Gesicht nie mehr gesehen, seit sie ihn angespuckt und gesagt hatte: »Du und deine alte Farm und dein altes Steinhaus, ihr werdet vertrocknen und verrotten und zu gebranntem Pulver werden und euch in Luft auflösen, bevor ich jemals wieder einen Fuß über deine Schwelle setze. Wenn ich tot wäre, würde ich nicht dulden, dass man mich mit deinem Geld begräbt!«

Tike und Ella May hätten manchen ihrer Leute, die offenbar stets gearbeitet, gespart, gekämpft, sich wirklich bemüht hatten, ihren letzten Löffelvoll Mehl oder

Zucker oder ihr letztes Kleidungsstück gegeben. Andere, das wussten sie, würden das Geld »für ausgefallene Windeier verplempern«, es »mit vollen Händen in sämtlichen Freudenhäusern verschleudern«, »vor Eckläden herumlungern und auf ein Schäferstündchen hoffen, um es loszuwerden«, oder schlimmer noch, es »beim Karten-, Würfel- oder Dominospiel verzocken«.

Und doch war die Sache nur schwer zu durchblicken. Die Methoden, die Gesetze, nach denen die Leute einander beurteilten, hatten keine klare Form. Die Leute kannten sich. Sie kannten die Vollguten, die Halbguten, die Dreiviertelguten und die Neunzehntelguten. Der eine hatte sechs schlechte und keine gute Seiten. Ein anderer drei gute Gewohnheiten und vier schlechte. Wieder ein anderer elf Sünden und zwölf Tugenden. Dieser hatte zwei Laster und eine ehrliche Ader. Der Nächste war gerecht in einigen Dingen und nichtsnutzig in anderen. Ein dritter in Ordnung, solange der Wind von Osten wehte. Ein vierter ein guter Mann, solange seine Frau für ihn dachte. Wieder ein anderer ein tüchtiger Arbeiter, der aber leichten Mädchen nachjagte. Und andere waren eine ganz eigene Mischung aus Gut und Böse, den anderen so gut bekannt wie die Zeiten fürs Pflügen und fürs Pflanzen, fürs Mähen und fürs Ernten. Es gab Leute, die kämpften, tranken, spielten, hurten, trödelten, logen und betrogen, dabei aber so offen und ehrlich vorgingen, dass Tike und Ella May ihnen ihre letzte Münze geliehen, ihnen zu essen und ein Bett gegeben hätten, weil sie früher zurückgezahlt hätten als viele von denen, die so heilig taten.

Und so verging das Jahr. Das Rad der Zeit rollte die Straße der Sorgen hinab. Tag für Tag schlugen sie sich mit denselben Dingen herum. Bei Sonnenuntergang muhten die Kühe, weil sie gemolken werden wollten, und bei Sonnenaufgang muhten sie wieder.

Dasselbe Gegacker der Hennen und dasselbe Gekrähe der Hähne, und selbst wenn die Hühner starben oder geschlachtet werden sollten, konnte Tike in ihrem Gegacker und Gekrähe keinen großen Unterschied ausmachen. Jedes Grunzen seiner Sau und seines Ebers kannte er so so gut wie das eines Blutsverwandten. Jedes kleine Schniefen und jedes kleine Quieksen der Ferkel kannte Ella May so gut wie die Kinder in ihrem Kindergarten. Auch das Piepsen und Schreien der kleinen Truthahnküken kannte sie, denn jedes von ihnen hatte sie ins Haus getragen und mit ihm geredet, es in einen Karton mit Lumpen gesetzt, um es genauer in Augenschein zu nehmen, um zu sehen, ob es unversehrt war, um etwas Gesellschaft zu haben. Dasselbe mit den neuen Hunden, den Welpen, den älteren, die Reißaus nahmen, den Hündinnen, die, wenn sie läufig waren, den Schwanz hoben und, von sämtlichen Rüden gejagt, davonrannten. Dasselbe mit den Fohlen, Kälbern und Kaninchen, den Gruben voll junger Schlangen, den Ameisen, den Nestern mit nackten neugeborenen kleinen Mäusen und betrunken wirkenden Jungvögeln, die unter einem Busch aus dem Ei geschlüpft waren, und dasselbe mit den Familien kratzender Katzen und Kätzchen, die Geräusche machten wie eine mit Wasser vollgesogene Orgel. Jeden Tag zur selben Zeit dieselbe Arbeit. Steine geschleppt und in Schlammlöcher geschleudert. Drahtzäune geflickt und ausgebessert. Windschutz für die Tiere. Zäune zum Schutz vor Kletten und Zäune zum Schutz des Viehs vor Schnee. Das Kommen. Das Gehen. Die nackten Stunden in der Sonne. Nackte Nächte windgeschützt im Bett. Gelächter. Tränen. Spaß. Sorge. Elend. Gesellschaft. Einsamkeit. Das Kreisen des Mondes und der Sterne, die Drehung der Planeten, das Heulen der tapferen Kojoten und Wölfe und die Fährten des Pumas, des Löwen und des Panters im Kuhpferch. Die Hände voller Blasen. Voller Schwielen. Krummer Rücken. Schmerzender Rücken. Schmerzende Muskeln. Schweiß. Zahnweh. Kopfweh. Stiche. Dinge, die wehtun, und Dinge, die sich gut anfühlen. So verging das Jahr. So ging es dahin. Diese Dinge machen das Jahr aus, und nicht die Uhr an der Wand.

Ella May spülte das Geschirr und schüttete das Spülwasser durch die Westtür in die Dunkelheit. Sie spürte die beißende Kälte des Windes auf ihren nassen Händen. »Weißt du, Mister Tike, ich freue mich immer, wenn die erste Kälte des Winters kommt. Dann sterben alle meine bösen Beißfliegen. Die meisten sind schon weg, ich meine die draußen, aber ein paar Klugscheißer gibt's immer noch, die leben hier drinnen am Kamin und halten bis zum ersten Frost durch.« Sie rubbelte ihre Hände an einem Handtuch warm und fragte ihn: »Brauchste ne gute Helferin, die dir hilft, die Risse in der Wand zu überkleben?« Sie lächelte und trat zum Tisch. »Sag schon.«

Tike brummte eine Antwort. Im Geist hatte er neun Mal die Welt durchwandert. »Hmm? Oh. Ahnh. Helferin? Nee. Lady, du setzt dich da aufs Bett oder sonst wohin und ruhst dich aus. Setz dich hin, bevor du umfällst.« Dann trat er zurück und betrachtete die frisch geklebten Seiten, mit denen er die Risse verdeckt hatte. »Gott verdamme meine Seele zur Hölle und binde die Schwänze von vierzig Katern zusammen. Ich hab genug Mehl und Wasser an die Wände gekleistert, um sechs Zicklein aufzuziehen, zu füttern und schlachtreif zu mästen!«

»Die einzige Methode auf Erden, um Staub und Wind abzuhalten, wenigstens die einzige, die ich kenne.« Sie wollte ihm helfen.

»Ich hab gesagt, du sollst dich hinsetzen, bevor du umfällst!«

»Aber ich kann dir doch helfen.«

»Lady, von dem Baby in deinem Bauch bist du so groß und rund und dick, dass du wegrollen würdst, wenn du fällst, und dann würd ich dich nie mehr einfangen können. Setz dich hin. Mach's dir unbequem.« Mit dem Handfeger zeigte er auf einen Stuhl. »Du weißt so gut wie ich, warum ich das sage. Setz dich hin.«

»Aber. Tike.«

»Komm mir nich mit aber! Du weiß genau, warum. Der Kleine sollte schon vor vier oder fünf Tagen kommen! Wahrscheinlich kommt er jeden Augenblick mit nem Traktor in der Hand rausgesprungen! Er kommt so spät, dass er erwachsen sein wird, noch bevor er geboren is. Setz dich hin. Ich will nich dein Blut an meinen Händen. Nich jetzt. Nich wenn ich auf dem besten Weg bin, Großgrundbesitzer zu werden. Setz dich hin. Wenn er hier aufm Fußboden rauspurzelt, bricht er sich noch das Genick!« Tike trug ein verblichenes altes blaues Hemd, das er sich in eine khakifarbene Arbeitshose gestopft hatte, und dieselben schweren Arbeitsschuhe wie vor einem Jahr, nur hatte er neue Gummisohlen drunter und die Schuhe mit Fett eingeschmiert. »Bin sowieso gleich fertig. Brauch keine Helferin nich. Schätze, ich muss mir n großes Schild drucken und draufschreiben: ›Helferinnen nicht benötigt, also ziehen Sie gefälligst weiter!‹« Als er mit dem Handfeger in der Luft herumfuchtelte, lösten sich ein paar Tropfen Kleister und landeten auf Ella Mays Gesicht, auf ihren Augenlidern und auf ihren Haaren.

»Tiiike. Du alter Tollpatsch, du. Nicht! Wirst du denn nie lernen, dich in Acht zu nehmen?« Als sie sich aufs Bett setzte, um sich das Gesicht abzuwischen, quietschten die rostigen Sprungfedern. »Du gemeiner Kerl.«

»Stell mal das Radio an. Mach mir n bisschen Musik.« Er nickte ihr zu. »Ich hab ne verdammt zarte Seele. Ich brauch hübsche Musik um mich rum, wenn ich meine Arbeit tu.«

Ella May hob ihren Babybauch an und durchquerte das Zimmer, um die blanken Enden zweier Drähte miteinander zu verbinden, die das Radio in Gang setzen würden. Dabei grummelte sie gutmütig: »Oho hum hummy hummy hummm.«

»Nein. Du setzt dich wieder da drüben aufs Bett! Ich kann die beiden Drähte selbst zusammenfieseln!« Als Tike mit dem Handfeger herumwedelte, verspritzte er noch mehr Kleister im Raum. »Hundertsiebzig Tage lang sollte man jeden Tag und jede Nacht n Bad in furchtbar guter Musik nehmen können.«

Als sie sich wieder auf die Bettkante gesetzt hatte, drehte sie an den Knöpfen des Radios. Es war ein altes Gerät in einer grünen Metallbox, und der Lautsprecher saß auf der Box wie die Lüftungsanlage auf einem Schiff. Als Tike die beiden Drähte verzwirbelte, betrachtete Ella May den Lautsprecher und drehte an den Knöpfen. Tike hatte das Radio dicht ans Kopfende des Bettes gestellt, damit »Lady mit dem Baby im Arm einfach daliegen und zuhören« konnte.

»Ich begreif überhaupt nich, was in dich gefahren is, dass du für so n alten Haufen Schrott so viel Geld ausgegeben hast«, schimpfte sie ihn sanft aus, als er auf seine Finger spuckte und einen kleinen Buckel in der Tapete glättete. »Warum bloß?«

»Allmächtiger Gott, Lady, is doch nich zu viel für n gutes Radio. Und es is n gutes. Hab ne Anzeige in ner großen Zeitschrift gesehen, da steht's drin. Die Firma hält große Stücke drauf.«

»Ja. Das tut sie wohl, die Firma. Würd ich auch, wenn's ne reiche Millionärin aus mir machen würd.« Sie legte die rechte Hand auf die linke Brust und krümmte sich vor scharfen Schmerzstichen. Als sie Tikes strenge Blicke sah, richtete sie sich wieder auf. Diese kleinen, scharfen, stechenden Schmerzen über der linken Brust kamen und gingen nun schon seit Monaten. Sie dachte zurück an den Tag, als sie die Sahnekannen über den Hof getragen und Tike sie mit seinem spitzen Ellbogenknochen gestoßen hatte. Seitdem hatte sie diese Schmerzen, aber nicht so schlimm, dass sie ihm davon erzählt hätte. Ein oder zwei Mal hatte er gesehen, wie sie sich vor Schmerzen krümmte, und sie danach gefragt. Sie hatte sie als gewöhnliche Frauenschmerzen ausgegeben, wie alle Frauen sie haben, wenn vor der Monatsregel ihre Brüste anschwellen. In letzter Zeit, seit sie das Kind in sich trug, waren seine Blicke schneller und schärfer geworden, und er traute ihren Worten nicht mehr, weil sie immer nur mit den Schultern zuckte und so tat, als ob nichts wäre. Er schaute sie so lange an, bis sie nervös wurde.

»Was hast du?«, fragte er.

»Ach, nur n paar Stiche in den Muskeln hier und da. Wenn ich mich bücke, komm ich kaum wieder hoch. Arbeite du nur weiter. Mach dir nich so viele Sorgen um mich.«

»Worum zum Teufel sollte ich mir sonst Sorgen machen, Missy?« Er klang, als misstraute er ihr.

»Um deine Arbeit. Ahhh. Tike! Schick das verrottete, verrattete alte Radio zum Südpol und wieder zurück. Hast du die Drähte gut verknotet?«

»So gut es geht. Wieso?«

»Ohhh. Weiß nich.« Mit den Fingern kämmte sie sich die Haare aus den Augen. »Aus dem alten Ding ist nur dieses verrückte Knattern und teuflische Knistern rauszuholen. Und bei meiner Seele, ich glaube, wenn das so weitergeht, funktioniert mein Gehirn bald gar nich mehr!« Obwohl sie versuchte, frisch und lustig zu klingen, lag in jedem ihrer Worte große Müdigkeit. »Kann es sein, dass die Drähte vom Haus geweht worden sind oder so? Ich weiß es nicht. Jedenfalls geht das Radio nicht. Vielleicht mag es mich einfach nicht.«

»Du musst ihm gut zureden.«

»Ich glaube, es hat mich auf dem Kieker.«

»Sei nett zu ihm. Red ihm gut zu. Du musst es mit lauter schlonschsäumeligen Wörtern anreden.«

»Schlonschsäumelig? Was für Wörter sollen denn das sein?« Ihre Wangen sahen eingefallen aus, als sie sich mit aller Kraft auf das Radio konzentrierte. »Schlonsch – wie nennst du die?«

»Säumelig. Säumelig. Weißte das nich? Willste mir weismachen, du bist ne große erwachsene Frau, alt genug für n Baby im Bauch, und weißt nich mal, was schlonschsäumelig ist?« Er setzte eine Miene höchster Selbstgefälligkeit auf und hielt die Ellbogen an den Körper wie ein Butler.

»Nun denn, Sir, wenn Sie mit Angelegenheiten dieser Art wirklich so vertraut sind, werden bei unseren Manövern, dieses Gerät zum Spielen zu verleiten, mit hoher Wahrscheinlichkeit *Ihre* Bemühungen und nicht meine den größten Erfolg erzielen«, sagte sie und verneigte sich vor ihm. Mit kokettem Blick sagte sie:

»Vielleicht könnten Sie mir verraten, was das für schlonschsäumelige Wörter sein sollen. Und wo Sie die gelernt haben?«

»Grandpa Hamlin hat sie mir beigebracht, tief unten in einem ausgewaschenen Canyon des Caprock, eins nach dem anderen, immer am kürzesten Tag des Jahres.« Mit der Bürste in der Hand und stolzem Blick marschierte er auf sie zu.

»Und, Sir, was für Wörter sind das?«

»Wörter, mit denen man alle möglichen Kräfte und Mächte herabbeschwört, an einen einzigen Ort, damit sie für einen arbeiten und alles tun, was man ihnen sagt. Die bringen die unsichtbaren Kräfte dazu, an den sichtbaren zu arbeiten.«

»So so.«

»Wörter der toten Zivilisationen und Wörter der Zivilisationen, die noch nich geboren sind. Man muss nur wissen, wie man's anstellt. Die bringen Vergangenheit und Zukunft dazu, an der Gegenwart zu arbeiten.«

»Bringen Vergangenheit und Zukunft dazu, an der Gegenwart zu arbeiten?«

»Ich sag jedes schlonschsäumelige Wort nur ein Mal.«

»Na, dann sag's schon.«

»Ja. Hübsche, praktische Sache, gut zu wissen, weißt du.«

»Ich werd sie täglich aufsagen.«

»Ahhhh. Hier. Lass mich mal an den Knopf. Werd dem Apparat schon noch was entlocken. Hier. Du hältst meine Tapezierbürste. Ich will das Ding nich mit

Kleister vollpappen. Ahhhemmm. Lass mich machen. Lass mich mal machen. Nun lass mich doch mal machen.«

»Dann mach doch. Ich halt dich doch nich davon ab, oder?«

»Wo sind die Anweisungen, die zu dem Kasten gehören?«

»In dem kleinen Buch da drüben am Nagel.« Sie zeigte hin.

Tike griff nach dem Buch. »Ha.«

»Ich dachte, du hast gesagt, dass du gesagt hast, du würdst deine schlonschsäumelige Zauberei verwenden, um das Ding in Gang zu bringen. Dafür brauchst du das kleine alte Buch mit Anleitungen nich. Ruf deine Mächte herab, dass sie sich an die Arbeit machen.« Sie betrachtete ihn mit einem müden, traurigen Lächeln.

»Hokuspokus, Hokuspokus, Hokuspokus fidibus! Abrakadabra, Abrakadabra, Abrakadrabra rabarbra! Simsalabim, Simsalabim, Simsalabim klimbim! Radio, spiel! Spiel! Spiel!« Er hob beide Hände über den Kopf und tanzte umher, wobei er mit dem Fuß gegen das Linoleum trat. Als sein Zeh gegen das trockene, verrottete, zerblätterte, dünne, abgetretene Linoleum schlug, durchlief ein eisiger Schauder seinen Körper, und sein Gesicht und seine Haut wurden nass vor kaltem Schweiß. Wie er so umherwirbelte und seine Zauberworte sprach, zitterten und wackelten die Wände, der Fußboden, das ganze Haus, und hinter den trockenen Tapeten rieselte laut der lose Staub herab. Er tanzte weiter. Er lächelte. Er tanzte, und seine halb geschlossenen Augen wurden zu Lichtern. Für einen Moment schmerzten seine Handgelenke, und seine Finger brannten. Er sehnte sich danach, die Fäuste zu ballen und das Haus zu zertrümmern, die Füße zu heben und den ganzen Kram in die Nacht hinauszuschleudern. Er wusste, er konnte es. Keine Bohle, keine Diele im Haus hätte einem kräftigen Stoß mit der Schulter standgehalten, die meisten hätte er mit der bloßen Faust durchschlagen können. Er dachte bei sich: »Ich werd's tun. Ich werd's tun. Ich werd seinen Kadaver über die Upper Plains verstreuen! Diese erbärmliche Hütte kann meine Frau und mein Baby nich für immer in Fesseln halten.«

Ella lehnte ihren Kopf an die Ornamente des schmiedeeisernen Betthaupts. Sie hörte, wie das Haus bebte, die Tapete noch rissiger wurde, der Staub herabrieselte und immer weiter herabrieselte. Sie lächelte. Sie spürte Tikes sehnlichen Wunsch, das Haus zum Einsturz zu bringen. Sie blieb sitzen, lehnte den Kopf zurück und lächelte, aber irgendwo in ihrem Gesicht war eine leere Stelle, ein leerer Fleck. Tike sah es, und genau das weckte sein rasendes Verlangen, die Augen zu schließen und die Fäuste zu ballen, wild um sich zu dreschen, das Haus in Stücke zu schlagen und die Trümmer anzuzünden. Aber er tanzte immer noch. Er wirbelte. Er hüpfte. Er wedelte mit den Armen, er fächelte mit ihnen an den Seiten, er brüllte, er schrie und stieß, die Hand auf dem Mund, ein Indianergeheul aus. Nicht, dass er tanzen wollte, nicht, dass er es genoss oder Spaß daran hatte; vielmehr konnte er nur so den letzten leisen Anflug eines Lächelns auf Ellas Gesicht erhalten. Und es schien, als könnte er, nachdem er einmal damit angefangen hatte, gar nicht mehr aufhören. Er schrie sich heiser, bis seine Kleidung schweißgetränkt war. Er verfluchte die Engel, die Teufel, die Geister, die Heiligen, Ebbe und Flut, die Jahreszeiten und alles andere über und unter der Erde, aber nur im Flüsterton. Er rief seine schlonschsäumeligen Wörter: »Ulagie, dulie, mula katollie, hobitie hotin, hobtie hotin!« Dann wedelte er vor dem Radiolautsprecher mit den Fingern und sagte: »Nun spiel schon! Spiel! Spiel!«

Ella starrte auf den Lautsprecher.

»Spiel!«

Sie starrte weiter.

»Spiel!«

»Spppiiieel!«, half sie ihm vom Bett aus.

Tike ließ sich müde zu Boden fallen und umfasste ihre Beine. Er legte seinen Kopf in ihren Schoß und hechelte wie ein erschöpfter Hund nach einer wilden Verfolgungsjagd. Seine Kleidung war schweißnass. Mit seiner schwieligen Hand rieb er sich die feuchte Wange. Er war so außer Atem, dass er kaum noch sprechen konnte, stieß aber noch einmal hervor: »Spiieel!«

Ella Mays Stimme klang dünn und weit weg. »Spiel.«

Aus dem Lautsprecher kam ein Summen, ein verwischtes Kratzen und Krächzen, ein Rauschen und Jaulen, ein Klicken und Klacken, mehrere hohe und tiefe Piepstöne, ein fernes Rumpeln, Schluchzen und Seufzen und dann ein schreckliches Rasseln. Das war die einzige Antwort des Lautsprechers auf Tikes Reden, Tanzen und Schwitzen.

»Ich schätze«, sagte er zwischen keuchenden Atemzügen, »ich schätze, ich schätze mal, dass die Batterien alle sind.«

Mit den Fingerspitzen berührte sie sein Haar, seine Wange und sein Kinn und fragte: »Hat dir denn Old Grandpa Hamlin keine schlonschsäumeligen Wörter beigebracht, wie man Batterien auflädt?«

»Doch, hat er.« Er schüttelte den Kopf in ihrem Schoß und zog die Beine an. »n paar hat er mir beigebracht. Funktioniert immer.«

»Warum stehst du dann nicht auf und sagst sie und tanzt sie und brüllst sie und kreischst sie und lädtst die alten Batterien wieder auf?«, fragte sie.

»Na ja. Um dir die Wahrheit zu sagen« – er keuchte, als er nachdachte – »ah, die schlonschsäumeligen Wörter und die Tänze, die's braucht, um die alten leeren Batterien wieder aufzuladen, ah, äh, das is ziemlich vertrackt. Ahhh, ich glaub, ich glaub, n bisschen leichter isses, die Batterien in die Stadt zu bringen, dann kann der Typ sie an sein Gerät anschließen.«

Nach mehreren Minuten Stille im Zimmer sagte Ella: »Weißt du, es war wirklich nett von Blanche, die letzten paar Tage über bei mir zu bleiben.«

Tike hatte sich eine Zigarette gedreht. Dabei waren ihm Tabakkrumen in die Falten seiner Hose gefallen.

Die Zigarette im Mundwinkel, lehnte er seinen Kopf an ihr Knie und schaute ins Zimmer. Sie konnte den sauren Schweiß an seiner Khakihose und seinem blauen Hemd riechen. Der Geruch vermischte sich mit dem Rauch, den Tike ausatmete. Sie hörte, wie er den Rauch, ohne die Zigarette zu bewegen, zwischen den Lippen hervorstieß, und hörte ihn sagen: »Ja ... wirklich nett. Aber du bist n gottverdammter Dummkopf, Ella, dass du ihr erlaubst, dich vier oder fünf Stunden allein zu lassen. Wenn das Kind den Kopf zur Tür rausteckt, verdammt, ich wüsste nich, wohin mit mir. Wo, sagst du, isse hingefahren?«

»Nach Jericho, n paar Sachen kaufen. Wird gleich wieder hier sein. Mit der neuen Abkürzung sind's nur neun Meilen. Sie is gleich zurück. Stimmt, es wird schon dunkel. Und ich würd mich besser fühlen, wenn sie da wär. Aber weißt du, Tike, sie ist einfach die netteste Person, die du je gesehen hast.«

Er schüttelte den Kopf und lauschte. »Ja.«

»Außerdem, Mister, könntest du wirklich mal dein bisschen Grips anstrengen. Du könntest sogar lernen, wie man ein neues kleines Baby in dieser Welt willkommen heißt. Old Grandma und Old Grandpa haben mir erzählt, dass sie zwei von ihren Kindern ohne Arzt zur Welt gebracht haben.«

»Du bist verrückt.«

»Wieso? Wärst du nicht gern der erste Mensch, der dem kleinen Kerl die Hand schüttelt? Der ihm guten Tag sagt, ihn freundlich begrüßt?« Sie lachte. »Ich würd wirklich zu gern sehen, wie du, Old Tike Hamlin, greifst und grabschst und rauchst und schäumst und im Dreieck springst! Ha ha ha ha!«

»Du bist ne ausgemachte Lügnerin und hast keine Wahrheit in dir«, gab er zurück. »Du lügst, und du weißt, dass du lügst!«

»Nein, Sir. Aber Blanche ist wirklich die liebenswerteste und netteste Frau, der man begegnen könnte. Merkst du's nich? Sie lässt mich kaum n Finger rühren, nix heben oder schleppen, nix ziehen oder zerren, ich darf mich nich beugen und nich bücken, nichts rütteln und nichts schütteln, mich in keinster Weise, keinster Art und keinster Form verausgaben. Die is schwer in Ordnung. Und seit zehn Tagen hat sie mich nich aus den Augen gelassen, bis auf heut. Ich glaub, sie kriegt Briefe von nem Süßen und will nich, dass wir oder irgendwer von ihren Leuten davon wissen. Drum will sie ja auch nich, dass er sie hierher zur Farm schickt, sondern hat sich in Jericho n Postfach gemietet. Sie glaubt, dass das Fach von Liebesbriefen überläuft, und ich kann gut verstehen, dass sie hinwill. Das sind natürlich alles nur Vermutungen. Vielleicht irr ich mich ja auch. Aber ich hab gesehen, wie sie unter ihrer Schürze Briefe rausholt und sie liest und schnell wieder versteckt, bevor ich was merke. Drum isse zur Straße hoch, hat den Postboten abgefangen, is eingestiegen und mitgefahren. Sie sagt, zurück kannse mit einem von den Ranchern mitfahren. Sie scheint genau zu wissen, wann jeder im ganzen Land zum Einkaufen in die Stadt fährt. Heut is Donnerstag, und ich weiß, die Pitzers und die Steins fahren mit ihrer Sahne und ihren Eiern in die Stadt. Das Mädel wird ne Meile von hier auf der Route 66 aussteigen, und es braucht nur drei Hüpfer und zwei Hopser, bis sie zu der alten Tür da reingesprungen kommt. Wegen den Briefen wird sie sich so gut fühlen, dass das Haus einstürzt, wenn sie endlich reinplatzt.«

Tike hörte ihr zu und dachte bei sich: »Ich hoffe, dass sie die ganze Bude so richtig in Grund und Boden rammt.«

»Was haben Sie da gesagt, Sir?«

»Ich hab gesagt, ich hoffe, dass sie, wenn sie zur Tür reinkommt, das alte Haus in Schutt legt, genau wie du gesagt hast.« Der Rauch von seiner Zigarette vermengte sich mit seinen Worten. Als sie seinen in Zigarettenrauch und Lampenlicht eingehüllten Hinterkopf, seinen Nacken und seine Ohren betrachtete, sah es aus, als flöge er über die Erde hinweg. Der Rauch, den er zwischen seinen Beinen auf den Fußboden blies, stieg auf und formte ein, zwei Meter über dem Linoleum kleine flache Wolken. Die Wolken bewegten sich, legten sich zur Seite, glitten davon, sanken hinab und stiegen wieder auf wie die Wasser der Ozeane.

Sie spürte, wie ihr altes Gefühl hinabwehte, wieder aufstieg, sich in wehende, wogende Wolken verwandelte, dann von der Zugluft, die durch die Ritzen drang, zerpeitscht, zerschlagen, zerwischt wurde. Wie sie so dasaß und seinen Hinterkopf betrachtete, schnürten sich ihre Gedanken zu einem straffen Bündel. In dem Rauch, der sich im Zimmer verteilte, sah sie andere Visionen von ihm. Wie er sich stemmte, sich krümmte, sich bückte und kroch. Wie er rannte und sich setzte, allein und stumm. Sie sah wieder die alten Bilder. Sie sah ein Bild von ihm von damals, als sie ihm zum ersten Mal begegnet war. Ja. Auf einer harten, unbefestigten Straße hatte er ein ungesatteltes schnelles wildes Pony geritten, seinen Hut geschwenkt und so gellend geschrien, dass ihr Pferdegespann laut wiehernd durchgegangen war. Sie sah ihn, wie er Mähdrescher und Mähbinder lenkte und einen mit Lumpen umhüllten Krug Wasser zur Arbeit trug. Sie sah ihn, wie er Traktor- und Automotoren auseinandernahm und wieder zusammenbaute. Sie sah ihn, wie er lachte und im Hof mit dem Hund ihres Vaters spielte, wie er ihrem Alten ein Schnippchen schlug und sie durch die Hintertür entschlüpfen ließ. Sie sah ihn auf den Klippen und in den Schluchten des Caprock. Mit ausdruckslosem Blick saß sie da und sah Tike Hamlin so ziemlich alles tun, was ein Mann tun konnte.

Sie schob ihren Kopf in eine andere Position und faltete die Hände über seiner Stirn, und sie seufzte, brummelte müde und sagte: »Tike.«

»Mmm?« Er rauchte weiter.

»Siehst du mich, wo immer du hinschaust?«

»Was? Oh. Ich denke schon. Wieso fragst du? Ja. Ich denke schon. Ich schätze, das tu ich. Hmm. So hab ich noch nie drüber nachgedacht, aber jetzt, wo du's erwähnst, denke ich, ja. Warum?«

»Ach, weiß nich. Hab mich nur zurückgelehnt, meine Schmerzen und mein Elend genossen und so vor mich hingedacht.«

»Ha.«

»Nur so gedacht, dass ich dich schon immer so gesehen hab.«

»Ha.«

»Schon immer. Und ich weiß nich recht, warum. Ich seh dich, wenn ich übers Land schau. Ich seh dich, wenn ich übern Hof schau. Ich seh dich, wenn ich durchs Zimmer schau. Und ich schätze, die Experten, die sich mit so was auskennen, würden sagen: Nun ja, das liegt daran, dass sie ihn liebt. Und ich schätze, so isses. Ich schätze, das is der Grund. Aber ich sitze einfach so da und denke vor mich hin.«

»Ja.«

»Überlege.«

»Mmm-hmm.«

»Versuche rauszufinden, rauszufinden, rauszufinden, rauszufinden, versuche, auch nur einen einzigen klimperkleinen Grund rauszufinden, warum ich dich so lieben muss.«

»Ha. Ja. Jetzt haste mich aber reingelegt, Lady.« Nervös presste er so fest die Hände zusammen, dass sie seine Knöchel und Knorpel knacken hörte. »Ich selbst hab noch nie rausfinden können, warum. Hör mal. Hör mal.« Er hielt den Kopf ans Radio. Aus einem unerfindlichen Grund war der Sprecher verstummt, und einige Minuten lang konnten sie die Klänge einer Kapelle hören. Wegen der schwachen Batterien war die Musik so leise, dass sie die Ohren spitzen mussten, aber die Töne waren deutlich zu hören. Es waren die Hörner, Saxophone und heißen Posaunen einer St Louis-Tanzkapelle, die einen träumerischen, bluesigen Louisiana-Ragtime spielte. Der gleitende Ton der Posaune und das Geschmetter der näselnden kleinen Trompete klangen jazzig, hippelig, feurig, und Tike sah, wie Menschen in aller Welt die Hüften schwenkten und sich die Bäuche rieben.

»Hotch chh chh chh. Hot choochy, choochy. Shew. Shew. Shoo. Shoo. Wowww. Whow. Whow. Whow. Whow.« Ella May wiegte den Kopf und hob ihren Schuhabsatz unter Tikes Rücken. Er lehnte sich an sie an, um jede Bewegung zu spüren, den ihr Körper im Takt zur Musik machte.

Dann verklang die Musik. Und er sagte: »Junge, Junge, Lady, du warst in der richtigen Kirche, in der richtigen Reihe, auf der richtigen Bank, dann hat's dich bis nach Georgia geweht, stimmt's?« Auf dem Boden sitzend, schmiegte er seine Schultern an ihre Knie.

»Sch. Da spricht jemand. Mal sehen, ob wir hören, was er so von sich gibt.« Sie klopfte ihm auf den Kopf.

Und die nächsten paar Minuten saßen sie steif und still, denn die Stimme des Mannes wurde fast ganz von Hintergrundrauschen übertönt. Die wilden Elemente, die Strahlen und Magnetismen, die uneingefangenen und ungesehenen, die unsichtbaren Mächte der Plains krallten, bissen und kauten an seinen Worten genauso wie die beiden, die dasaßen und die Ohren spitzten. Und einige seiner Worte wurden vom Wetter zerpeitscht, andere von Tike und Ella May zu trockenem Sand zerrieben.

»Psst.«

»Ja. Psst. Sei still.«

»Komm mir nich mit psst. Sei selber still.«

Tike stand auf, bürstete sich die Tabakkrumen von der Hose und pustete mit einem pfeifenden Geräusch an seinem Hemd herab. Er spürte, wie Ella den kleinen Finger seiner linken Hand nahm, und die Wärme ließ ihn wieder die bittere Kälte der Nacht ums Haus herum spüren. Ihre Hand war feucht und warm. Er presste sein Ohr an den Lautsprecher. Dann setzte er sich geräuschlos aufs Bett, lehnte sich gegen die Wand und zog an ihrer Hand, bis sie sich neben ihn legte. Sie lauschte auf die Worte, die aus dem Lautsprecher kamen. Tike legte eine Hand um ihre Taille, mit der anderen befühlte, massierte, liebkoste er das Baby in ihrem Bauch. Es zuckte, es zappelte, es flatterte, es stieß mit Ellbogen, Armen und Knien um sich wie eine Wildkatze, die unter einer Kiste hervorwill. Die Bewegungen des Babys machten Tike so viel Angst, wie er sie in seinem ganzen Leben noch nicht empfunden hatte. Eine solche Angst, wie er nie geglaubt hatte, sie empfinden zu können. Ein schreckliches Gefühl des Verlorenseins, ein Grauen, ein Elend, das überwältigende Gefühl, hilflos, unwissend und betrogen zu sein. Schon jetzt kämpfte das Ding in ihr vierundzwanzig Stunden am Tag um ihre Aufmerksamkeit, schon jetzt schlug es nach ihr, focht mit ihr, stieß mit den Fäusten nach ihr, trat mit den Füßen nach ihr, um mehr und mehr von ihrer Liebe und ihrer Aufmerksamkeit abzubekommen. Schon jetzt. Dabei war es nicht einmal ein lebendiges Menschenwesen. Noch

kein Name. Noch keine Papiere mit Fotos und Finger-
abdrücken. Es hatte noch keine Reihe gerodet und
noch keine Furche gepflügt. Es hatte noch keine
Ackerkrume geeggt, noch keinen Finger gerührt, um
die Saat mit Erde zu bedecken. Es hatte noch nie auf
einem Traktor gesessen. Es hatte noch nie einen Eimer
Milch oder Wasser geschleppt oder irgendwas am
Haus garbeitet. Es hatte gar nichts getan. Nichts. Keinen nützlichen Handschlag. Und schon jetzt war es
seiner Zeit voraus, seiner eigenen Zeit weit voraus,
schon jetzt hieb es um sich, schlug zu, trat, knuffte
und warf sich hin und her, nur um jedermanns Aufmerksamkeit zu erregen, nur deshalb, damit jeder-
mann rannte, sich ängstigte, stolperte und stürzte,
sich schneller bewegte, hierhin sauste und dorthin
sauste, umherschlitterte, nur um Schmerzen zuzufü-
gen, Schläge auszuteilen, Schwierigkeiten zu bereiten
und für mehr graue Haare zu sorgen. All das fand in
ihrem Bauch statt. Um Himmels willen, was in aller
Welt würde der neue Fremdling wollen, um wie viel
mehr würde er brüllen und kratzen und kämpfen,
wenn er erst einmal seinen Kopf rausstreckte?

Tike hatte Angst, weiter darüber nachzudenken.
Um auf andere Gedanken zu kommen, schüttelte er
heftig den Kopf. Gott. Herr. Jesus. Kleine Präriehunde
und Taranteln. Herrgott und all ihr wirrköpfigen Heiligen. O Christus o Jesus o Herr o Allmächtiger o!
Etliche Male schüttelte er so den Kopf. Die Sprungfedern machten einen solchen Lärm, dass Ella May
schließlich sagte: »Still. Da redet jemand. Hör zu. Das

is irgend n wichtiger Regierungsmensch. Zieh mein Kleid wieder runter.«

»Wollt nur mal fühlen. Das Bürschchen springt ja«, flüsterte Tike, um nicht zu übertönen, was der wichtige Regierungsmensch zu sagen hatte. »Spring. Du kleines Äffchen, du. Ha ha ha.«

»Tike. Bitte. Sei still. Ich höre zu. Der Mann da is n Mann von der Regierung.«

»Ach ja?«

»Ja. Hör zu.«

Die Stimme des Mannes klang gebildet, nach Papier- und Bleistiftrascheln. Es war eine recht dröhnende Stimme, eine Stimme, die jeden Tag Stunden um Stunden geübt und geprobt hatte, um tief und mächtig zu klingen, damit sie irgendwo in ihren Ohren ein kleines Plätzchen fand, wo sie ihre Saat pflanzen und Wurzeln schlagen konnte. Der Klang eines netten alten Jungen. Der Klang eines echten alten Kumpels. Der Klang einer »rechten Hand«, ein geschwisterlicher Klang. Ein weicher, sanfter, glatter, flüssiger Klang im Strom, im Tanz, im Flechtwerk der Worte. Tike lächelte leicht spöttisch und flüsterte: »Klingt er nicht nett?« Ella May stieß ihn mit dem Ellbogen an und konzentrierte sich wieder.

Und die Stimme sprach:

»Und dies, dies scheint mir rundheraus die einzige Antwort auf unsere Probleme zu sein.«

Tike kräuselte die Lippen und wiegte bedächtig den Kopf, als wollte er sagen: »Ach, stimmt das?«

»In Anbetracht des Weltmarkts haben wir viel zu

viele Schweine! Viel zu viele Schafe! Viel zu viele Rinder! Viel zu viel Baumwolle. Viel zu viel Mais. Und viel zu viel Getreide aller Art. Unsere Speicher fließen über, und wir haben zu viel Weizen!«

Das Baby in Ella Mays Bauch bewegte sich. Sie schob die Unterlippe vor und spottete: »Viel zu viel.«

»Es ist ein klares und einfaches Problem mit einer klaren und einfachen Antwort. Unsere modernen Maschinen, unsere modernen Fabriken und unsere modernen Arbeitssysteme haben von allem mehr produziert, als wir gebrauchen können. Für dieses Überangebot besteht keine Nachfrage. Die Preise sinken, weil die Lager voll sind und überfließen und niemand den Überschuss kaufen will. Es gibt zu viel. Von allem zu viel.«

Auf Tikes Gesicht malte sich ein halb hasserfüllter, halb dümmlicher Ausdruck, ein Lächeln, das eher einem höhnischen Grinsen ähnelte. Er hörte, wie der kalte Wind draußen an dem trockenen Haus rüttelte. Er dachte an all die Jahre, da er Dinge gezogen und gezüchtet hatte, und sagte: »Ach ja? Zu viel?«

»Es ist besser für Sie, wenn Sie für tausend Scheffel Weizen zwei Dollar je Scheffel bekommen, als dreitausend Scheffel zu ernten und sie für dreißig Cent verkaufen zu müssen. Und seien Sie nicht zu hoffnungsvoll, wenn ich dreißig Cent sage, denn hier im Weizengürtel kann ich Ihnen County für County nennen, wo der Weizen zu nur zwanzig Cent je Scheffel gehandelt wird, nicht einen Penny mehr.«

»Ha«, sagte Tike.

»Hmm«, machte Ella May.

»Abschließend möchte ich Sie dringend bitten, dem Plan zuzustimmen. In Kürze wird ein Agent mit allen notwendigen Unterlagen an Ihre Tür klopfen. Sie brauchen sich nur zu verpflichten, eine bestimmte Anzahl Morgen nicht zu bearbeiten, und für jeden Morgen, den Sie brachliegen lassen, bekommen Sie so und so viel, je nach der Getreideart, die Sie zuletzt gepflanzt haben. Das Gleiche gilt für die Fleischtiere, die Sie dieses Jahr schlachten, und für die, die Sie bereit sind, nächstes Jahr nicht zu züchten. Ihr Agent verfügt über alle Unterlagen mitsamt Einstufungen, Quoten, Zahlen und Preisen. Denken Sie daran, Sie werden nicht gezwungen, Ihr Land brachliegen zu lassen oder Ihre Rinder, Schafe oder Schweine zu keulen. Sie werden nicht gezwungen. Sie werden nicht getrieben. Die meisten Farmer haben sich bereits registrieren lassen. Viele von ihnen haben ihre Schecks bereits erhalten. Sie sagen, sie wollen das Geld dazu verwenden, ein paar Schulden zu begleichen, damit sie sich in den kommenden Jahren mehr Geld leihen können, um über die Runden zu kommen. Viele wollen Dünger kaufen und ihre Brachen in einen besseren Zustand versetzen. Viele wollen ihre Häuser, Schuppen, Wirtschaftsgebäude und Ställe reparieren. Viele wollen neue bauen.«

Die atmosphärischen Störungen seufzten und stöhnten, und die Stimme im Radio verwehte wie ein Himmel voller Heuhalme.

»Der behauptet, wir hätten zu viele Segnungen des

Lebens.« Ella May drückte Tikes Hand auf ihren Bauch.

»Yeeaaahhh.« Tike zog die Vokale ironisch in die Länge. »Zu viele.«

»Vielleicht hab ich sie einfach nich gefunden. Oder womöglich haben wir beide sie übersehen. Wenn der Agent mit den Unterlagen kommt, werd ich ihn bitten, sich mit mir auf der Farm umzuschauen. Mal sehen, ob er all die Segnungen und all das Überangebot von Fleisch, Nahrungsmitteln und so findet.«

»Was is mit all den elektrischen Waschmaschinen und Kühlschränken, die du hier in deiner kleinen Hütte hast, Lady? Und was, wenn er all die Schränke, Koffer und Taschen mit all deinen hübschen, feinen Kleidern findet?« Tike bewegte die Augenbrauen hoch und runter wie ein Privatdetektiv. »Was dann?«

Sie lächelte im Licht der Lampe und stieß mit dem Kopf gegen die Wand. »Das stimmt. Ja, Sir. Nein, Sir, wissen Sie, das ist eine Sache, die mir schlicht entfallen ist. Der wird bestimmt meine beiden Limousinen unterm Haus finden.«

»Ganz bestimmt.«

»Und die beiden Flugzeuge, die ich zuletzt gekauft und in der Scheune versteckt hab.«

»Die auch.«

Nachdem sie eine Weile geschwiegen hatte, erfasste ihr Ohr das Geräusch des Radios hinter ihr. Es summte noch immer. Es surrte wie ein langer, flacher Stock, den man nach einem Pferd wirft. Beide mussten an Pferde denken. An ganze Herden von Pferden,

184

geboren und aufgewachsen auf den Plains, an das Schafpony mit seinem schnellen Trab, an das Kuhpony, das auf einem Nickel anhalten und auf einer Nadelspitze Pirouetten drehen konnte. Es gab Herden über Herden muhender Kühe, die Dungstaub aufwirbelten. Sie sahen die Farmen voller Schweine, Schafe, Rinder, Pferde vor sich. Diese Dinge bewegten sich in Tikes Kopf, als würde er mit dem Daumen eine Kinozeitschrift durchblättern und Gestalten und Gesichter springen und tollen, aufflackern und verblassen sehen. Ella May sah lange, frische Furchen guten gepflügten Ackerbodens vor sich und roch die Wurzeln und die Säfte, nicht nur die Säfte des Bodens, sondern auch die platzender Samenkörner mit großen weißen Wurzeln, trockenen Stielen und Stängeln und Blättern mit Wurzeln, so hart wie ihre Fingernägel. Ohne den geringsten Zweifel bewegten sich diese Bilder des Staunens und der Sorge auch hinter den geschlossenen Lidern des kleinen neuen Mannes der Upper Plains, der unter dem Gewicht von Tikes Hand strampelte. Das war ihr Gefühl. Es war ein komisches, nicht sehr klares Gefühl, es war verschwommen und diffus, als sie versuchte, es sich vorzustellen.

»Weißt du«, setzte Ella May an, »eigentlich hab ich keine Angst, dass dieser Vorschlag, die Tiere zu keulen und das ganze Land brachliegen zu lassen, tatsächlich mein Ende bedeutet, ich hab das Gefühl, ich werd's überleben. Ich liege einfach nur da und versuche zu überlegen.«

»Was zu überlegen?«

»Ich versuche zu überlegen, was ich dem kleinen Tunichtgut in mir erzählen soll, wenn er – er oder sie oder was immer – mich fragt, wie wir auf diesen Trick jemals reinfallen konnten.«

Wie beide gehofft hatten, kam Blanche tatsächlich zur Tür herein und brachte einen kalten Windstoß mit. Der rasche Temperaturwechsel im Zimmer ließ die Tapete an den Wänden brüchig werden. Staub- und Schmutzwirbel tanzten auf dem Fußboden wie Windhosen. Blanche war ein großes Mädchen, vollleibig, vollbusig und mehrere Jahre jünger als Tike und Ella May, und obwohl großknochiger und großgliedriger, war sie doch schneller, wendiger, lebhafter als sie. Dass sie so lebhaft war, lag an ihrer Rastlosigkeit, denn sie liebte es, Tag und Nacht auf Trab zu sein und immer etwas zu tun. Wenn Ella May oder Tike müde wurden und sich setzen mussten, machte Blanche weiter und kümmerte sich um alles, worauf ihr Blick fiel. Und gewöhnlich fiel ihr Blick auf vielerlei im Haus, das erledigt werden musste. Die Eiseskälte der vergangenen paar Tage hatte sie von den Arbeiten, die sie gefunden, ersonnen und erdacht hatte, um sich im Freien beschäftigen zu können, ins Haus getrieben, und so steckte sie all ihren Dampf und all ihre Kraft in den Haushalt. Wenn sie das Zimmer ein-, zweihundert Mal mit Augen und Fingern durchkämmt hatte und es nichts mehr zu tun gab, wurde sie ganz niedergeschlagen, trübsinnig, schwermütig und traurig. Ihre weiße Haut, ihr blondes Haar, ihre blassblauen Augen und ihre vollen Lippen bewegten sich wie die Schatten auf den Klippen des Caprock. Als sie den Jutesack an seinen Platz stellte und das Gewicht ihrer Schultern gegen die Tür stemmte, um sie gegen den Wind zu schließen, setzten Tike und Ella May sich im Bett auf und begrüßten sie.

»Huhu!« Tike hob die Arme über den Kopf und schlug über dem Bett die Füße aneinander. »Huhu! Allmächtiger Gott und alle kleinen Baumwollschwanzkaninchen, Blanche! Gott! Wie ich mich freue, dich zu sehen! Ich freu mich mehr als jeder Mann, der je ne Frau gesehen hat! Puh! Komm rein! Reinspaziert! Vorsicht! Sonst weht's dir noch die Kleider hoch!«

»Tiiike«, schimpfte Ella May in sein Ohr. »Ärgere das arme Mädchen nicht. Halt den Mund.« Und als sie sah, wie rot Blanches Gesicht dort war, wo Hut und Mantel es nicht bedeckten, lächelte sie. »Meine Güte. Du bist ja richtig erfroren, Mädchen. Komm. Ich helf dir, den Mantel auszuziehen.«

Inzwischen war Blanche wieder so bei Atem, dass sie auf Ella May zeigen und sagen konnte: »Nein nein nein nein nein nein. Sie bleiben hübsch, wo Sie sind. Meine Sachen zieh ich selber aus.«

»Ich helf dir.« Tike sprang vom Bett. »Hab immer meine helle Freude dran gehabt, einer Dame beim Ausziehen zu helfen.« Seine Augen leuchteten wie Signallampen, wie die Scheinwerfer eines schnellen Autos, die das nächtliche Dunkel der Plains durchbohren.

»Tiikke.« Ella May senkte den Blick und sah ihn an. »Beleidige die Dame nicht. Du wirst sie noch vertreiben.«

»Nee. Fast jede Frau, die ich je gesehen hab, hat n Heidenspaß dran gehabt, sich vor mir auszuziehen. Stimmt's, Blanche?« Er warf ihren Mantel über die Lehne des Rohrstuhls, nahm ihre Wollmütze und stopfte sie in die Manteltasche. Blanche sah weg, dann wandte sie sich wieder zu ihm um, entschlossen, sich von ihm nicht ausstechen zu lassen. Von dem beißenden Wind draußen waren ihre Wangen so rot, dass Tike nicht erkennen konnte, wie viel davon Schamröte war. Nachdem sie ihr Haarnetz abgenommen hatte, schwenkte sie den Kopf hin und her und ließ ihre Haare fliegen, um die Kälte loszuwerden. Sie schüttelte Schultern und Arme und rieb sich den Hals. Ihr Blick schoss direkt in Tikes Augen. Und sie sagte zu ihm: »Ja, wahrscheinlich lassen sich die meisten Frauen gern von einem Mann ausziehen. Aber es muss schon der Richtige sein. Und damit wir uns recht verstehen, Mister Hamlin, ich habe sehr viel mehr Männer ausgezogen als Sie Frauen. Ich war drei Jahre lang auf einem der besten Krankenschwestern-Colleges in Amarillo. Sie können mir nichts zeigen, was ich dort nicht schon gesehen hätte. Bilden Sie sich bloß nicht ein, dass nackte Haut mich aus der Fassung bringt.«

»Warum wirst du dann so rot?«, neckte er sie. »Schau dir nur dein Gesicht an. Du fühlst dich so getroffen, dass du nich mehr weißt, wo oben und unten is. Guck!«

»Mein Gesicht ist vom Wind rot, nicht Ihretwegen. Und selbst wenn ich mich ein bisschen schäme, dann nur, weil Sie so ahnungslos sind.«

»Was?«

»Ahnungslos.«

Da musste Ella May auf dem Bett herzlich lachen und klatschte in die Hände. »Gib's ihm, Blanche! Gib's ihm! Friss ihn auf und spuck ihn lebend wieder aus! Der glaubt, er kann jede Frau in Verlegenheit bringen, die ihm übern Weg läuft! Sag's ihm! Gib ihm Saures! Er hat's verdient! Ha ha!«

Tike blickte von einem Gesicht zum andern, dann setzte er ein trockenes, kleines, verlegenes Grinsen auf: »Zwei gegen einen! Ein Teufelsspaß!« Er kratzte sich die Schuppen von den Haarwurzeln. »Ihr habt euch gegen mich verschworen! Verschworen!«

»Ich bin nur eine. Eine, die Sie nicht so leicht auf die Palme bringen.« An Tikes Arm vorbei zwinkerte Blanche Ella May zu. Die Hände in den Hüften, stand sie mitten im Zimmer und ahmte einen gebückten, verkrüppelten Ranchbesitzer oder einen tabakkauenden Vorarbeiter nach. Mit der Zungenspitze fuhr sie die Wangeninnenseiten entlang, wiegte sich hin und her, musterte Tike von oben bis unten und sagte: »Sie glauben, ich bin ein ahnungsloses Mädchen, nur weil ich ein junges Mädchen bin. Sie glauben, ich drehe durch, weil ich keinen Mann um mich habe. Sie glauben, ich bin einsam. Sie glauben wohl, es macht mich kirre, nur weil Sie von was Nacktem reden. In den zehn Tagen, die ich hier bin, haben Sie alle möglichen Sachen gesagt, um mich in Verlegenheit zu bringen. Ich bin Ihnen nicht einmal böse. Alles, was Sie sagen könnten, haben die Männer in den Krankenhäusern längst gesagt, und auch denen bin ich nicht böse. Und wenn sie mich zehn Mal am Tag ausziehen und ins Bett zerren wollen – mir macht das nichts aus. Ich weiß, den Männern kann man keine Vorwürfe machen. Und ich weiß genau, warum Sie sagen, was Sie sagen, dies und das und das und dies. Ich bin ein sehr junges und sehr hübsches Mädchen, und Sie würden Ihren linken Arm hergeben, um sich mit mir ins Heu zu legen. Das fasse ich als Kompliment auf.«

»Ha ha ha ha ha ha! Jetzt hast du dein Fett weg! Da ist der Ausgang! Mister Ladykiller! Ha ha ha ha!« Ella May krümmte sich vor Schmerzen und hatte das Gefühl, sie sollte nicht so laut lachen. Aber Tikes Gesichtsausdruck, wie er so dastand, eine Hand im Haar, die andere in der Hosentasche, war das Lustigste, was sie in den dreiunddreißig Jahren ihres Lebens gesehen hatte. »Hu hu hu hu. Dein Zug fährt gleich ab, auf Gleis 9. Wenn du ihn noch kriegen willst, musst du dich sputen!«

Tike war nicht beleidigt oder wütend. Aber er zog sein Gesicht in Sorgenfalten und kramte seinen Tabakbeutel hervor. Als er auf ein Blättchen Zigarettenpapier blies und sich mit Daumen und Fingern eine Zigarette drehte, führte er sich wie der verrückteste Mann auf, der je einen Fuß auf die Plains gesetzt hat. »Weiber. Rennen rum und schmökern Bücher. Schleichen sich in alle möglichen Schulen ein. Stehlen sich in Colleges voll nackter Männer.«

»Ich habe nicht gesagt, dass das College voll nackter Männer war.« Wieder zwinkerte Blanche Ella May zu, dann machte sie ein todernstes Gesicht.

»Haste deineutig gesagt!«, antwortete Tike.

»Habe ich undeizweutig nicht gesagt.« Blanche nahm Mantel und Mütze von der Stuhllehne und hängte sie an einen Nagel an der Wand. »Habe ich nicht.«

»Ella May. Lady, du hast sie gehört! Hatse nich gesagt, dass sie sich vor jedem Mann im College ausgezogen hat?« Er bat Ella May um Unterstützung, indem er ihr wie ein schwitzender Anwalt die Hand entgegenstreckte. »He?«

Ella May war anderer Meinung. Sie schüttelte den Kopf und sagte: »Sie hat gesagt, dass sie sich als Teil ihrer Krankenhausausbildung um lauter Kranke gekümmert hat, Männer, Frauen und Kinder. Nicht um die Leute, die ans College gekommen sind. Außerdem hat sie dir's ganz schön gegeben, Mister Hamlin. Du hast getan, was du konntest, um sie in Verlegenheit zu bringen, alles darangesetzt, ihre Gefühle zu verletzen. Und dann hat sie dich vom Podest gestürzt – weil sie nämlich sehr viel mehr Männer ausgezogen hat als du Frauen. Hurra! Endlich kommt jemand und hält Tike Hamlins alte Uhr an! Jetzt ist Schluss mit deinem Hundegebell! Ha ha ha ha!«

»Was, wenn jedes Weibsbild sich davonmachen und auf eins von diesen Colleges gehen würde?« Er zündete sich die Zigarette an und spürte, wie ihm der Rauch in die Augen biss. »Wie sich's mit so einer danach wohl lebt? Der ihr Kopf wär so vollgesaugt mit hochtrabenden Ideen, dass man's gar nich aushält. Kein Spaß aus ihr rauszuholen.«

Blanche wollte wieder in die Mitte des Zimmers gehen, doch dann sah sie, dass Ella May noch etwas sagen wollte. Sie lehnte sich an das Geländer der Treppe, die zu Tikes Schlafplatz hinaufführte. Den hatte er bezogen, seit Blanche bei ihnen war. Sie roch den Rauch seiner Zigarette und den schmutzigen Staub im ganzen Zimmer, und sie rümpfte die Nase und schaute gequält.

»Kein Spaß aus ihr rauszuholen«, sagte Ella May sehr bestimmt. »Kein Spaß aus ihr rauszuholen. Diese fünf kleinen Wörter zeigen, was du einer Frau gegenüber für Gefühle hast. Kein Spaß aus ihr rauszuholen. Wenn du nur sticheln, frotzeln und flachsen kannst, wenn du sie nur kränken, veralbern und in Verlegenheit bringen willst, wär's gescheiter, du hättest gar nichts mit ihr zu schaffen. Kein Spaß aus ihr rauszuholen! Ist dir schon mal in den Sinn gekommen, dich *mit* einer Frau zu amüsieren statt *über* sie, Mister? *Mit?* Statt *über?* Ohhh. Ich will ja nicht behaupten, dass du völlig übergeschnappt bist, Tike, denn was immer du zu mir sagst, ich kann's überhören oder verkraften, aber du musst endlich mal in deinen Kopf reinkriegen, dass du nicht jede fremde Dame, der du begegnest, so garstig und gemein behandeln kannst. Das gehört sich einfach nicht. Außerdem bin ich richtig froh, dass Blanche dir gleich Kontra gegeben hat. Besser, dass es hier und jetzt passiert, als dass wir später Kummer und Ärger kriegen.«

Tike wurde immer gereizter, je länger er ihr zuhörte. Er hatte Blanche doch gar nicht richtig ärgern wollen.

Er hatte es nur getan, um die Situation mit ein paar Anzüglichkeiten aufzulockern. In Wahrheit war er doch gar nicht dagegen, dass Frauen Bücher lasen, zur Schule und aufs College gingen. Sollten sie nur. Aber er wurde immer gereizter, weil weder Blanche noch Emma May verstanden, dass er nur gekaspert hatte. Deshalb brodelte und kochte er. Und ein Anflug von heißem Stolz erlaubte seinen Lippen nicht zu sagen: »Ich hab doch nur gekaspert«, oder das Ganze zu erklären. Das war einer seiner größten Fehler, eine seiner größten Schwächen. Wenn er den Clown abgab, sagte er Sachen, die er gar nicht meinte, und spielte seine Rolle so gut, dass die Leute tatsächlich glaubten, er meine es ernst. Ein Wort gab das andere, es kam zum Streit, und er brachte es nicht fertig, sich zu entschuldigen, konnte einfach nicht zugeben, dass er nur geschertzt hatte.

Ella May kannte Tike besser als alle anderen, außer seiner Mama, seinem Papa und seinen beiden Schwestern, und so überhörte und vergaß sie die Dinge, die andere Menschen in seiner Umgebung ihm verübelten. Mit vielen von Ellas engen Verwandten, Freundinnen und Besucherinnen hatte er große Meinungsverschiedenheiten. Ella May konnte sie vergessen. Andere nicht. Tike empfand eine Art Stolz deswegen, bewies es doch, dass er ein guter Schauspieler war, der andere zum Narren hielt. Die meisten Menschen verübelten es ihm, fanden, er könnte sehr viel mehr Freunde haben, die ihm halfen, wenn er nur lernen würde zu sagen: »Tut mir leid« oder »War nur n Witz«. Diese schauspielerische Ader hatte sich Tike von seinen Leuten angeeignet, doch wenn jemand nicht gleich begriff, ob er etwas ernst meinte oder Spaß machte, schüttelte er nur den Kopf und sagte: »Zum Teufel mit denen.«

Blanche fuhr sich mit der Zunge über die Lippen und ging mit gesenktem Kopf über den Linoleumfußboden. Sie wartete darauf, dass Tike lächelte und zugab, er habe nur gescherzt, er wisse es besser, es sei ihm klar, dass die Leute auf ihrem College nicht nackt zum Unterricht erschienen, es sei gut, wenn Mädchen zur Schule gingen und lernten, und er habe sie wirklich nicht kränken wollen, nur weil sie keinen Mann um sich hatte. Bei jedem Schritt wartete sie darauf, dass er endlich sprach. Aber Ella May beobachtete ihn und schüttelte den Kopf, denn sie wusste, er würde den Mund nicht aufkriegen. Nur ein Wort von ihm, und Blanche würde ihn für einen klugen Mann halten statt für einen Dummkopf. Dieses Wort fiel nicht. Und Ella May spürte einen stechenden Schmerz in Bauch und Rücken, weil Blanche sich über die Lippen lecken und denken musste: »Nur weiter so, Dummkopf, sei ein Dummkopf. Lebe als Dummkopf und stirb als Dummkopf.«

Tike setzte sich auf die unterste Treppenstufe und rauchte seine Zigarette. Er hielt den Kopf gesenkt, dann hob er ihn, dann sah er sich im Zimmer um, dann ließ er den Blick über die Höcker und Risse in seiner Tapete schweifen, dann zählte er die abgetretenen Stellen auf dem Linoleum, dann starrte er aus dem Fenster ins Eis der Nacht.

»Wie geht's Ihrem kleinen Untermieter?«, fragte Blanche Ella May. Sie blieb am Bett stehen und blickte auf sie hinab. Sie legte die Hand auf Ella Mays Stirn, dann nahm sie sie wieder weg und fühlte ihren Puls. Als sie sich neben Ellas Füße auf die Bettdecke setzte, war ihr Blick nachdenklich. »Neue Schmerzen?«

»Kleine. Ja.«

»Wie fühlen sie sich an?«

»Als würde mich alles in der weiten Welt so fest nach unten drücken, dass ich, ahhh, dass ich kaum noch atmen kann. Weißt du, was ich meine?«

»Ja. Wissen Sie, das ist Ihr Gewebe, das sind einige Ihrer Organe, die sich absenken, damit sie ihren Teil zur Entbindung beitragen können«, sagte Blanche.

»Es ist, als würde mich eine große Staubwolke zu Boden drücken. Ein Krampf. Kurzatmigkeit. Scharfe kleine Schmerzen, als würden meine Muskeln überdehnt. Dann natürlich dieses Gefühl, als würde ich runtergedrückt. Ganz tief runter. Aber eigentlich ist auch dieses Gefühl inzwischen schon so tief unten, dass es fast eine Erleichterung ist. Ich meine, ich fühle mich so gut wie lange nicht. Wie kommt das?«

»Wenn das Baby hoch liegt, bereitet Ihnen das mehr Beschwerden, als wenn es tiefer rutscht. Die oberen Wehen sind verschwunden. Die unteren Wehen haben eingesetzt. Das ist alles.«

»Die oberen Ebenen sind verschwunden.« Tike starrte noch entschlossener aus dem Fenster. Er reckte den Kopf und umklammerte sein angewinkeltes Knie.

Sein Rücken war so gerade und steif wie Ellas Bügelbrett. »Wo sind sie hin?«

»Sie hat Wehen gesagt, nicht Ebenen.«

»Der gottverdammte Wind kann seine Feuerkammer auslöschen und sich zu Tode blasen, so viel er will, aber er könnte niemals die oberen Ebenen auf die unteren wehen.« Seine Worte knackten wie trockene Zweige. Seine Augen brannten Löcher in die Fensterscheibe, als er zusah, wie die Nacht immer kälter und schwärzer wurde.

»Sie hat mir gesagt, dass das Baby sich senkt und die unteren Wehen auslöst. Sei still. Richte deine Gucker nur immer hübsch aufs Fenster da und halt dein Quasselmaul aus unserm Gespräch raus, wenn du dich nich halbwegs vernünftig aufführen kannst oder willst. Nur zu, Blanche, was wolltest du sagen, bevor die Alligatoren anfangen, durchs Tal zu brüllen?«

Tike machte keine Anstalten zu antworten. Er starrte noch immer aus dem Fenster. Er fühlte, wie sein Körper immer heißer wurde, als wäre zu viel Hitze im Zimmer. Er sah sich nach etwas um, womit er seine rastlosen Hände beschäftigen könnte, etwas, das ihn zwanzig Meilen von dieser Hütte und allen in ihr wegtragen könnte. Er durchquerte das Zimmer, öffnete die Eisentür des Ofens und spähte durch die Öffnung in den Schlund voll glühender Kohlen. Als er die Hitze spürte, fuhr er sich mit der Zunge über die Lippen, dann stieß er den Kohleneimer so laut gegen die Tür, dass das lärmende Scheppern die Stimmen der Frauen übertönte und ihn in seine eigene Welt entlang den

Schieferklippen und den ausgewaschenen Canyons des Caprock trug. Mit lautem Knall schlug er die Ofentür wieder zu und ging die siebzehn Meilen durchs Zimmer zurück bis zur Waschbank, zu den Eimern und Kannen mit Milch und Sahne. Er hantierte geräuschvoll und hob die große Aluminiumschüssel auf die Zentrifuge. Er goss Milch hinein, drehte die Kurbel und behielt die Scheiben im Blick, bis sie mit tausend Umdrehungen in der Minute herumwirbelten. Das stetige Summen des Geräts badete seine Gefühle im süßesten aller Gewässer und ließ im Saal seiner Seele ein ganzes Orchester Platz nehmen. Als er seine Muskeln anspannte und den hölzernen Griff der Kurbel umfasste, lenkte sein schöpferischer Geist ein Dutzend Traktoren und zog tausend Pflüge. Das Summen begann als jaulendes Baby im Getriebe des Geräts, und er sah es größer und lauter werden, so groß wie das ganze Zimmer und so laut wie die Stimmen von Blanche und Ella May, dann noch ein bisschen lauter. Auf seinem Gesicht stand ein bittersüßes, gemeines Lächeln.

Als sie das Brummen der Zentrifuge hörte, fühlte Ella May sich etwas leichter, wusste sie doch, dass der Lärm der Maschine Tikes Gedanken und seinen entsetzlichen Stolz hinwegfegen würde. Sie konnten sich weiter unterhalten und ihn für eine Weile vergessen. So war das Wimmern der Zentrifuge wie ein Singen in der Seele, denn das Baby konnte besser atmen, wenn Ellas Bauchmuskeln nicht so fest angespannt waren. Und für das Baby war die singende Schüssel der

Sahnemaschine wie eine weltweite Symphonie, die zusammen mit den vier Winden gegen die Rauchkringel, gegen die Löcher in den Schornsteinen, gegen das Harz auf Blättern und Borke anspielte.

Solange die Zentrifuge sich drehte, blieb Tike stumm und ließ seine Gedanken über die Plains wandern. Ella flüsterte Blanche am Bettrand zu: »Hast du den alten Woodridge gefragt, was ich dir aufgetragen hab?«

»Meinen Sie wegen des einen Morgen Land?« Blanche sprach so leise, dass Tike sie nicht hören konnte.

»Ja«, antwortete Ella.

»Ich habe ihm gesagt, welchen Morgen Sie kaufen wollen. Ich hab's ihm auf einem Blatt Papier aufgezeichnet. Ich habe gesagt, der Morgen nördlich vom Haus. War das richtig?«

Ella nickte. Sie betrachtete flüchtig Tikes Hand auf der Kurbel der Zentrifuge, dann senkte sie Blick und Stimme wieder. »Ja.«

»Er hat gesagt, ich rede wie ein Kaninchen auf dem Abfallhaufen. Er hat gesagt, er will all sein Land zusammenhalten. Er will's nicht aufteilen. Ich bin sogar so weit gegangen, zu sagen, dass ihr einen Keller ausheben und ein Haus bauen wollt. Da hat er mich gefragt, was für ein Haus, und ich habe gesagt: ›Oh, ein Haus aus Erde, glaube ich.‹ Plötzlich ist er ganz abweisend geworden und hat gesagt: ›Auf keinen Fall.‹«

»Auf keinen Fall?«

»Das waren seine Worte. Auf keinen Fall.«

Ella Mays Muskeln schlossen sich fest um ihr Baby, ihr ganzer Körper war ein einziger betäubender Schmerz. Sie sagte nur: »Ah ja. Verstehe.«

Als Blanche sah, wie düster Ella Mays Gesicht geworden war, versuchte sie, optimistischer zu klingen. »Aber er hat gesagt: ›Sie werden feststellen, dass ich wie jeder andere Geschäftsmann bin. Wenn Sie ein Haus aus Stein, aus Erde oder aus was weiß ich bauen wollen, verkaufe ich Ihnen einen Morgen am äußersten Rand meines Weizenfeldes.‹ Und er hat gesagt: ›Das Stück Land, auf dem das alte Holzhaus steht‹ – damit meinte er dieses –, ›könnte Weizen tragen, und ich habe vor, es noch vor Jahresende abzureißen.‹«

»Weißt du noch, was er gesagt hat, welchen Morgen er verkaufen würde?«, fragte Ella.

»Er hat gesagt: ›Irgendwo am Caprock.‹«

»Irgendwo? Am Caprock? Oh. Großer Gott und Pferdegesicht! Auf dem felsigen Boden wächst ja nich mal n Zahnstocher. Für wen in aller Welt hält er uns eigentlich, der alte Raffzahn?« Sie schmeckte den Geschmack des Kummers auf der Zunge, und die Haut auf ihren Knien, Armen und Ellbogen kribbelte. Mit roten Augen und heißen Tränen beugte sie sich näher zu Blanche und zupfte an den losen Fäden der Bettdecke. »Wie viel, hat er gesagt?«

»Zweihundertfünfzig.« Blanche fühlte, wie auch ihre Nase brannte. »Hat gesagt, Sie könnten sich keine Hoffnung machen, einen Morgen dieses Weizenlandes für weniger als fünf-, sechs- oder achthundert zu kaufen. Und wo würden Sie die herkriegen?«

Als Blanche kopfschüttelnd nach unten blickte, bewegten sich ihre Haare im Lampenschein. »Nein. Ich weiß.« Sie warf einen raschen Blick auf Tike. Er füllte die große Schüssel auf der Zentrifuge nach, und sie hörte ihn mit Sahnekannen, Eimern, Trichtern und Behältern klappern. Sie hatte das Gefühl, dass er sie gehört hatte, aber viel Lärm veranstaltete, um so zu tun, als sei es ihm egal, worüber sie sprachen. Sie sah das Spiel seiner Muskeln, als er die Kurbel drehte und die Kannen hochhob. Sie hatte das Gefühl, dass er so viel Lärm wie möglich machte, um ihr Gespräch zu überdröhnen. Sie hob die Stimme und sprach lauter, um zu sehen, ob er noch lauter mit den Kannen klappern würde. Stattdessen drehte Tike die Kurbel mit höchster Geschwindigkeit und sang ein altes Lied:

Well, they don't grow no more cane along the river!
No, the cutting plow don't run here any more!
But this dirt had oughta be mighty rich, boys,
There's a man dead in the middle of each row!

Sie hatte ihn das Lied schon hundert Mal singen hören, und er hatte ihr erzählt, dass ein schwarzer Koch aus Louisiana es ihm auf einem Verpflegungswagen vorgesungen und fünfen oder sechsen von den Cowboys beigebracht hatte. Er sang mit säuerlicher Stimme, gedehnt und klagend, und er sang durch die Nase. Er sang, weil die beiden Frauen glauben sollten, dass es ihm egal sei, worüber sie sich so gedämpft unterhielten. Doch er log sich etwas vor, denn gleichzeitig hätte er seinen letzten Dollar dafür gegeben, ihre Worte zu verstehen.

Einige Tage zuvor, als Blanche ihren vierten Tag bei den Hamlins verbrachte, hatte Ella May ihr von Tikes sehnlichem Wunsch erzählt, aus dem alten Holzhaus auszuziehen und ein Haus aus Erde zu bauen. Davon, wie sie selbst immer wieder die Seiten des kleinen Buches vom Landwirtschaftsministerium studiert und wie er es in seinen Hosentaschen dünn gescheuert hatte. Seit das Buch eingetroffen war, hatte Tike es kein Mal, kein einziges Mal aus den Augen gelassen, außer um es in ihre Hände zu legen. Von seinen Händen, seinen Hosentaschen war das kleine Buch stets warm gewesen, durchtränkt und verschmiert von seinem Schweiß und ihrem.

Während ihres letzten Jahres bei den Eltern hatte ihr Daddy ihr dafür, dass sie seine Ländereien und seine Bücher in Ordnung hielt, einen Dollar am Tag gezahlt. Ein paar Monate vor ihrer Hochzeit mit Tike hatte er ihr einen Scheck über »Dreihundertfünfundsechzig Dollar und 0/100« überreicht. Etliche Male hätte Tike sie fast erwischt – schien sie doch Geld aus dem Nichts zu zaubern, ein paar Dollar für die Benzinrechnung bei der Genossenschaftstankstelle an der Route 66. Etliche Male war er sehr ärgerlich geworden und hatte sie beschuldigt, sich von ihrem Daddy Geld zu leihen, doch jedes Mal hatte sie ihm mit Papier und Bleistift vorgerechnet, dass sie bloß einen Penny hier, einen Nickel da, einen Dollar hier, einen anderen dort gespart und das Geld versteckt hatte, bis es sich »zusammengeläppert« hätte. Auf diese Weise hatte sie rund einhundertsechzig Dollar ausgegeben, bei der Citizen's State Bank lagen also zweihundertein, -zwei oder -drei Dollar, sie wusste es nicht genau. Aber Tike hatte es nie herausgefunden. Hätte sie ihm die Sache am Tag der Hochzeit erklärt, er hätte gelächelt und wäre mit einem Scherz darüber hinweggangen, doch sie hatte ihn später einmal damit überraschen wollen, ein Fehler, und jetzt würde er ihr nicht glauben. Mindestens eine Woche oder zehn Tage lang würde er wie ein wild gewordener Handfeger herumrennen. Er würde sie fragen: »Wenn du's dir auf ehrliche Weise bei deinem alten Daddy verdient hast, wieso hast du's dann die ganze Zeit über versteckt?«

Um ihn vor solchen Anfällen zu beschützen, hatte sie die Sache nur noch schlimmer gemacht und ihr Bankkonto streng geheim gehalten.

Im vergangenen Jahr hatte sie sich drei oder vier Mal zu Woodridges Büro aufgemacht, um einen Morgen Land zu kaufen. Sie hatte sich für den Morgen nördlich vom Haus entschieden, dann könnten sie weiter in der Holzhütte wohnen und gleichzeitig das Haus aus Erde bauen. Auf dem Weg von und zur Arbeit würden sie Zeit sparen, es gäbe Wasser, Tee, Kaffee zu trinken, und die Mahlzeiten könnten auf dem Ölofen gekocht werden. Die Farmarbeiten mussten getan werden, und das Haus aus Erde sollte möglichst in der Nähe sein. Drei oder vier Mal hatte sie Woodridges Büro betreten und nachfragen wollen. Sie wollte herausfinden, wie viel er verlangte, eine Anzahlung leisten und mit der Besitzurkunde nach Hause kommen. Tike würde sich freuen, weil sie schwanger war und die Geburt näher rückte. Aber sie war nicht zu Woodridge gegangen. Jedes Mal, wenn sie in der Stadt gewesen war, hatten ihre Füße sich erst in Bewegung gesetzt, dann angehalten und eine andere Richtung eingeschlagen.

In den letzten drei oder vier Wochen hatte sie Angst davor gehabt, in die Stadt zu fahren. Und jetzt mochte jeden Augenblick das Baby kommen. Tike hätte es niemals zugelassen, dass sie in die Stadt fuhr. Eher hätte er sich den Kopf abhacken lassen. Deshalb hatte sie Blanche gebeten, zu Woodridge zu gehen. Und heute Abend hatte Blanche ihr erzählt, was er gesagt hatte: »Ich teile mein Land nicht auf. Sie reden wie eine Verrückte.«

Als der Schmerz in ihrem Körper zunahm, legte Ella May die Hand auf die linke Brust. Sie spürte den kleinen Knoten über der Brust, der vor einem Jahr an dem Tag entstanden war, als Tike sie mit dem Ellbogen verletzt hatte. Als ihre Muskeln sich verkrampften und die Schmerzen schlimmer wurden, beugte sie sich über Blanches Schoß. Die Haut unter ihrer Hand war so heiß, dass ihr Kleid durchgeschwitzt war und ihre Handfläche feucht wurde. Sie hatte Blanche nichts davon gesagt. Sie hatte Tike nichts davon gesagt. Jeden Tag hatte sie den Knoten deutlicher gespürt. Sie spürte die kleine Verhärtung, nicht größer als das Radiergummi an einem Bleistift, dicht unter der Haut, etwa drei Zentimeter oberhalb der Wölbung ihrer Brust. Zu sich selbst, aber niemals laut sagte sie: »Jeder hat genug eigne Schmerzen, da muss ich nich noch welche dazutun.« An anderen Tagen, wenn sie überzeugt war, dass jemand etwas bemerkt hatte, wollte sie mit der Sprache herausrücken und nachschauen, ob es vielleicht eine schwere Prellung war. Aber dann sagte sie sich wieder: »Ach, es ist ja nur ein kleiner Knoten, ein so klitzekleines Knötchen, dass ich weiß, das bleibt nicht lange. Ich hab schon zehn Mal schlimmere Stöße abgekriegt, und jedes Mal ist die Prellung weggegangen.« Doch in letzter Zeit schien das Ding sie stärker zu schmerzen, weil das Baby in ihrem Bauch an ihren Rippen- und Schultermuskeln zerrte. Und neuerdings hatte sie viel größere Angst, weil sie immer mehr daran denken musste. Weshalb sie nicht zusammenbrach und mit den anderen darüber redete, war mehr, als sie sich erklären konnte.

Nur eine kleine Prellung. Ein so kleiner Knoten. Nicht größer als ein Knubbel auf einem Stück Holz. Nicht größer als die Zitze einer Sau. Nicht größer, nicht viel größer als der Kopf einer Stricknadel, nicht viel größer als eine kleine Erbse, nicht halb so groß wie der Kopf auf einem Dime. Dieser Knoten. Dieses winzige kleine Knötchen. Warum hatte sie nicht darüber gesprochen? Warum?

Sie wusste es nicht. Aber es würde besser werden. Wenn erst mal das Baby kommt und nicht mehr auf meinen Bauch drückt, dachte sie, dann lassen die Muskelschmerzen nach und verschwinden. Mir tun ja auch die Waden weh, die Füße und die Knöchel und die Hüften und die Leisten und die Augen und die Schultern und der Rücken. Das kommt, weil das Baby überall an mir zerrt. Wenn ich mich aufrichte, ist es nicht ganz so schlimm, aber die ganze Zeit aufrecht zu sitzen, das schaffe ich nicht. Ein so kleiner Knoten. Der kleine Knoten ist nicht so groß wie ich. Ich werde ihn lecken und ihm die Leviten lesen, ihm eine tüchtige Tracht Prügel verabreichen und ihn zum Verschwinden bringen.

»Hau ab, Knoten. Hau ab, hau ab. Geh woanders hin, zu jemand wie dem alten Grundbesitzer Woodridge.« Nachts im Bett, den ganzen Tag bei der Arbeit, wenn sie sich bückte, wenn sie schleppte, wenn sie ging, sagte sie sich tausend solcher Dinge vor.

Und so sah Ella May das Zimmer und das Lampenlicht vor sich schwanken, als Blanche ihr erzählte, dass Woodridge nur den einen Morgen Land in der Nähe des Caprock verkaufen wolle. Sie sah ihr Leben und ihre Welt und ihre Leute durcheinanderwirbeln, und in ihrem Gehirn war ein solches Schäumen und Planschen, dass sie ihre Gedanken nicht in den Griff bekam.

Blanche konnte Ella Mays Gesicht nicht sehen, als sie sich über sie beugte, und das Klappern und Scheppern von Tikes Hantieren, das Summen und Brummen der Milchzentrifuge war lauter denn je geworden. Sie legte Ella May die Hand unter den gekrümmten Rücken, um ihn abzustützen.

»Haben Sie Schmerzen, Miss Hamlin?«, fragte Blanche dicht an ihrem Ohr.

Ella schüttelte so heftig den Kopf, dass ihr die Haare in langen Strähnen über die Augen fielen. Sie weinte und schniefte, doch weder Tike noch Blanche konnten sie hören.

»Schmerzen?«, wiederholte Blanche. Ella Mays Haar roch kräftig, seifig, sauber. Blanche hielt sie an den Armen und sprach lauter: »Wenn Sie Schmerzen haben, Miss Hamlin, müssen Sie's mir sagen!«

Statt zu antworten, biss Ella May sich fest auf die Unterlippe, bis diese blau und schwarz wurde. Ihre Stirn, ihr ganzes Gesicht legte sich in Falten, wie kleine geriffelte Dünen, die hereinrieselten und sich auf dem Linoleum ablagerten. Sie warf Kopf und Schultern hin und her, und Blanche hörte ihre Schluchzer, doch erst als ihr Blick auf Ellas Hand fiel, die sich in die Stepp-decke krampfte, begriff sie das volle Ausmaß der Qual in Ella Mays Leib. Ellas Adern traten hervor wie dunkle Schlingpflanzen an einem Baum, und ihre Hände krallten sich in die Bettdecke wie trockene Wurzeln, die nach Wasser suchen. »Nein, nein, nein, nein.« Mehr sagte Ella nicht, und auch dies nur durch die Zähne, in einem gedämpften Flüstern des Elends.

»Senkt es sich? Sagen Sie's mir? Wenn Sie nicht mit mir reden, kann ich Ihnen nicht helfen. Sagen Sie's mir. Sagen Sie's mir. Reden Sie. Reden Sie mit mir.« Eine Weile lang versuchte Blanche, auf dem Bett mit ihr ringend, ihre Arme festzuhalten, dann sah sie, dass die Bettdecke ganz verdreht war und sich auf Ellas Armen blaue Flecken bildeten. Sie ließ los, stand auf und trat zwei, drei Schritte zurück, um Ella gründ-

lich zu mustern und die Art der Schmerzen festzu-
stellen.

Ella Mays Bauch hob und senkte sich. Blanche
wollte sehen, ob die Bewegung von dem Weinkrampf
oder der Weinkrampf von der Bewegung ausgelöst
wurde. Hob und senkte sich das Baby, weil ihr Atem so
schwer ging, oder ging ihr Atem so schwer, weil das
Baby sich hob und senkte? Jede Bewegung ihres Bauches unter dem losen Baumwollkleid war Blanche
wohlvertraut, doch der trübe Schein der Lampe und
die Schatten der Falten in Ellas Kleid ließen Blanche
genauer hinschauen. Mit all ihrem Geschick versuchte sie, Ella und Tike nicht stärker zu beunruhigen
als notwendig.

Jetzt stand Ella mit gespreizten Beinen auf dem
Linoleumboden. Das Gesicht der Zimmerdecke zu-
gewandt, wandte sie all ihre Kraft auf, um gerade
und aufrecht zu stehen. Und es war der stechende
Schmerz der Prellung oberhalb ihrer Brust, der ihre
Schultern sinken ließ. Ihre ledernen Arbeitsschuhe saßen lose um ihre Knöchel, die ungebundenen Schnür-
senkel hingen auf den Fußboden herab. Zwei Paar
leichte Socken reichten, um den eisigen Frost des Windes abzuhalten. Sie richtete sich auf und drehte sich
im Kreis, und ihre aus alten Lastwagenreifen geschnit-
tenen Schuhsohlen bewegten sich auf dem Linoleum.
Ihr nach oben gerichteter Blick war gut zu sehen, die
Mulden in ihrem Gesicht sahen aus wie die Schatten
neugepflügten Ackerbodens im Schein des Mondes.
Ihr Kleid war nicht zerlumpt und zerfetzt, denn lieber

wäre Ella May Hamlin tot aufgefunden worden, als sich in einem verlotterten, löchrigen Kleid ertappen zu lassen. Einige ihrer guten Kleider waren verlottert und zerrissen und dienten längst als Scheuerlappen oder als Öllappen für Tikes Maschinen, oder sie hatten die Ritzen in den Wänden und Fußböden mit ihnen verstopft, um das Wetter auszusperren. Ella drehte sich so langsam, wie eine Wolke schwebt. Zwar nahm sie das Zimmer und die Gegenstände im Zimmer wahr, zugleich aber blickte sie durch die Wände hindurch in einen wild peitschenden Schneesturm.

Sie schien ein gefrorener Eiszapfen zu sein, eine lose Dachschindel, ein Windmühlenrad, das sich dreht. Allerdings drehte sie sich nicht im vollen Kreis, sondern nur im Halbkreis, dann halb zurück, dann wieder eine Dreivierteldrehung in die andere Richtung, und die Kräfte in ihr schienen darum zu kämpfen, sie erst in die eine Richtung, dann in die andere zu stoßen. Es gelang ihr nicht, eine Drehung zu vollenden, denn jedes Mal erschütterte sie ein weiterer Ansturm von Gedanken, Gefühlen, alten Erinnerungen, neuen Plänen und ließ sie zurückwirbeln, und im Licht und im Schatten veränderte sich ihr Gesichtsausdruck in dem Maße, wie neue Gefühlsmischungen sie überwältigten. Sie hielt die Hände weit geöffnet neben dem Körper und murmelte Worte wie: »Ich bin hierhergekommen. Bin hierhergekommen, und das bin ich. Ha ha ha. Ja. Das ist das kleine Mädchen, dass du kanntest. Ha ha. Ja, ja. Das bin ich. Das hier bin ich. Die da auf und ab geht, das bin ich. Bin ich nicht hübsch? Ich habe meine schöne Zeit gesehen, und ich habe mich im Spiegel gesehen, und ich habe geschaut, und ich habe gesagt: Das also bist du. Ich weiß, dass du's bist. Ohhh. Ja. Das bist du. Und das hier bist also auch du. Die hier geht und steht. Fast jeder hat gesagt, ich sei die hübscheste kleine Dame auf den Upper Plains. Ich denke, das stimmt. Muss ich wohl gewesen sein. Könnte ich gewesen sein. Entweder ich oder Beverly Judison, und ich bin sicher, die war's nicht. Ich war's. Ich. Ich bin's immer noch. Wenn ich bitten darf, Sir, wenn ich bitten darf, ich bin's.«

Die Worte erklangen im Takt zu den schwingenden Bewegungen ihres Körpers und ihrer Beine. Sie schien mit dem Bett zu schäkern, dem Herd zuzuzwinkern und allen Gegenständen schöne Augen zu machen: den Wänden und den Tapeten, dem Heuballen, dem Ölofen, der Waschbank, dem Wassereimer, dem Schöpflöffel und schließlich Tike und seinen Zentrifugenkannen. Als sie sich verbeugte und Blanche ansprach, versuchte diese, ihr in die Augen zu schauen. Ella senkte den Blick, sie wollte nicht angeschaut werden. Blanche beobachtete sie schärfer, um herauszufinden, ob sie in einem Fieberwahn oder nur zu ihrem Vergnügen tanzte.

Aus Osten, Norden, Westen und Süden sammelte Ella die Kraft für das Baby in sich, füllte ihre Lungen tief mit der Atmosphäre im Zimmer. Wie ein Schiff lud sie ihre Batterien mit ihrem eigenen Strom auf. Ihre Worte machten ein Geräusch wie eine knarrende Windmühle.

Blanche hatte schon andere Frauen gesehen, die sich so aufführten, fast wie im Wahn, um Kräfte zu sammeln und ein neues Baby auf die Welt zu bringen. Sie war nicht beunruhigt, nicht erschrocken, nur vorsichtig, wollte sichergehen. Auf der Bank standen Eimer mit sauberem Wasser und ein kleiner Koffer mit Zeitungen, Stofffetzen, sauberen Waschlappen. Wozu sich sorgen? Die Nacht draußen war ein einziger heulender Schneesturm, der Wind fegte unerbittlicher über die Plains als ein Hurrikan über den Ozean, denn das Meer hebt und senkt sich und bildet Wogen, die wie Berge und Täler sind und den Wind verlangsamen, ausbremsen und brechen. Die flache Landschaft der Plains war so eben wie der alte Linoleumboden, und in Richtung Norden kam fünfzehnhundert Meilen lang nichts, was den Wind hätte aufhalten können, nichts als eine kleine Schlucht, ein Canyon, eine Stadt, ein Stacheldrahtzaun, das Haus eines Grundbesitzers, die Hütte eines Pächters oder Naturalpächters, und diese Dinge hemmten oder hinderten den eisigen Wind nicht mehr, als eine Kaninchenspur einen wilden Stier aufhalten würde. All das hatte Blanche im Hinterkopf, als sie Ellas seltsamen kleinen Tanz beobachtete.

Blanche wartete, bis Ella May sich bis in die Mitte des Zimmers bewegt hatte. Dann klopfte sie das Kopfkissen zurecht, schlug die Bettdecke auf und sagte: »Kommen Sie, am besten legen Sie sich ins Bett. Ich kümmere mich ein bisschen um Sie. Ich glaube, die Presswehen kommen bald. Hier.« Sie sprach mit dem Rücken zu Ella May, und als sie auf deren Antwort

wartete, war nichts als Tikes Gesang und das Wimmern der wirbelnden Zentrifugenscheiben zu hören.
Sie klopfte auf Kissen und Decke und sagte noch einmal: »Finden Sie nicht, dass es an der Zeit ist, die Knochen auszustrecken und das kleine Äffchen ausruhen
zu lassen?« Noch immer keine Antwort.

Nur Tikes Gesang und das Summen der Zentrifuge.
Blanche wartete stumm und berührte das Bett mit den
Fingerspitzen. Es dauerte nur wenige Sekunden.

Doch in diesen wenigen kurzen Sekunden nahm
Ella May einen braunen Wollschal vom Nagel an der
Wand, warf ihn sich um die Schultern, umfasste mit
beiden Händen ihren Bauch und ging durchs Zimmer
zur Tür. Bei jedem Schritt knirschte sie mit den Zähnen
und sprach mit dem Zischen einer Schlange: »Nein.
Nein, nein. Nein. Nein, nein, nein.« Mit der Rechten
hielt sie das Gewicht ihres Bauches, mit der Linken
griff sie nach dem Türknauf. Sie schluckte mühsam,
um das tausendfache Elend zu unterdrücken, das an
ihr fraß. Als sie den Knauf drehte, sah sie eine Vision,
ein Bild von vielen Millionen Menschen, die alle
durcheinander hindurchliefen. Das war eine Botschaft,
dachte sie, und während sie dies noch dachte, wurde
die Vision deutlicher, und sie hörte Worte, und die
Worte lauteten: »Die Menschen in diesem Zimmer
kommen und gehen. Sie kommen und gehen und laufen durcheinander hindurch. Und die Menschen von
den Farmen und Ranchen im Umkreis, sie kommen
und gehen und laufen durcheinander hindurch, sie laufen durcheinander hindurch. So wie Unkraut, Stängel,

Heu, Stroh, Fussel, Pulver, Kreide, Staub bei Wind und Sonne steigen und fallen und durcheinander hindurchwirbeln, durcheinander hindurchwirbeln. Und die Menschen sind alle aus einem geboren und in Wahrheit alle eins. Die Menschen sind alle eins, so wie ihr, du und dein Baby, eins seid, so wie ihr beide, du und dein Mann, eins seid. Und die Upper Plains des Nordens sind ein einziger großer Leib, voneinander geboren und wiedergeboren, ebenso die Lower Plains im Süden. Und sämtliche Ebenen um den Caprock. Das ist die größte und einzige Wahrheit des Lebens und enthält alle anderen Bücher des Wissens. Das ist die einzige Wahrheit des Lebens, die alle anderen Werke enthält. Und nur wenige Menschen arbeiten, um uns zu verletzen, zu bedrücken, zu verleugnen, zu betrügen. Und diese wenigen sind die Diebe des Körpers, die Keime der Krankheit namens Habgier, es sind nur wenige, aber die sind laut und stark, und du musst dein Baby glücklich zur Welt bringen, um zu helfen, diese wenigen auszurotten.«

Und außer Ella May vernahm niemand in dem kleinen Zimmer diese Worte. Und auch sie selbst vernahm diese Worte nicht in diesen Worten, sondern in Worten, die ihr noch deutlicher, sehr viel deutlicher zeigten, was ihre Vision zu bedeuten hatte. Ihre Vision zeigte ihr, dass alle Menschen ineinander leben und sich durcheinander hindurchbewegen, genauso wie ihr Baby in ihr lebte und sich durch sie hindurchbewegte. Und alle Worte, die sie in ihrem Leben je hören würde, würden das Bild noch deutlicher machen.

Der eisige Wind, der durch die geöffnete Tür wehte, biss Tike in die Haut wie ein kleiner Schäferhund und zwickte an Blanches Sprunggelenken, sodass sie mit den Füßen aufstampfte. Sie fröstelte am ganzen Körper und krallte sich die Hände wie Adlerklauen ins Gesicht, und eine Weile schienen ihre Seele und ihr ganzes Leben aus ihrem offenen Mund herauszufliegen. Und sie wirbelte auf dem Absatz herum und spürte, wie ihr die Wellen des Windes ins Gesicht und gegen die Brust schlugen. Ihre Augen huschten im Zimmer umher, die kleine Treppe hinauf zum Schlafplatz, dann zur Zentrifuge, zu Tike und zu den Eimern und Kannen. Zwar spürte er den eisigen Wind auf dem Rücken seines verschwitzten Hemdes, brauchte aber doch ein paar Sekunden, um zu begreifen, was vor sich ging. Die Zentrifuge summte, und er sang seinen Singsang:

Another man done gone
Another man done gone
Another man done gone
Another man done gone

Well I did not know his name
Well I did not know his name
No I did not know his name
And I did not know his name

»Ella Mayyy!«

He killed another man
zumm zumm zumm zumm
He killed another man
Sum summmm zummm sum
He killed another man
And he killed

»Tike!«

He had a long chain on
He had a long
Huh?

»Ella May! Gott!«

»Ella was?« Wegen des Gewichts der Stahlscheiben, die mit tausend Umdrehungen in der Minute rotierten, erstarb der Lärm der Zentrifuge nur langsam. Sein müder Rücken war gekrümmt, als er sich umwandte und Blanche anblinzelte. »Wer?« Ehe Blanche eine Bewegung oder ein Geräusch machen konnte, spürte er die Kälte von der offenen Tür und stürzte hinaus in die Nacht. »Lady.« Er versuchte, den Mund zu öffnen, doch der eisige Schneesturm raubte ihm den Atem, sodass er nur bellen konnte: »Lady, Lady, wo bist du? Schrei doch mal. Wo bist du? He. Lady.« Und dann drehte er den Mund zur Seite, aus dem Wind, und rief lauter: »LADY!« Und dann knurrte er in einem noch irreren Ton: »Der gütige Gott Jesus soll seinen Zorn an dir auslassen, dass du uns solche Streiche spielst! LADY!«

Blanche durchquerte das Zimmer, um ihren Mantel von der Wand zu nehmen, doch der schmale Aufhänger blieb am Nagel hängen, und vom Kragen bis zum Rücken riss sie ein großes, langes Loch in den Mantel. Nachdem sie drei Mal fest gezerrt hatte, schleuderte sie den Mantel gegen die Wand, bedeckte die Brust mit den bloßen Händen und rannte hinter Tike in den Sturm hinaus. »Ist sie da drüben? Puh! Der Wind schneidet einem in die Haut wie ein Brandeisen! Sehen Sie sie?«

»Nein.« Tikes Stimme erklang aus den Schichten von Dunkel und Wind. »Nein. Das isse nich. Das is der Wassertank. So n Blödsinn hat Lady noch nie gemacht, seit ich sie kenne. LADY! LADY!! So sag doch was!«

»Was ist das da drüben?«

»Wo?«

»Da.« Blanche spürte, wie ihr Finger stocksteif fror, kaum dass sie ihn von ihrem warmen Hals genommen hatte, um auf die Stelle zu zeigen. »Da. Auf dem Boden.«

»Ohhh. Jaaaa. Gott sei Dank. Lady, Schatz, Mommy, Lady, kannst du mir verraten, warum zum Teufel du einfach aufspringst und so n Unfug treibst? Isses, weil ich dir nich gut genug bin? Komm. Steh auf. Blanche, hilfst du mir? Herrgott, Lady, du hast doch für so n verdammten Schneesturm gar keine Kraft.«

Und die offene Tür des kleinen Zimmers erlaubte dem Wind, hereinzujagen wie ein ganzer Viehhof voller Tiere, trunken von Schnaps. Wie die bösen und raffgierigen Geister von zehnhundert bettelnden Heiligen, die darum kämpften, in den kleinen Leib des Babys einzudringen, um an diesem Abend wiedergeboren zu werden, zu predigen, zu betteln, einen Dime zu schnorren, um sich noch mehr zu besaufen. Und alle diese unberechenbaren Seelen flogen geradewegs in die Glaskugel der Kohlenöllampe auf dem Esstisch. Und die Klauen der Nachtdämonen griffen nach der Flamme des Feuers, um sie zu entwenden, weil sie glaubten, diese sei die Seele allen Lebens, die Erwärmerin aller Leiber, die Kraft in allem Tun. Die Flamme in der Lampenkugel hatte höhere Ideen und verzehrte sich danach, dem zu gebärenden Baby den Weg zu erhellen, verzehrte sich danach, sich in der Luft des Zimmers aufzulösen und genau im richtigen Augenblick, in dem Moment, da das Baby seinen ersten Atemzug tun würde, in seine Lungen, sein Blut, sein Gehirn und seine Augen eingeatmet, eingesogen, eingezogen zu werden. Die Seele der Lampenflamme kämpfte gegen die ungeborenen Schneesturmgeister, denn wenn diese die Flamme verschlangen, noch ehe sie in die Nase des Babys gehaucht werden konnte, würde es mehrere Millionen Jahre dauern, bis sie wieder Flamme eines Feuers war, eine Flamme, entzündet und hingestellt von der Hand einer Frau mit einem Baby im Bauch. Das Zimmer bebte, zitterte, sprühte und schäumte, wankte und schwankte, schlingerte und stampfte, und die Schatten der Schlacht, die zwischen der Flamme oder dem Feuer und den Winden von draußen tobte, zeichneten sich im Innern der Lampenkugel ab. Die Winde jagten in jeden noch so

intimen Winkel des Zimmers, schnüffelten, schnup-
perten, stocherten, tasteten mit tödlichen Fingern und
tanzten mit solch wilder Leidenschaft, dass es ihnen
beinahe gelang, das Licht zu entwenden. Die Gegenstände im Zimmer blitzten hell und dunkel wie das
Mündungsfeuer einer Million Freiheitskanonen.

Und die Stimmen von Tike und Blanche, die Ella
May hoben, trugen, schalten und beschworen, diese
Stimmen schwebten ins Zimmer, durch die Wände,
den Fußboden und die Decke, die Treppe hinauf zum
Schlafplatz im Dachstock.

»Du bringst dich noch um, dich und dein Baby«

»Und wir beide sterben an Lungenentzündung.«

»Warum nur hast du das getan? Sag! Sprich! Halte
sie an den Füßen. Ich hab ihre Hände. Sprich! Lady?«
In Tikes Stimme lage eine rauhe Zärtlichkeit. »Sprich!
Lady?«

Und Blanche sagte: »Wenn Ihr Baby das überlebt,
dann wird es alles überleben.« In jeder Hand einen
von Ellas Füßen, zwängte sie sich durch die Tür. »Warum nur haben Sie das getan?«

Die Hände unter ihren Armen, trug Tike ihren
Oberkörper hinein. Tike war kein Mann, der sich leicht
vor etwas fürchtete, ganz gleich, wie groß, wie klein,
wie hässlich, wie gemein es war. Aber dies waren die
schlimmsten drei Minuten, die er je durchlebt hatte.
Das Blut war ihm aus dem Gesicht gewichen, bis dieses nur noch ein staubiges Weiß war, der kalte Wind
hatte es zu einem Felsen und seine Augen zu Marmor-
kieseln versteinert.

Bis dahin war Ella leicht zu handhaben gewesen. Von dem Schock einmal abgesehen, hatten ihr die Amsinckien im peitschenden Wind keinen körperlichen Schaden zugefügt. Sie hatten sie mühelos tragen können, doch in dem Augenblick, als sie fühlte, wie Blanche ihre Füße durch die Tür trug, wand sie sich, drehte sich und stampelte nervös mit den Beinen. »Nein. Nein. Nein« waren die einzigen Worte, die sie herausbrachte. Tike brauchte seine ganze Kraft, um sie ins Zimmer zu heben und die Tür hinter sich zuzuschlagen. Und während sie sie aufs Bett zwangen, kreischte sie umso lauter: »Nein NEIN NEEEIIN!«

Hinter Tike drückte der Wind die Tür wieder auf. Tike trat sie mit einem solchen Knall zu, dass der Luftzug die Lampe auslöschte.

»Sehen Sie nur, was Sie getan haben«, sagte Blanche im Dunkeln und setzte sich neben Ella May aufs Bett, damit diese sich nicht auf den Fußboden warf. »Sehen Sie? Bleiben Sie ruhig.«

»Du hast uns allen so n gottverdammten Schreck eingejagt, dass das Licht aus der Lampenkugel gehüpft ist. Warum sagst du nichts? Erklärst dich nich? Das finsterste Dunkel, das ich mein Lebtag gesehen hab. Man könnt's mit nem Messer zerschneiden.« Tike tastete im Zimmer nach der Apfelsinenkiste über dem Esstisch, und Blanche seufzte vor Erleichterung, als sie seine Finger in der Streichholzschachtel kramen hörte. »Streichhölzer. Da. Huch. Habse fallen lassen. Gott schieb's dem Teufel in die Schuh. Lady. Sieh nur, was du mit mir angestellt hast. Nun red schon. Wieso haste uns so n Streich gespielt?«

Und dort im Dunkeln wälzte Ella May sich auf dem Bett und weinte in die Decke: »Alles hat mich dazu gebracht. Ich weiß es nicht.«

Im Zimmer war kein Strahl, kein Streifen, keine Spur von Licht. Das Dunkel draußen vereinigte sich mit dem Dunkel drinnen, und während Tike auf dem Tischtuch nach den Streichhölzern tastete, die er hatte fallen lassen, schien es eine Weile lang, als hätten die Kälte, der Schneesturm und das Dunkel seine Hand besiegt, die dort nach einem Streichholz suchte.

»Siehste, Lady was für n schlimmer Ort die Farm is, wenn die Dunkelheit die Sonne auslöscht?«

»Zünden Sie ein Streichholz an«, forderte Blanche ihn auf. »Licht«, sagte Ella.

»Eh du mir nicht verrätst, warum du getan hast, was du getan hast, gibt's kein Licht nich in diesem Haus. Blizzard.«

Und Ella antwortete aus dem Dunkel: »Ich, ich konnte nicht, ich konnte den Gedanken einfach nicht ertragen, dass mein Baby hier in diesem alten Stinkpott von Hütte geboren wird. Das war nicht ich, Tike, das war nicht ich. Ich hatte nur ganz wenig damit zu tun. Das musst du mir, das musst du mir glauben. Heute Abend bin ich die fröhlichste Frau auf dieser alten Steppenläuferebene, weil mein Baby dein Baby ist und weil wir ohne Hilfe meines alten Landschweins von Daddy so weit gekommen sind. Und ich, ich, ah, oh, ich selbst bin mir eigentlich egal, Tike, das musst du verstehen. Ich weiß nicht mehr, warum ich den kleinen ausgefransten Schal umgelegt hab und in den Schneesturm rausgerannt bin, ich weiß nicht, warum. Ich werd's nie wissen. Ich hab was vor mir gesehen, ne Menge Bilder, alle verschwommen und miteinander verschmolzen, ah, Leute, die ineinander übergingen. Ich sah, wie meine Finger ein Saatkorn in die Erde drückten, und ich sah, wie's sich mit ner Dame an nem Schreibtisch verband, mit ner Familie, die Tabak in ner Scheune lagerte, mit Männern, die auf nem Schiff fuhren irgendwo. Ich sah, wie ihre Arbeit sich bis zu mir zurückverfolgen ließ und meine sich bis zu ihnen. Und dann hab ich das Zimmer hier gesehen und das ganze Haus, und ich hab kein Haus gesehen, sondern ne Art große, große, große Falle, schlimmer als n großes, großes, großes Tellereisen oder n Fangnetz. Und die Falle hatte lange, scharfe Zähne, und ich sah, wie die große Falle den Kopf von meinem Baby und den Hals von meinem Baby mit den Zähnen packte. Gott. An mehr kann ich mich nicht erinnern.«

Tike sagte nur: »Ich fress n Besen.«

Und im Dunkeln rieb Blanche Ella Mays Stirn und sagte: »Ich glaube, das ist der sonderbarste Albtraum, den je eine Patientin von mir gehabt hat. Ob er was zu bedeuten hat?«

»Ja.« Ella May sprach mit hochrotem Gesicht, den Blick zur Decke gewandt. »Hat er. Hast du die Streichhölzer gefunden, Tike? Beeil dich. Mach die Lampe an. Diese furchtbare Dunkelheit drückt mich, als würd ich von nem Traktor überfahren. Ich seh den alten

Dan Platzburgh vor mir, wie damals, als er seinen Traktor angekurbelt hat, der Gang war eingelegt, und der Traktor hat Dan über n Haufen gefahren und is auf ihn draufgeklettert, und die Stege an den Vorderrädern haben ihm die Arme an den Ellbogen abgesäbelt, und die großen Hinterräder haben ihn mit ihren schlammigen Stegen platt gewalzt, und die Egge am hinteren Ende hat ihn in tausend Stücke zerrissen und auf dem ganzen Acker verstreut. Du kannst kaum den Fuß auf irgendein Weizenfeld setzen, wo nicht Fleisch und Knochen von irgendwem verstreut sind. Hast du die Streichholzschachtel endlich gefunden, Tike?«

Tikes Finger lagen bereits seit einigen Minuten auf der Streichholzschachtel, die auf den Tisch gefallen war, aber er wollte, dass Ella May im Schutz der Dunkelheit weitersprach. Statt ihr zu antworten, grunzte er nur, murmelte etwas in sich hinein und tastete auf dem Tischtuch herum. »Hmm. Mmm.«

»Schlimme Schmerzen von Ihrem Sprint zum Nordpol?« Blanche spürte, wie Ellas warme Hände ihre berührten. »Alles in Ordnung?«

»Ohhh. Alles in Ordnung.« Ellas Worte klangen als kämen sie von einem meilenweit entfernten Canyon. »Bin gar nich richtig hingefallen da draußen im Hof. Bin nur kurz gerannt, dann hat mich der kalte Wind gepackt und anscheinend zur Vernunft gebracht. Bin nich schlimm gefallen. Hab nur gekniet. Wie ne Sünderin in der Kirche. Hab gebetet. Hatte vorher noch nie gebetet, aber ich weiß, da draußen im Wind hab ich gebetet.«

»Worum?«, fragte Blanche.

»Um ne Art Haus für mein Baby. Ein Haus, das allen Schmutz und allen Dreck abhält, und komisch, ha ha ha ha, wie ich mich da im Wind vorgebeugt hab und die paar feinen Schneeflocken auf meine Haut gefallen sind, war mir überhaupt nich kalt. Weil, ahhhh, ohhh« – als sie ihre Muskeln bewegte, die Füße spreizte und die Fersen am Laken rieb, ächzte und stöhnte sie – »ahhhh, ich war in nem Haus, und es war kein morsches altes Haus wie das hier. Es war keine verrückte, irrwitzige windbrüchige alte Kojotenfalle wie das hier. Es hatte Wände, Wände so dick wie diese Matratze, und Zimmer, wie ich sie mit dem Stock auf den Erdboden geritzt hab. Weißte noch, Tike?«

»Ja.«

»Haste das Streichholz immer noch nich angemacht, Tike?«

»Suche noch.«

Und Blanche fragte: »Hatten Sie beide wirklich schon den Grundriss Ihres Hauses gezeichnet?« Obwohl die Lampe gelöscht war und das Dunkel schwerer wog als eine Decke, erfasste ihr Blick sämtliches Gerümpel und Gelumpe im Zimmer. »Schon jetzt?«

»Nur mit nem Stock«, antwortete ihr Tike. »Draußen im Hinterhof. Ungefähr da, wo sie hingefallen is. Stimmt's, Lady?«

»Und ich, ich, ohhh, mmmmhhhh, ich war richtig drin im Haus. Ich hab's gefühlt. Ich hab's gesehen. Und der Schneesturm is wie ne wild gewordene Kuh aufs Haus zugerast und hat sich an den Mauern, die

wir hochgezogen hatten, sein dummes Hirn zerschlagen, und die Mauern waren so fest und hart wie die
Erde selbst, und der Schneesturm, ha ha, hat sich einfach davongemacht, brrrrsssstttt. Hat sich ausgetobt.
Is an meinen Mauern abgeprallt und musste weiterziehen und immer weiterziehen, ohhhh.«

Blanche: »Aha. Was wissen Sie davon?«

Und Tike an seinem Tisch sagte etwas, das niemand verstand.

»Aber. Aber da war noch was viel Komischeres.«
Ellas ganzer Körper bewegte sich in einem regelmäßi-
gen Rhythmus, auf und ab und wieder zurück, dann
auf und ab und wieder zurück, und Blanche wusste,
dass die ersten Geburtswehen eingesetzt hatten. Und
Ella fuhr fort: »Ich schlug die Augen auf, und ich sah,
dass das ganze Haus, das Haus aus Erde, innen tapeziert war, innen überall tapeziert war mit kleinen Büchern von der Regierung. Mit kleinen Büchern, die dir
sagen, wie du dein Haus baust, wie du den Keller aus-
hebst und ihn schön sauber und trocken hältst, und
wie du es außen verputzt, damit Wind und Sonne es
nicht zerfressen. Wie du es streichst und deckst und
wie du die Fenster einsetzt und wie du auf eigenem
Grund und Boden deine eigenen Pläne zeichnest und
sie so formst, dass sie in deinen eigenen Traum passen.
Und alle diese kleinen Bücher waren an die Wände ge-
klebt. Wohin ich auch blicke, ich sehe sie vor mir. Ich
sehe sie auch jetzt. Ohhhhh. Uhhh. Jetzt bin ich hier.
Das bin wieder ich. Ich laufe wieder. Ohhhh ahhh.
Uhhh. Tike, zünde mir ein Streichholz an. Ich will un-

ser kleines Erdhaus in gutem gutem gutem Licht sehen. Ich will nicht, dass der kleine Tikey Junior der
Zweite auch nur seinen kleinen Kopf in dieses dre-
ckige, verrückte, eklige Dunkel rausstreckt.«

Blanche fühlte mit einer Hand die Wärme in Ellas
Gesicht. Mit der anderen berührte sie im Dunkel Tikes
Hosenbein. »Ich denke, am besten bringen wir etwas
Licht in die Angelegenheit. Zünden Sie Ihr Streich-
holz an, Mister Hamlin. Ich schätze, Ihr neues Haus
sollte hell erleuchtet sein. Oder?«

An seinem Daumennagel riss Tike ein Streichholz
an und hielt es sich vors Gesicht. Die Flamme flackerte
auf, loderte hell, verkleinerte sich dann wieder und
züngelte am Holz entlang. »Muss wohl.« Er lächelte
ein tiefernstes Lächeln. »Wer würde ein Haus aus
Lehmziegeln bauen und dann keine Elle-leck-triez-
i-tät installieren?« Die Streichholzflamme trug seine
Worte langsam davon und ließ sie in die Luft empor-
schweben. »Wir jedenfalls nicht, verDAMM mich!«

»Auch den hab ich gesehen. Ich hab sogar den
Damm gesehen, wo unser Strom herkommt. Ich weiß
nich genau, wo das war, aber irgendwo da draußen. An
einem Ende der Drähte schien ein ganzer Ozean voll
Wasser zu sein, der hat an diesem Ende unsre Kühe
gemolken, unsre Butter gemacht, unser Haus beleuch-
tet und sogar unsre Fußböden gesaugt.«

»Hier gibt's neunzig Meilen weit keinen Tropfen
Wasser. Und keinen lebendigen Menschen, der den
Fußboden mit Strom saugen kann. Und ne zwei Meter
dicke Rolle Kupferdraht würde zwei Mal so viel kosten

wie das ganze verfluchte Haus. Und zu dieser elenden Klitsche hier wird niemand nich n Stromkabel verlegen.« Er hob die Lampenkugel an und entzündete den Docht.

»Da haben Sie ausnahmsweise mal recht.« Blanche nickte Tike zu. »Wenn Sie in diesem baufälligen, museumsreifen Haus einen Kupferdraht festnageln wollten, würde es einstürzen. Bums! So.« Sie wedelte mit der Hand in der Luft, um zu zeigen, was sie meinte.

Ella May verzerrte das Gesicht vor Schmerz, warf sich hin und her und sagte: »Aber in meinem neuen Haus aus Erde kannste Kupferdrähte festnageln, so viel du willst. Und es steht einfach da und bittet um mehr. Und du kannst es vollhängen mit modischen Glühbirnen und Firlefanz und Knöpfen und Apparaturen und Sprungfedern und Auslösern und Sicherungen, und das Hühnerhaus auch, und dann noch die Scheune, und den Kuhstall aus Erde, und die großen Erdmauern um das Grundstück und die Scheunen und die Höfe. Die kannste nicht mit Stromdrähten einreißen, weil sie sooo dick und sooo breit sind, du kannst mit zehn Traktoren dagegenfahren, die bleiben stehen. Und du wirst es noch erleben, dass dieses erbärmliche kleine alte Stinkloch von einem Misthaufen bei Nacht heller leuchtet als jetzt bei Tag. Ohhhh. Gotttt. Blanche. Mhhhmmm. Ich habe Angst. Angst, weil ich ganze Armeen spüre, die in meinem Bauch rummarschieren, oder Arbeiterkolonnen, die ne Talsperre bauen. Ich weiß nich. Mmmhhhh. Was von beiden.« Sie versuchte zu lachen. Die Zunge zwischen ihren

Zähnen war lila. »Tike, du dummer alter Steinzeit-mensch, du, weißte nich, dass es dreihundert Meilen um Los Angeles nich einen Tropfen Wasser gibt, und trotzdem haben die da zwei, drei Glühlampen, die mit Strom versorgt werden.«

»Alles Imitation. Unecht. Die Lichter in Holly-wood sind alle Imitation. Die Gebäude sind's. Die Schauspieler sind's. Die könnten uns keine elektrische Melkanlage herschaffen. Die wissen ja nich mal, dass es uns gibt.«

»Nein. Die nich. Aber hier in der Gegend haben wir Flüsse, die wir stauen könnten, um unsern eignen Strom zu kriegen.« Ella lachte leise. »Ich glaub, ich werd mein neues Erdhaus tatsächlich mit Regierungs-büchern tapezieren.«

»Du hast dir wohl das Gehirn erfroren?« Tike ver-suchte, grob und ernst zu klingen, aber in seiner Kehle war mehr als ein bisschen Zärtlichkeit und geschmol-zener Schnee. »Irgendwas erfroren. Dein Kopf arbeitet nich richtig.«

»Wenn mein Kopf wirklich eingefroren is, funk-tioniert er immer noch besser als dein altes Ding.« Ella lächelte erleichtert, getröstet, weil sie spürte, dass Tike wieder er selbst wurde. Sie hatte schon befürch-tet, er könnte glauben, dass ihr Sprint zur Tür hinaus damit zu tun hätte, dass sie von ihm wegwollte. »Selbst wenn ich zehn Jahre tot wär und die Adler meine Kno-chen blank gepickt hätten, könnt ich mit meinem lee-ren Schädel immer noch besser denken als du mit dei-nem voller Sauerteig.«

»Glaubst du etwa, die Kerle vom E-Werk würden acht Riesen ausgeben, nur um ne zwei oder drei Meilen lange Leitung bis zu deinem Haus zu legen, selbst wenn du drei Scheunen und zwei Häuser hättst und alle aus Portland-Zement? Von wegen! Gibt nich genug Häuser in dieser Büffelgegend. Da müsste es schon mehr Häuser und mehr Leute geben hier draußen.« Er lehnte sich an die Tischkante, ließ die Finger übers Tischtuch gleiten und blickte finster auf seine Schuhe. »Mehr.«

Ella May hob ihre Stimme zu einem Schrei, der Blanche echt vorkam. Sie biss die Zähne zusammen, schüttelte den Kopf und kniff die Augen zusammen. »Du bist mir vielleicht einer! Stehst einfach da und schaust auf deine schäbigen alten Schuhe! Wenn du nich der niederträchtigste, hassenswerteste und schlechteste aller Männer bist, denen zu begegnen ich je das Missvergnügen hatte! Mehr Menschen? Mehr Häuser? Mister Tikeroo Hambone, würdest du mir bitte verraten, was ich deiner Meinung nach hier tu, zusammengeklappt auf diesem Bett, mit diesem riesigen Brocken im Bauch, wozu diese Geburtsschmerzen und diese schmerzhafte Geburt?« Sie hatte Kopf und Schultern ein paar Zentimeter vom Kissen gehoben, ließ sich jedoch wieder zurückfallen, und zwar mit einer solchen Wucht, dass der Fußboden unter dem Bett bebte. »Ohhh. Würdest du mir vielleicht verraten, was ich deiner Meinung nach hier tu? Posier ich etwa für ne Filmzeitschrift? Ohhhh. Gott.«

»Sachte.« Blanche lauschte der Darbietung mit gespitzten Ohren.

Ella May fürchtete sich nicht, aber sie hatte Angst, dass Tike sich fürchtete. Tike fürchtete sich nicht, war aber nervös, weil er Angst hatte, dass Ella May sich fürchtete.

Blanche hatte schon oft gesunde Gefühle zwischen Frau und Mann hin und her getragen, während ihrer Ausbildung im Krankenhaus und während der Geburten, die sie miterlebt hatte. Wie es dazu kam, dass sie in der Hütte der Hamlins weilte, ist eine lange Geschichte, zu der die Geburten etlicher Babys im Umkreis von hundert Meilen gehören. Sie besaß alle Dokumente, die eine Krankenschwester benötigte, war aber keine Ärztin. Sie konnte für einen Arzt einspringen, ihn aber nicht ersetzen. Sie konnte die meisten Untersuchungen durchführen, die ein Arzt durchführen kann, durfte sich aber nicht Ärztin nennen. Im ganzen County gab es nur einen Geburtshelfer, nur einen, der alle modernen Geräte, Ausrüstungen und Kenntnisse besaß. Es gab noch zwei weitere, einen zerstreuten alten Griesgram, der entweder kam oder auch nicht, und einen jüngeren Burschen mit schwarzem Schnurrbart, der die Nerven seiner Patientinnen mit seltsamen Zitaten aus berühmten Theaterstücken und Opern strapazierte. Blanche verlangte kein Geld. Wenn ihr zu Ohren kam, dass eine Frau schwanger war, stattete sie ihr einfach einen Besuch ab und redete einen Tag lang mit ihr. Gewöhnlich blieb sie für ein paar Tage oder Wochen, erhielt Kost und Logis und eine bestimmte Summe – was immer die Leute aufbringen konnten. Sie war weithin bekannt und wurde in jeder Farm- oder Ranchtür wärmstens empfangen. Da sie so hübsch war, hatte sie vielerlei leidenschaftliche Geplänkel mit Männern. Freilich schien niemand etwas Bestimmtes zu wissen, was ihr Liebesleben betraf, und in der Gegend kursierten viele Geschichten, solche, die dafür, und solche, die dagegen sprachen. Sie war keine Hebamme und auch kein Hoodoo-Heilerin. Ihre vollen Brüste und ihr kräftiger Körper bewirkten, dass mehr als ein Mann versuchte, mit ihr zu schlafen, ob im Haus oder im Freien. Tike Hamlin, den es nach einem aktiven Sexualleben gelüstete, hatte einige Male Gelegenheit gehabt, ihren Körper zu spüren, und mehrere Stunden am Tag und in der Nacht brannte er darauf, mehr von ihr zu spüren. Natürlich war sie ihm in diesem Punkt um mehrere Längen voraus und hatte sich nie auf ihn eingelassen.

Tike hatte nie die schwierige Kunst erlernt, seine Gelüste für sich zu behalten. Für ihn war ein Gelüst ein Gelüst – er war nicht der Urheber seiner Gelüste, also brauchte er sich ihrer nicht zu schämen. Wieder und wieder sagte er zu Ella May, wie gern er »diese Blanche auf eine Weise vernaschen würde, die sie bewundert«.

Ella May spürte, dass sie Tike nicht so wie sonst befriedigen konnte; falls sich jedoch ein leiser Schmerz in ihr regte, so wurde er mehr als wettgemacht durch die Freude, dass sie ein Kind unter dem Herzen trug, für sie das größte Wunder der Welt. Sie ging nicht einmal so weit, mit Tike zu schimpfen, weil er beim bloßen Anblick von Blanche mit den Lippen schmatzte. Sie sagte ihm bloß ein Dutzend Mal: »Das ist eure Sache, nicht meine.« Tike hatte sich allergrößte Mühe gegeben, Ella davon zu überzeugen, dass er seit Beginn ihrer Schwangerschaft mit ein, zwei anderen Frauen zusammen gewesen sei, aber sie hatte immer gewusst, dass er log. Wieder und wieder hatte er gefragt, ob sie ihm böse wäre, wenn er mit Blanche ins Heu gehen würde. Und wieder und wieder hatte Ella den Kopf geschüttelt und geantwortet: »Wenn du die Übung brauchst, nur zu.«

Und als die drei sich jetzt in dem kleinen Zimmer drängten, empfand Tike all die Freuden und Schmerzen, die Ella May mit seinem Kind im Bauch empfand. Schon jetzt war er stolz auf die neuen Aufgaben, die auf ihn zukommen würden, wenn das Kind heranwuchs. Er rannte hierhin und dorthin und half Ella bei der Hausarbeit. Meist übernahm er es, wenn es etwas zu heben oder zu ziehen gab, und doch konnte er nicht das heiße Feuer aus seinem Kopf verbannen, das aufflammte, wann immer seine Blicke Blanche taxierten. Es war nicht der Wunsch, wegzugehen und den Rest seines Lebens mit ihr zu verbringen, es war nur das alte Gelüst, sie zu berühren, sie zu halten, ihre Haut zu spüren, sie zu küssen und sie überall zu beißen. Er bemühte sich, dieses Gefühl zu unterdrücken, zu verhindern, dass es ihm in den Sinn kam, doch je mehr er dagegen ankämpfte, desto stärker wurde es.

Blanche wusste, dass die Wehen, die Ella May dort auf dem Bett erlitt, Tikes Leidenschaften nicht mindern würden. Vor dem Morgenlicht würde das Baby da sein, würde schreien und strampeln, aber Tike würde seine Empfindungen für sie auch dann noch hegen, wenn Ella May längst wieder herumlaufen konnte.

»Was halten Sie davon, eine Aufgabe zu übernehmen, Tike?«, fragte Blanche. Sie ging zur Waschbank, zum Herd, zum Schrank und zu ihrem Koffer, dann füllte sie zwei große Eimer und einen Teekessel mit Wasser und stellte sie zum Erhitzen auf die Kochplatten. »Eine, die dafür sorgt, dass Sie mir wenigstens für ein paar Minuten aus den Füßen gehen?«

»Ich wünschte, ich würd dir mal unter die Füße kommen. Tu ich aber nich.«

»Möchten Sie eine Aufgabe? Ja oder nein?«

»Ja.«

»Ziehen Sie Ihren Mantel und Ihre Handschuhe an, gehen Sie hinaus und holen Sie sich die Schaufel an der Hauswand, dann gehen Sie hinter den Kuhstall und graben ein Loch.«

»Ein Loch.« Tike stand einen Moment da. »Was für n Loch?«

»Einfach ein Loch. Oh. Ungefähr so groß wie ein Waschzuber. So tief.« Blanche bewegte sich schnell und geschmeidig im Zimmer umher. Tike verfolgte jeden ihrer Schritte. Er beobachtete sie, als wäre sie eine Art Maschine.

»Was willste denn damit? Sie begraben?« Halb lächelnd, halb ängstlich durchquerte er das Zimmer.

Ella May lag auf dem Bett und sah sich bereits in ihrem Erdhaus. Sie hatte nicht gehört, was gesagt worden war. Wie ein Baby stöhnte und seufzte sie zu ihrem eigenen Vergnügen vor sich hin.

»Scht.« Blanche nahm Tikes dickes Hemd vom Nagel und hielt es ihm hin, damit er hineinschlüpfen konnte. »Scht. Nur ein kleines Loch, groß genug, um die Nachgeburt zu verscharren, das ist alles. Hier. Hier ist Ihr Mantel. Ich weiß, es ist kalt da draußen im Schneesturm, aber wir müssen sie loswerden, wir können sie nirgends liegen lassen, weil die Tiere sie riechen und sich daran vergreifen werden.«

Damit Ella May nichts mitbekam, ging Tike hinaus und fluchte: »Ich kann nur sagen, bei Gott, verdamm mich zur Hölle, das is genau der richtige Zeitpunkt, mich wegen nem miesen kleinen Eimer Wasser in diesen verdammten blauen Blizzard rauszuschicken.« Er schlug die Tür so fest zu, dass das ganze Haus erbebte, und ging mit der Schaufel hinter den Kuhstall.

Ella May und Blanche hörten den dumpfen Klang der Schaufel, mit der er auf den festgefrorenen Mutterboden einhieb. In Ellas Ohren hörte es sich nicht wie eine Schaufel an, sondern wie der Klang von Glocken, von Glocken mit tausend Tönen, und die Glocken hatten Zungen und sangen aus ihren Mündern. Sie sah die Glocken, die mit ihrem Geläut das Zimmer füllten, über die ganzen Plains verteilt. Sie spürte, wie das Baby sich senkte, sich ein winziges Stück weiter nach unten bewegte, sich von Neuem senkte und weiter nach unten schob. Sie wollte nicht, dass Tike oder Blanche die Schmerzen bemerkten. Um den stechenden Schmerz zu überspielen, der oberhalb ihrer linken Brust brannte, lächelte und lachte sie. Tike, hinter dem Kuhstall im Schneesturm, hatte nicht die leiseste

Ahnung, das das Klirren seiner Schaufel bis ins Zimmer drang. In ihrer Vorstellung vermengte Ella den Klang der Schaufel mit dem Kurbelgeräusch der Zentrifuge und dem Scheppern der Milcheimer. Als ihre Träume vorüberwirbelten, schloss sie lächelnd die Augen und sprach im Flüsterton.

Blanche verstand zwar ein paar Worte, aber nicht genug, um ihnen einen Sinn abzugewinnen. Sie hantierte mit ihren Tüchern, alten Lumpen und Zeitungen, befestigte zwei Gummiunterlagen am Kopfende des Bettes und redete mit Ella, als wäre ihr jeder Schmerz, jedes Lächeln, jeder Gedanke völlig vertraut. Alle vier Kohlenölbrenner auf dem Herd waren angezündet und verströmten ein weißliches, rötliches, lilanes Licht durch die Glaskeramikscheiben. Die Dämpfe von den gerade angezündeten Brennern vermischten sich mit dem Dunst des heißen Wassers in den Eimern, und Blanche spürte ein Stechen in der Nase. Sie runzelte die Stirn, während sie arbeitete, und betete, dass die Dämpfe Ella Mays Zustand nicht noch verschlimmerten. Der heiße Ölruß in der Luft wurde schwerer und setzte sich auf die Spinnweben in den Zimmerecken, wo der Wind am leichtesten hingelangte. Und Blanche arbeitete mit einem schweren Gewicht in ihrem Körper, einem Gewicht, das immer schwerer wurde, je länger sie sich umsah in diesem Haus der Fäulnis. Sie leckte sich über die Lippen, dann schluckte sie den Speichel hinunter und schmeckte das saure Brennen des Winterstaubs und der Öldämpfe.

Auch Ella May schmeckte den giftigen Staub, und sie fragte: »Wo kommen all die Kuhglocken her?«

Blanche spitzte die Ohren in Tikes Richtung. Sie machte sich am Herd zu schaffen, berührte einen Topf, bückte sich, um durch die Scheibe eines der Brenner zu spähen, holte von der Waschbank einen zusätzlichen Schöpflöffel Wasser und schüttete ihn in die Eimer. Ihre knubbelige rosa Nase glänzte wie die glatte Haut einer Kirsche. Tränen trübten ihre Augen wie heißer Atem eine frostige Fensterscheibe. Sie überlegte, ein Fenster zu öffnen oder eine Tür aufzureißen, wusste aber, das würde nur noch mehr Dreck ins Haus bringen. Von den Gerüchen des Ölofens hatte sie rot geränderte Augen, und ihre Schläfen pochten und schmerzten. Als Antwort auf Ella Mays Frage sagte sie nur: »Hmmmm? Glocken? Kuhglocken?«

Ella May versuchte zu lachen. »Ich höre Glocken. Das können keine Kirchenglocken sein.« Sie bewegte sich unter der Bettdecke. »Das müssen Kuhglocken sein.«

»Schon möglich. Hier, heben Sie ein wenig die Hüften an. Ich will nur die Gummiunterlage drunterschieben. Hier. So ist gut. Jetzt. Heben Sie Füße und Beine an. Haben Sie arge Schmerzen? Hier. So. Da. Ist doch besser so, oder?« Blanche legte die Gummiunterlage zurecht, bevor der kalte Luftzug zu Ella Mays Haut vordringen konnte. »Ich wüsste keine anderen Glocken, die hier auf den Plains läuten.«

»Besser. Ja. Aber ich, ah, seh zehn Millionen Gesichter in den Glocken. Halb wie Glocken. Halb wie

Menschen, die singen. Ich seh die Menschen in den Glocken und die Glocken in den Menschen. Und alle läuten zusammen. Alle läuten gleichzeitig. Alle gemeinsam.« Ella hatte den Mund weit geöffnet und die Worte in ihr Kopfkissen gesprochen. Der warme Atem auf dem Bezug fühlte sich für ihre Augenbraue gut an, und sie schob ihre Wange dichter an die warme Stelle. »Jede Kuhglocke hat in ihrem Innern zehn Menschen, und mit jeder Kuhglocke kommen und gehen zehn Menschen. Zehn Menschen leben, zehn Menschen sterben, und die Kuhglocke läutet immer weiter. Und jedes Mal, wenn die alte Kuh die Glocke an ihrem Hals läutet, reden zehn Menschen durch das Gewimmel des Gebimmels. Und wenn die alte Kuh gewogen und verkauft wird, geht die Glocke mit ihr weg oder fällt runter, und dort, wo sie hingefallen ist, stolpert jemand mit den Zehen drüber, und die Stimmen sind in ihr. Aber die Stimmen sind im Schlamm abhandengekommen und in der Erde getrocknet. Und ich gehe, und ich sehe. Und das hier bin ich, wie ich gehe und sehe. Und bei meiner Seele, ich hab nie gewusst, warum, aber immer wenn ich ne alte Kuhglocke aus Messing gefunden hab, hatte ich das beste Gefühl der Welt. Ich seh sie in der Erde. Ich bleib stehen und grab sie aus. Ich mach sie gründlich sauber, dann greif ich nach dem Henkel oder nach dem Band und schüttel sie, so fest ich kann. Und natürlich läutet sie nich. Sie läutet nich, weil ich n paar Brocken Erde vergessen hab. Deswegen taste ich mit dem Finger innen rum und kratz die Erde raus. Mit Regen vermischte, von der Sonne getrocknete Erde. Alle möglichen Hufab-drücke von Pferden, die durch den Schlamm gestapft sind. Männer und Frauen, die mit ihren Kindern loses Heu und Gras, trockenen Dung in den Schlamm ge-stampft haben. Und sie stoßen die Kuhglocke in den Schlamm und schneiden ihn in große quadratische Blöcke. Und während sie heben und schleppen und arbeiten, läutet ab und zu die Glocke, nur ein leises Gebimmel, ein ganz leises Gebimmel. Aber im Mes-sing der Glocke höre ich all ihre Stimmen. Und wenn sie die quadratischen Blöcke schneiden, sickern ihre Stimmen in die sonnengetrockneten Ziegel, is das nich komisch? Und wenn die Ziegel in ein Haus getragen werden, is all ihr Brüllen, Scherzen, Lachen, Weinen, alles das is im Haus, in den Wänden, Decken und Fuß-böden, und auf den Höfen und den Feldern. Verrückt. Dumme alte, alberne alte Kuhglocken.«

Blanche war geschäftig im Zimmer unterwegs. Aus ihrem Koffer unter dem Bett holte sie einen weißen Kittel zum Überwerfen und band sich mit einem bunten Tuch die Haare zusammen. In Ellas Gerede schwang ein Ton mit, der von einem Fieber herrühren mochte, von einem Schmerz, den Ella zu verbergen suchte. Ein zerfasernder, wahnhafter Ton. Ein Strom von Worten aus dem Unterbewusstsein. Ellas Wehen waren nicht so heftig, dass sie Fieber haben konnte. Blanche schüttelte ein Thermometer und legte es un-ter Ellas Zunge.

Als Blanche Ella Mays Gesicht berührte, fand sie es etwas zu heiß, aber das mochte daran liegen, dass sie ihre Hand in das Wasser auf dem Herd getaucht hatte. Durch die dunkle Scheibe des Nordfensters sah Blanche die ersten Schneeflocken im Sturm fliegen. In den vergangenen paar Stunden hatte der Wind zu heftig geweht, die Wolken waren zu schnell, zu hoch vorübergezogen, die Nacht zu kalt gewesen, als dass sich Schnee hätte bilden können. »Ein blauer Blizzard ist kein blauer Blizzard, solange es kein Schneetreiben gibt«, sagte sie zu sich selbst. Aber ihre Worte mussten lauter gewesen sein, als sie dachte, denn Ella May überspielte ihre Schmerzen mit einem Lächeln und erwiderte, das Glasröhrchen im Mund: »Scholang schisch der Schschnee nisch zu Tode weht, isches kein eschter blauer Blizzard.« Und Blanche legte die Hand auf Ellas Stirn und sagte: »Versuchen Sie, nicht zu reden. Sie verschlucken mir noch das Thermometer. Ich habe kein anderes.«

Und durch das Schneetreiben hindurch hörten sie wieder das Klirren der Schaufel, die Tike jetzt am Stall in tiefere Erdschichten stieß.

»Dasch schind meine Glocken. Hörscht du?« Ella erstarrte.

»Ich habe gesagt, Sie sollen still liegen bleiben. Seien Sie ruhig. Ich höre keine Glocken. Ich höre nur Tike, der oben im Dachstock mit seinen Traktorteilen herumhantiert. Würden Sie bitte, bitte ruhig sein, Ella May, wenigstens für eine Weile? Ich möchte sehen, ob Sie Fieber haben. Still.«

»Dass Tike aber auch dauernd mit diesen alten Teilen herumhantieren muss. Er glaubt, er könnte einen neuen Traktor daraus bauen. Hören Sie keine Glocken?« Ella May wälzte den Kopf auf dem Kissen. Sie öffnete die Augen einen winzigen Spaltbreit, doch angesichts des vor ihr umherwirbelnden Zimmers kniff sie sie wieder zusammen. »Menschen? Glocken?«

»Hören Sie auf zu träumen.« Blanche zog das Fieberthermometer aus Ellas Mund und hielt es ins Lampenlicht. »Das strengt Sie zu sehr an. Hmmm.«

»Ich glaube, du lügst«, sagte Ella zu Blanche. »Du bist eine alte Lügnerin. Eine Lügnerin. Eine Lügnerin, die sich verkleidet hat, um mich zu täuschen. Lieber träum ich, als zu leben, ohne träumen zu können.« Und nach einer Weile fügte sie hinzu: »Träumen.«

»Scht. Dachte ich's mir doch. Zwei Grad erhöhte Temperatur. Hmmm.« Blanche spielte mit den Fingernägeln an den schmiedeeisernen Reben und Blumen am Kopfteil des Bettes. »Tut Ihnen außer Ihrem Baby sonst noch was weh? Sonst noch irgendwo Schmerzen? Das muss ich wissen.«

»Nein. Du hast mich angelogen. Scht. Und wenn ich n glühend heißen Schürhaken in der Brust stecken hätt, würd ich dir nichts sagen. Ich hab dir mehr als zehn Dutzend Mal gesagt, nein. Nein. Nein. Nur das Baby.«

»Verstauchungen? Prellungen? Kopfschmerzen? Haben Sie sich irgendwo wehgetan?« Blanche wischte das Thermometer an einem weißen Tuch ab, dann ließ sie es in das Etui gleiten, das sie in ihre Tasche steckte. »Sie haben schon jetzt mehr Schmerzen, als Sie haben sollten. Wenn Ihnen etwas anderes wehtut, sagen Sie's mir. Ich muss es wissen.«

»Nur das Baby. Es zerrt. Es schiebt. Dieses Schieben. Das alles. Nur das Baby. Wenn das erst mal vorbei is, wird's mir gut gehen«, log Ella, aber ihre Geschichte klang überzeugend.

Blanche wusste, wenn die Wehen schon jetzt einen solchen Fieberwahn auslösten, würden sich die Dinge erheblich verschlimmern, bevor das Baby das Licht der Lampe erblickte. Sie hatte andere Fälle erlebt, bei denen einer schwangeren Frau schmerzhafte Stellen, Knochen- und Sehnenprellungen, Verstauchungen und Brüche, die sie eigentlich längst vergessen hatte, wieder eingefallen waren und sie so geschmerzt und geängstigt hatten, dass ihre Muskeln sich verkrampften und ihre Nerven sich verspannten. Die Geburt hatte länger gedauert und war doppelt so schmerzhaft und weit gefährlicher geworden. Dergleichen konnte sie nur behandeln, wenn Ella May ihr alle schmerzenden Stellen zeigte, die von alten Verletzungen herrührten. Ein oder zwei ihrer Nerven waren eingeklemmt, in ihrem Hirn tobten fiebrige Sorgen. Dadurch wurden die alten Schmerzen heftiger, und unzusammenhängendes, nur halb bewusstes Sprechen war die Folge. Vielleicht konnte sie der Sache im Lauf der Nacht auf den Grund gehen.

Tike schleifte seine Schaufel über den Hof und hörte sie auf dem festgefrorenen Boden klirren. Noch lauter klirrte sie, als er sie gegen die Hauswand warf. Er war ein wandelnder Sack voller Ängste und Hoffnungen, und das Klirren klang noch in seinen Worten nach, als er die Tür aufstieß und sagte: »Draußen schneit's zum Gotterbarmen. Bin ich etwa immer noch nich Papa, nach all meinem Graben und Frieren?«

Im flackernden Schein der Lampe sah er, wie Blanche den Finger an die Lippen legte, und seine Worte verloren sich am Caprock. In beschämtem Kummer ließ er den Kopf hängen, weil er vergessen hatte: Ella durfte nicht wissen, dass er ein Loch in die Erde gegraben hatte, um ihre Nachgeburt darin zu verscharren.

»Psst.« Im Flackern der Lampe war Blanche nicht allzu deutlich zu erkennen. Doch ihr »Psst« war deutlicher als jede Schlange, die Tike je im Gras hatte zischen hören.

»Tikey Doodle?« Ellas Stimme klang hoch, abgehackt, in lose Halme zerbrochen. Dann wurde sie vom Heulen eines Windstoßes übertönt, der unter dem Fußboden jammerte. »Du? Tikey Dude?«

»Bin gespannt, wie du mich als Nächstes nennen wirst.« Er schlüpfte aus Mantel und Pullover und hängte sie an ihre Nägel. »Ja. Ich bin's. Wo is mein Gör? Ich meine, Baby? Ich komm und hol ihn.«

»Du holst dir den Tod, da oben, in der feuchten alten Schlafstelle. Lass die alten Traktorteile in Ruhe, bis es wärmer wird.« Das Bettzeug dämpfte ihre Worte.

Tike starrte Blanche mit offenem Mund an. »Ahhh. Schlafstelle? Ah. Aber, Lady.« Er dachte sich schnell eine Geschichte aus. »Ahh, ich schwör bei Gott, Lady, ich hab da oben den besten Traktor von Texas zusammengebastelt. Is ne Überraschung! ne Überraschung! Wir pachten sechshundert Morgen Weizenland dazu, Lady! Sechshundert! Hab alle alten Teile genommen, habse genommen und verdrillt, ich meine, habse genommen und verdrahtet. Alle zusammen! Und den größten, schönsten Traktor der Welt gebaut!«

»Ich habe nicht den leisesten Zweifel.« Ellas Lachen verstärkte noch den Schmerz oberhalb ihrer Brust. »Und wie soll das Ding heißen? Dein Traktor?«

»Ahhh. Hamlin. HAMLIN! Besser als jeder andre auf dem Markt! Wart nur, bis du ihn zu Gesicht kriegst!«

»Ich sterbe vor Neugier.«

Das Wort »sterbe« ließ Tike einen eiskalten Schweißschauer über den Rücken laufen, aber er trat von einem Fuß auf den anderen und versuchte, noch tapferer zu schauspielern. »Wirst noch genug davon hören. Keine Bange. Jetzt schone dich und lass erst mal den kleinen Tike Hamlin aus deinem Bauch purzeln. Ohne den kann ich den Traktor nich von oben runterholen. Also bleib liegen und mach dir keine Sorgen, immer hübsch langsam. Denn der is, der is der Einzige, der ihn runterheben kann, während ich das Dach für ihn hochhalte.« Er spürte ein solches Zittern in seinem Körper, dass er auf die Knie sank und zum Bett hinüberkroch. Es war Blanche, die ihm ein Zeichen gab, als wollte sie sagen: »Wir wollen doch nicht, dass sie wieder unruhig wird.«

»Ist das dein neuer Traktor, den ich da höre? Oder eine Feder, die durch die Luft schwebt?«

Blanche gab ihm wieder ein Zeichen. Er hasste sie dafür, dass sie ihn in seinem eigenen Haus herumkommandierte, und tausend Flüche kamen ihm auf die Zunge. Er hielt die Lippen geschlossen, so fest er konnte, und es gelang ihm, die Worte hinunterzuschlucken. Aber vergessen würde er das nicht; sobald er Blanche das erste Mal ohne Ella May in der Nähe erwischte, würde er sie damit niedermähen.

»Das Geräusch, das du hörst? Das da?« Er legte die Hand ans Ohr und ging zum Nordfenster. »Das sind die laut lärmenden Schneeflocken, die draußen aufeinanderprallen. Die machen so n verdammten Krach, dass ich nich mal meinen neuen Traktor hören kann. Horch. Horch. Nichts. Die goldnen Schneeflocken. Kann nich mal meinen eignen Traktormotor hören.«

Blanche ließ ihren Blick über Ellas Gesicht wandern und wollte ihr in die Augen schauen. Sie runzelte leicht die Stirn. Waren diese Albereien zwischen Mr und Mrs Hamlin gut oder schlecht für das Baby? Nun, sie hatten ihre gute Seite. Ella war ruhiger geworden, weniger angespannt. Tikes Augen waren so voll von flackerndem Lampenlicht, dass er sich wie ein Feuerteufel vorkam, als er sich in der Fensterscheibe gespiegelt sah, vor der der Schnee peitschte. Und das Gefühl, das ihn überkam, als er seine Augen leuchten sah, war: »Ich bin ein Teufel. Ich bin ein Teufel mit neun kleinen Teufeln, die mir vom Dreizack springen.« Natürlich, das waren seine Gedanken, seine Gefühle. Aber seine Gefühle vermischten sich mit dem wirbelnden Nordwind, und er blieb weiter ein Teufel. Er blies seinen heißen Atem gegen das kalte Glas, malte einen Kreis mit zwei Punkten als Augen, einem Neumond als Mund und zwei Neumonden als Hörner, und lachte. »He, Blanche. Willste n Bild vom Baby sehen? He?« Und als Blanche ein, zwei Schritte durchs Zimmer tat und mit kalter Abneigung sein Kunstwerk betrachtete, schlug Tike sich mit den Händen auf die Schenkel und blieb lange Zeit lachend stehen.

»Wenn ich Ihre Frau wäre und ein Baby bekäme, und Sie würden ein solches Bild von ihm auf die Fensterscheibe zeichnen, glauben Sie mir, ich würde einen Besen holen und Sie tüchtig verkloppen.« Und Blanche machte einen kurzen Gang durchs Zimmer, um sich zu vergewissern, dass alles bereit lag, was in der Nacht benötigt wurde. Sie benannte jeden Gegenstand: »Seife. Wasser. Tücher. Handtücher. Waschlappen. Gummiunterlagen. Handschuhe. Chloroform. Watte. Papier. Zange und Schere.« Dann deutete sie auf ihren schwarzen Koffer und nickte dem Inhalt zu.

»He, Blanche«, sagte Tike, als sie in die Nähe seines Fensters kam. »Wenn du das Baby siehst, wirst du genauso eins haben wollen, wetten, dass? Wart's nur ab.«

»Heißes Wasser. Besen. Scheuerlappen. Oh. Was? Das glaube ich gern. Ich weiß, ich werde ganz versessen darauf sein, eins zu haben. Das haben mir schon viele stolze Papas gesagt. Aber bisher haben sich alle geirrt. Streichhölzer. Alkohol.«

»Du wirst schon sehen. Wart's nur ab.«

»Sie wollen sich über mich lustig machen. Aber ich würde wirklich gern ein Baby haben. Ich geb's ja zu.« Sie blickte hinaus nach Norden.

»Ich mach dir n günstiges Angebot.«

»Was?«

»Wenn du kommst und mir hilfst, mein Erdhaus zu bauen, schenk ich dir das hübscheste Baby der nördlichen und südlichen Plains.«

»Kommt Ihr Gehirn eigentlich bei keinem anderen Thema in Gang, außer wie man Babys macht?« Blanche behauchte ebenfalls das Fensterglas und malte Kreise mit Punkten als Augen, Nase und Mund.

Tike berührte die Scheibe mit den Fingerspitzen, fügte Blanches Gesichtern Teufelshörner aus Halbmonden hinzu und sagte: »Nee. Sonst nix. Nur Babys. Und Erdhäuser, um sie drin aufzuziehen.«

Blanche zeichnete kahle Bäume, Grashalme, Wildkräuter, alles in der Ecke der Fensterscheibe. Um in dieser Situation die Oberhand zu behalten, schüttelte sie langsam, ernst den Kopf, schürzte die Lippen und sagte: »Ich weiß, dass Sie mich nur zum Narren halten, Tike. Ich meine, Mister Hamlin. Aber ich möchte wirklich ein Baby. Und nicht nur *ein* Baby, sondern mehrere hübsche Jungen und mehrere hübsche Mädchen. Und natürlich möchte ich liebend gern ein schönes, großes, wetterfestes Haus, vorzugsweise das aus Erde, von dem Sie dauernd reden. Und weil ich natürlich einen Mann haben muss, bevor ich meine Babys und mein Haus haben kann, werde ich mich an Sie erinnern und einen so bedeutenden Erfinder, ahhh,

Hersteller von, ahhh, Hamlin-Traktoren im Sinn behalten. Aber dieses Land ist ein freies Land, und ich
finde, Sie sollten mir die volle Freiheit gestatten, mög-
licherweise einen, vielleicht auch zwei oder drei andere
Männer für diese Aufgabe in Erwägung zu ziehen.
Stimmen Sie mir zu?«

»Gewiss. Gewiss. Du meinst, du würdest vielleicht?
Du würdest mich vielleicht nehmen?« Tikes Gesicht
in der Fensterscheibe wirkte ernst. »Hab ich ne
Changse, eh?«

»Eine Chance?«, verspottete ihn Blanche. »Natürlich haben Sie eine Chance. Eine Chance und mehr
als nur eine Chance.«

Als Tike ihre Worte wiederholte, schüttelte er den
Kopf, bis sein Hals ermüdete. »Mehr als nur ne
Changse? Mehr als nur ne Changse? Boh. Hey. Ha.«

»Schließlich sind Sie ein Mann, und ich bin eine
Frau. Und die Kraft, die Mann und Frau zueinander
zieht, ist größer und stärker als die Kräfte, die kleine
Traktoren beim Pflügen oder Ernten antreiben oder
kleine blaue nördliche Schneestürme auf die Häuser
der Menschen bläst.«

Tike machte Augen, groß wie Untertassen, und
sein Mund war eine Höhle voller Fledermäuse. »Uh-
uh. Ja. Gott.«

»Ein Mann und eine Frau müssen sich zusammentun. In den Stürmen des Lebens müssen sie zueinan-
derfinden. Sie müssen sich aneinanderklammern und
einander festhalten und zusammenkommen. Das müssen sie. Das müssen sie einfach.«

»Genau.«

»Immerhin bin ich ein hübsches Mädchen, wenn man mich ausgezogen hat. Meine Beine sind ziemlich in Ordnung, und meine Taille wird nicht viel dicker werden. Ich habe rosige Wangen und volle Brüste. Ich betrachte mich im Spiegel und denke, wie dringend ich einen Mann und all die kleinen Babys brauche, von denen Sie dauernd reden. Und Sie, jung, dreiunddreißig, kräftig, ziemlich schlank, nicht allzu klug, aber feurig und vom Wind gegerbt, meinen Sie nicht, dass Sie mehr als nur eine Chance haben?«

Tike hatte lange und heftig den Kopf geschüttelt und konnte gar nicht mehr damit aufhören. Er wollte etwas sagen, brachte aber nur ein paar hingestammelte, hingestotterte Worte heraus.

»In den Staaten des Mittleren Westens gibt es nicht mehr als, nun, sagen wir, fünfzehn oder sechzehn Millionen Menschen, und ich schätze, nicht mehr als sechs oder sieben Millionen davon sind Männer. Der Rest sind Frauen, und natürlich würde ich keine der Frauen heiraten, also bleiben nur die Männer übrig, die ich heiraten könnte, und hier sind Sie nun, genau hier, und ich weiß ziemlich gut Bescheid über Sie. Ich bin mit einigen Ihrer kleinen Gewohnheiten vertraut, und ich verstehe Sie sehr gut. Nur muss ich mir erst noch die anderen sechs oder sieben Millionen anschauen, um mich zu entscheiden. Es sieht also gut aus für Sie. Verstehen Sie? Als Sie eben so töricht waren, mich zu fragen, ob die Chance besteht, dass wir beide Babys zusammen haben, Erdhäuser zusammen haben, ist Ihnen da gar nicht aufgefallen, wie nahe Sie daran waren, den Kopf auf den Nagel zu schlagen?«

»Uh-uh.« Die Hände in den Hosentaschen, befühlte Tike seine Beine. Er lehnte sich an die Wand, und seine Gedanken wanderten hinaus in das Schneetreiben. »Gott nein. Ich, ahh, eh, hab nich gesehen, dass ich meinen Kopf, ahh, auf den, ahh, Nagel geschlagen hab.« Und dann dachte er, wie albern das ganze Gespräch geklungen haben musste, ließ seinen Blick am Fenster herunterwandern und sah, wie der Schnee hereinwehte und sich mit dem Staub vermischte.

Ella May auf ihrem Bett gluckste und lachte in sich hinein. Blanche ließ Tike am Fenster stehen und ging zu Ellas Bett. »Haben Sie Ihren Mann und mich reden hören?«, fragte sie. Und Ella May lachte wieder und antwortete: »Nein, ich hab mich nur darüber amüsiert, wie diese kleine Armee in meinem Bauch um ihre Freiheit kämpft. Wie sie darum kämpft, das Licht der Welt zu erblicken. Oder den Staub der Welt.«

Tike redete mit sich selbst. Mit den Fingern machte er Bewegungen wie ein Schlammbagger und sagte: »Hmmm. Teufel noch eins, ich müsste zehn Häuser aus Erde bauen, bevor ich n gottverdammtes Mädchen wie Blanche auch nur küssen könnt.«

VIERTES KAPITEL

Hammerklang

Die Dunkelheit war früh, gegen sechs Uhr, hereingebrochen, und Ella Mays Wehen hatten fast genau um halb zehn eingesetzt. Blanche ließ das Wasser weitersieden, und alles, was sie benötigte, lag griffbereit. Sie hatte Ella aus ihrem Hauskleid in ein sauberes weißes Baumwollnachthemd geholfen. Inzwischen war der Schnee draußen liegen geblieben. Der Wind trieb die Schneeflocken in wirbelnden Wolken umher, seine Geschwindigkeit wirkte schneller, lauter, einsamer. Und die Stunden der ersten Wehen waren für Ella May so langsam und so fröhlich, so eintönig und so konfus vergangen wie das Schneetreiben draußen. Der Wecker auf dem Apfelsinenkistenregal zeigte an, dass es halb zwei war, ein neuer Tag. Die eigentlichen Geburtswehen hatten Ella regelrecht überfallen, und Tike ging auf und ab, rang die Hände, pulte an seinen Fingernägeln, rieb sich Wangen und Hals und zog so lange an seinen Ohren, bis ihm der Schmerz durch die Schläfen schoss.

In seiner Nervosität sagte er zu sich selbst: »Diese Blanche is kaltherzig, das is alles. Die hat einfach kein Herz. Darum läuft sie mit so ner Jammermiene rum und is überhaupt nich aufgeregt. Hat n Herz wie ne Marmorplatte.« Aber in seinem Innern wusste er, dass er sich etwas vorlog. Er wusste, dass er nur seine eigene

Unkenntnis verteidigte. Was, wenn er allein hätte helfen müssen, den kleinen Tike auf die Welt zu bringen? Der Gedanke traf ihn wie ein Blitz, und er fühlte sich kalt und steif wie ein im Schneesturm gefrorener Pflock. Er wusste nicht, wie er Blanche sagen sollte, dass er sich freute, weil sie da war, herumging und herumredete, die Dinge mühelos tat, die Dinge richtig tat. In seinem Kopf stürmte es so heftig, dass er sich auf die unterste Stufe setzen und ihn in die Hände nehmen musste. Er fuhr sich mit den Fingern durch die Haare, klopfte mit den Füßen den Takt zu Melodien und spürte, wie sich sein Leben senkte und hob im Einklang mit Ella Mays Stöhnen und Seufzen.

Er war es müde, auf und ab zu gehen, war es müde, nur dazusitzen und das Kinn in die Hände zu stützen, war es müde, zu zittern wie Eiskristalle an einer Pflanze, also stand er auf und wollte durchs Zimmer zum Bett gehen, wo Blanche Ella May im Auge behielt, die von Wehen überwältigt wurde. Er hatte kaum einen Schritt in ihre Richtung getan, als Blanche ihn zurückwinkte. Nur eine leichte Handbewegung, nicht einmal eine kräftige, und schon blieb er abrupt stehen wie ein zwischen die Hörner getroffener Büffel. Diese eine kleine Handbewegung ließ seine Haarwurzeln, seine Fingerspitzen und seine Zehennägel glühen. Sie bereitete ihm im Husch einer kurzen Sekunde mehr Schmerz als andere Höhen und Tiefen seiner dreiunddreißig Jahre auf den Plains.

Man nennt Sie eine ausgebildete Krankenschwester. Nun hören Sie mir mal gut zu, Sie ausgebildete

Krankenschwester. Seien Sie still und hören Sie mir zu. Dieses Haus gehört mir nicht, weil ich es nicht gebaut habe. Und selbst wenn's mir gehören würde, ich würde es nicht wollen. Ich würde das verdammte Ding nicht haben wollen, und wenn's in Vaseline verpackt wäre. Aber ich pachte es ja nur. Ich pachte es, verstehen Sie? Kapieren Sie das? Und hier bin ich der Boss — bis ich der Boss von einem Erdhaus oder etwas Besserem bin. Und falls Sie in Ihrem Hirnkasten meinen, Sie könnten einfach da drüben sitzen und mir mit der Hand oder auch nur mit ein oder zwei Fingern winken, damit ich auf dem Boden Hundetricks vorführe, haben Sie sich gründlich getäuscht.

Aber nein. Halt. Warten Sie. Rennen Sie nicht weg. Ich bin wohl etwas zu schnell aus der Haut gefahren. Sie haben sich bestimmt ziemlich anstrengen müssen für Ihr Krankenschwesterndiplom. Es ist ja nicht so, als würde ich Sie jede Nacht des Jahres Boss sein lassen. Ich würde mich von einer Frau nicht jede Nacht des Jahres herumkommandieren lassen. Aber es geht ja nur um diese eine Nacht, und irgendwie sind Sie Gast, und na ja, vielleicht lasse ich mich gern ein bisschen von Ihnen herumkommandieren.

Vielleicht. Nur ein bisschen. Wenn man Gäste hat, erlaubt man ihnen ja auch, sich im Haus frei zu bewegen, zumindest für eine Weile. Sonst wären es ja keine Gäste. Dazu sind Gäste doch da. Leute, die hereingerannt kommen und das Kommando übernehmen. Also nur weiter so. Winken Sie mich nur weg. Ich habe meine eigenen Vorstellungen davon, was zu tun ist, damit meine Frau gern ein Baby bekommt, und ich will an ihrer Seite sein. Aber nein. Nein. Nein. Sie behaupten, ich bin voller Bazillen und Mikroben und Schädlinge und Würmer, die auf der Erde kriechen. Heiliger Strohsack und verwünschte Zentrifugen! Ich bin größer als wie n verdammter Bazillus, oder? Oder? Guck mich an. Schon mal n Keim gesehn, so groß wie mich? Ganz bestimmt nich, Boss, haste nich und wirste nich. Ich verdresche jeden Bazillus, der läuft, fliegt, rennt oder kriecht. Ich hab nich mehr Bazillen an mir als du an dir, aber ich wink dich auch nich jedes Mal weg, wen du auf ihr Bett zugehst, oder?

Wenn jeder immer nur den Zeigefinger hebt und die Eltern vom Bett weghält, würden keine Babys nich geboren. Harte Zeiten, verdammt noch mal. Wink du nur mit der Hand. Ich seh's. Wink nur. Wink noch mal. Kein Gefühl auf dieser Erde fühlt sich auch nur halb so schlimm an, wie wenn dich jemand in deinem eignen Haus mit erhobnem Zeigefinger rumkommandiert. Is schließlich meine Frau, oder? Is nich deine Frau. Du bist ausgebildete Krankenschwester. Du wirst nie ne Frau haben, solang du lebst und atmest.

O Gott. Gott Jerusalems und aller Hecken und Zecken. Gott aller Ruckler und Zuckler. Kein Sterblicher kann auch nur einen Schritt machen, wenn ihm ne ausgebildete Krankenschwester in weißer Tracht mit dem Finger droht. Das zieht einem glatt den Boden unter den Füßen weg. Lässt einen gefrieren. Was im Namen der kleinen Schrittameisen soll ich mit mir anstellen? Hier stehen und im Zimmer auf und ab gehen, bis ich völlig durchdrehe?

Die Babys der nördlichen Upper Plains werden mit den Schmerzen der Wartenden geboren.

Tike war froh, als Blanche nickte und ihn heranwinkte. Er brachte fast das Haus zum Einsturz, so schnell durchquerte er das Zimmer. Und er hörte Ella mit den Zähnen knirschen, laut wie ein Traktor, der über Glasscherben fährt, er hörte sie so laut stöhnen, dass sein ganzer Körper zitterte. Doch egal, wie viel Angst er hatte, in einer Anwandlung von Stolz wünschte er sich, dabei zu sein.

Blanche musste ihm zeigen, was er mit sich anstellen sollte. Sie lachte und fand, dass *er* Bett und Behandlung brauchte, nicht Ella May.

Er sah, wie Ella Mays Körper hart, steif, blau und lila wurde, dann blass, dann kurz wieder locker und gelenkig, dann fest. Fest und gehärtet wie der eiserne Kopf eines Vorschlaghammers, hart und straff wie die Saiten einer Violine. Sie bewegte Füße und Zehen, als schwimme sie auf dem Rücken in unruhigen Gewässern, und ihr ganzer Körper schien in so tiefem Wasser dahinzutreiben, dass sie alle zwei Sekunden unterzugehen drohte. Mit Armen und Händen versuchte sie, das Gleichgewicht zu halten, und Blanche zeigte Tike, wie er Ella May helfen konnte, dass sie flach auf dem Rücken lag und die Beine spreizte.

»Holen Sie den Besen da drüben«, sagte Blanche und nickte in die Richtung. »Sie soll sich am Stiel festhalten. Ihre Hände beschäftigen.«

Tike griff in die Ecke, wo das Radio stand, und drückte Ella den Besenstiel in die Hände. Er sah, wie Blanche ein paar Tropfen Chloroform in einen mit Watte gefüllten Papiertrichter träufelte. Der beißende Geruch ließ ihn schnauben. Er konnte nur noch sagen: »So?«

»Stellen Sie sich hinter ihren Kopf und ziehen Sie in die andere Richtung.« Blanche behielt den Vorgang im Auge, wie ein Bomberpilot eine Stadt beobachtet, die tief unter ihm in tausend Stücke gesprengt wird. »Ziehen Sie. Fester.«

»Junge, Junge. Allmächtiger. Verdammt, die hat vielleicht Kraft. Die zieht mich ja fast durchs Bettgitter.«

»Ja, die werden stark wie ein Traktor.« Blanche hielt Ella May eine Sekunde lang den Trichter mit Watte vor die Nase, dann legte sie ihn auf den Esstisch. Sie war sich der drohenden Konflikte zwischen Tike und sich sehr wohl bewusst. In diesem Moment wurde sie zu einem völlig anderen Menschen. Zu einer Dame voller Ernst, Anmut und Würde, in jeder Bewegung ihres Körpers vollkommen beherrscht. Zu einer College-Absolventin in einer größeren Schule. Ihre flinken Füße, Hände und Arme bewegten sich mit feiner, exakter Präzision und einer ruhigen Sicherheit, von der Tike getroffen wurde wie ein Gehölz vom Blitz. Sie lächelte nicht. Ihr Gesicht war nicht traurig, nicht beunruhigt und nicht feierlich. Es war einfach ihre Art, sich zu bewegen, ihr unangestrengtes Kommen und Gehen. »Stark wie ein Traktor«, sagte sie noch einmal.

»Ihr passiert doch nichts, oder?«, fragte Tike. Er sah genau hin. Er wunderte sich, er sorgte sich, und er fühlte, wie im Zimmer neue und äußerst merkwürdige Gedanken Gestalt annahmen.

Er sah, wie das Baby geboren wurde. Erst der Kopf. Tike löste sich schier auf vor lauter Angst, weil er glaubte, die Kraft von Ellas Muskeln würde den Kopf wie eine Melone zerquetschen.

Er sah den Kopf – glitschig und rot, ganz weich und von blauen und lila Äderchen durchzogen. Und er sah, wie Ella Mays Körper sich krümmte und wand. Sie schluchzte und stöhnte vor Schmerzen. Zwischen- durch lachte sie, um Tike zu beruhigen. Und er sah, dass Ella für jeden Zoll, den das Baby zurücklegte, eine ganze Meile des Elends zurücklegen musste, aber eines Elends, das sich mit einem Lächeln, einem tro- ckenen Scherz, einem leisen Lachen vermischte, trotz des Chloroforms. Er fand, Blanche sollte auch ihm den Papiertrichter vor die Nase halten und ihn ein, zwei Mal daran schnüffeln lassen, um ihm Mut zu ma- chen. Aber nein. Er bekam keine Rückenstärkung. Er kriegte die ganze Sache voll ab, gerade so als würde er auf der Route 66 frontal gegen einen Lastwagen pral- len. Unter dem Haus hatte er einen halben Pint Whis- key versteckt, aber die Schweine hatten die Flasche umgestoßen und die Hunde den Inhalt aufgeleckt.

Obwohl direkt hinter der Wand ein so heftiger Schneesturm blies, vergoss er eine Gallone Schweiß in der Minute. Er umfasste den Besen und zog ihn in seine Richtung, damit Ellas Hände etwas hatten, wor-

257

an sie sich festhalten konnten. Seine Schuhe schlidderten geräuschvoll über den Boden, und die Fußabdrücke, hätte man sie entwirren und aneinanderreihen können, hätten vom Bett bis nach Amarillo gereicht. Mehrmals kam ihm der Gedanke, Blanche sei ein für die Mauern des Himmels zu weise gewordener Engel, der in einem großen Wind herabgeflogen war, um jedes Haus auf diesen Hochebenen zu wärmen. Innerlich war er stolz auf seine Leistung und lächelte Blanche immer wieder zu, um ihr zu sagen: »Ich tu mein Teil.« Blanche lächelte noch stolzer zurück, als wollte sie sagen: »Ich hätte den Besenstiel einfach ans Kopfteil des Bettes binden können, dann würden Sie auf und ab gehen und den Verstand verlieren. Ich habe Ihnen den Besen in die Hand gedrückt, damit Sie etwas zu tun haben, und sieh einer an, inzwischen kämpfen Sie schon seit über einer Stunde mit ihm. Und bleiben mir aus den Füßen!«

Tike sah einen Schleier nasser Haut auf dem Kopf des Babys und musste an die Tausende Male denken, da er seine Leute hatte sagen hören: »Dieses Kind wird mit Kräften und mit Kenntnissen begabt sein, weil es mit einem Schleier über dem Gesicht geboren wurde.« Oder: »Diese Frau kennt die Vergangenheit, die Gegenwart und die Zukunft, und sie kann deine Gedanken lesen, weil sie eine verschleierte Geburt hatte.« Hunderte solcher Sprüche hatte er sie sagen hören. Wie viel er davon glaubte, wusste er in diesem Augenblick selbst nicht, aber als er den unverkennbaren Schleier über Kopf und Gesicht sah, fühlte er den

Stolz der Plains wie einen Wind durch sich hindurch-
wehen.

Schon waren die Schultern zu sehen, der Bauch
kam schneller, die Hüften etwas langsamer, dann legte
Blanche ihre Hände flach unter den Rücken des Babys
und hob ohne größere Anstrengung seine Beine heraus. Je schneller es sich herausbewegte, desto besser
fühlte sich Tike. Mit jedem Zoll, den das Baby aus Ella
heraus in Blanches Hände glitt, durchlebte er mehrere
Jahre seines Lebens. Und Blanche schien sich in dem
Zimmer so heimisch und behaglich zu fühlen, wie
Grandma Hamlin sich gefühlt haben musste. »Wird
sie's fallen lassen? Lass es nich runterrutschen. Halt's
fest. Mach's nich kaputt. He, du lässt den Kopf zu weit
nach hinten sacken. Pass auf die Füße auf, die sind ja
ganz mit Schmiere bedeckt. Was is n das für Zeug?« Er
spürte, wie Ella May den Stiel des Besens losließ, und
sah ihre Hände aufs Kopfkissen sinken. Da stellte er
den Besen in die Ecke und trat ein paar Schritte um
Blanches Rücken herum an die Bettkante. Er versuchte, alles auf einmal zu erfassen, dann schüttelte er
so lange den Kopf, bis er seinen Atem unter Kontrolle
hatte, und fragte Blanche: »Pppssssttt. Was is n das
alles für extra Zeug da? Gott. Irgendwas is furchtbar
schiefgegangen.« Er nickte zu dem Baby hin. Blanche
bettete den Kopf des Babys auf Ellas Schenkel, säu-
berte sein Gesicht und rieb mit der linken Hand Ella
Mays Bauch. Als Tike drei oder vier große fleischige
Organe, Darmstränge und geplatzte Wasserblasen sah,
hatte er das Gefühl, als ob Sonne und Monde von hun-

dert Sonnenstichen durch seine Augen segelten, und als er sah, wie sich durch die äußeren Schamlippen mehr und mehr Gewebe aus Ella Mays Schoß hervorarbeitete, fühlte er sich noch schwächer. Überall auf Blanches Händen und Armen, auf dem Baby, auf Ella Mays Schenkeln und Hüften war eine fettige Schmiere zu sehen, und um den Leib des Babys auf der Gummiunterlage hatten sich Lachen gebildet, tief wie Dominosteine. Er atmete so laut und schluckte so schwer, dass Blanche ihn hörte. Sie wusste, weshalb er beunruhigt war, und sagte zum Scherz: »Vielleicht wär's gut, wenn Sie auch mal an dem Chloroform riechen.«

»Ja.« Tike nahm den Scherz ernst. Er hielt sich das Papier mit der Watte vor die Nase und atmete tief ein. »Puh! Gott! Was für n Geruch. Ahhh. Stimmt was nich? Was is n das Zeug da? Alles in Ordnung, Blanche?« Er zeigte auf das Bett.

Blanche sah seinen Finger zittern und antwortete ihm: »Ja. Das ist die Nachgeburt. Alles in Ordnung. Gleich kommt noch mehr. Legen Sie das Chloroform weg. Sonst schweben Sie mir noch durch die Decke davon.«

»Ich wünschte, ich könnt's«, erwiderte ihr Tike.

»So sollte Ihnen aber nicht zumute sein. Seien Sie nicht so niedergeschlagen. Schauen Sie nur. Sie sind der stolze Vater eines schönen, großen, kerngesunden Jungen. Sehen Sie? Gesund und munter!« Sie hob das Baby wieder in die Höhe und entfernte alles überflüssige Gewebe. Mit beiden Händen hielt sie das Baby so hoch, wie die Nabelschnur es erlaubte. Dann blies sie

ihm ihren Atem ins Gesicht und versetzte dem kleinen
rot-violetten Körper mit der rechten Hand einen Klaps.
Tike machte einen Schritt und wollte ihr das Baby aus
den Armen nehmen, denn noch nie hatte er gesehen,
dass ein Kind so fest geschlagen wurde. Als er näher
trat, schob Blanche ihn mit dem linken Ellbogen bei-
seite und blies dem Baby noch einmal ins Gesicht.
»Komm, komm, komm. Komm, komm, komm. Aufwachen, aufwachen, aufwachen. Aufwachen, aufwachen,
aufwachen, du. Hier. Pssttt. Zeit zum Aufwachen.
Pust!« Und Tike hörte, wie sie fester und lauter auf die
runzlige dünne Haut des Körpers einschlug. »Pust.
Pust. Pust!« Blanche vollführte mit dem Baby rasche
Bewegungen.

Und als Tike Hamlin so dastand – gekränkt, verletzt, ängstlich, nervös, stolz, froh, elend –, zitterte in
seiner Seele mehr als nur die Hitze und die Kälte und
der Hagel und der Regen der schlammigen Plains.

Ein Geräusch kam. Ein Geräusch von allen Seiten
des Zimmers. Ein Geräusch von unter dem Bett, aus
dem Wandschrank, von der Treppe, selbst von seinem
Schlafplatz, aus den Sahnekannen, den Scheiben der
Zentrifuge, dem Tischtuch, der Lampenkugel. Das
Geräusch kam durch die Luft, mit den Geräuschen
des Nachtwinds draußen, dem Knacken von Eis und
Schnee, dem Knirschen von verharschten Graupeln,
hartgefrorenem Schnee – ein Schrei. Es war ein vom
Wind herbeigetragenes unregelmäßiges, zerklüftetes,
rasselndes Gebrüll. Es war eine Frau, die in Wasser ertrinkt, ein Mann, der in heißem Öl ertrinkt. Ein Hund,

der bei einem Bergrutsch vom Caprock stürzt. Eine Truthennenmutter, die kreischend drei ihrer von Lastwagenrädern erfassten Küken beklagt. Das letzte Todesröcheln, das einzige Geräusch der ledernen Eidechse unter einem herabgefallenen Felsbrocken. Das Geräusch von vertrockneten Heuschrecken auf dem Geäst der Büsche. Das laute Flattern von Wolken von Grashüpfern, die über der Ranch abdrehen. Ein kläffender Hund. Ein hungriger Kojote. Das Krächzen eines Karpfens, der frisst, ohne dass seine Flossen im Wasser sind, das Keuchen des Bussards nach einem Kopfschuss. Das Geräusch von frischen Sprösslingen, die den Frühlingsboden durchbrechen. Ein schlecht geöltes Karrenrad, ein quietschendes Scheunentor, das Klirren rostiger Sporen. Das Geräusch war ein Schrei, und der Schrei barg alle diese und andere Geräusche, alle Geräusche, alles Zischen, Bellen, Kläffen, Keuchen, Krächzen, Piepsen, Tschilpen, Schreien, Pfeifen, Ächzen, Brüllen und Stöhnen – all das vermengte sich in Tikes Kopf, als er das Kreischen der Knochen hinter seinen Schläfen hörte und sah, wie Blanche hoch über den glitschigen Wänden des Canyons sein Baby schüttelte. Und der Schrei wuchs aus den Wänden des Canyons und organisierte sich und wurde zu etwas so Weitem, so Hohem, so Großem, so Lautem, dass er die Bretter der Hütte durchschlug. Als es Tike allmählich dämmerte, dass das Geräusch aus Mund, Lunge und Bauch seines Babys dort über dem Bett kam, überwältigte ihn ein solches Gefühl des Stolzes, dass er sich vorkam wie der Amboss eines Huf-

schmieds, und in seiner Seele klangen hundert Häm-
mer. Und seinen eigenen Hammer hörte er auf allen
anderen Ambossen der Welt klingen. Stolz. Das ist nur
ein Wort, ein Laut, der sich der List von Zunge, Lippen, Zähnen verdankt. Und als das Baby das Gesicht
verzog und Tike es über Ella May brüllen hörte, fühlte
er sich wie ein Mensch, der auf Erden glücklich lebt.

Das Baby verzog das Gesicht zu allen möglichen
Grimassen, und Ella May lächelte durch die Nebel-
dünste des Chloroforms. Mit Daumen und Zeigefinger
kniff Blanche auf halbem Wege zwischen Ella Mays
Bauch und dem Bauch des Babys die Nabelschnur zusammen. Sie legte das Baby auf den Rücken, wo es
zappelte und gegen die Auffassungen der ganzen Welt
anbrüllte. Tike hatte nicht das Gefühl, in sich hinein-
zulächeln, denn Blanche schien in den Glutofen seines
Hirns einen Eimervoll glühend heißer Kohle geschüttet zu haben. Hurtig wie ein rennendes Kaninchen
hantierte sie mit beiden Händen auf der Gummiunterlage. Die verdauten Nährstoffe in der Nabelschnur
drückte sie zurück in Ellas Bauch und drei, vier Zentimeter weit zum Baby hin, dann hielt sie einen Finger fest unter die Nabelschnur und durchtrennte
sie mit einem Schnapp ihrer Schere. Die Enden, aus
denen sie die Nährstoffe herausgedrückt hatte, band
sie zu Knoten, so wie man die Darmsaite einer Violine
verknotet. Ella Mays Ende der Schnur wanderte
zurück in ihren Schoß. Tike sah, wie Blanche einen
weiteren Knoten näher am Bauch des Babys schnürte
und das überstehende Stück mit der Schere abschnitt.

Ein paar Zentimeter ließ sie vom Nabel herabhängen. Aus der leeren Nabelschnur rieselten ein paar Tropfen wässriger Flüssigkeit, doch für Tike war der Anblick wie der eines blutigen Wracks auf einer Schnellstraße.

»Wieso hängt n das lose Ende runter? He? Guck mal. Blanche. Da haste was vermasselt, oder? Allmächtiger Gott. Dazustehen und so was mit ansehen zu müssen, bringt n Mann glatt um. He. Tu was. Mach's fest. Das blutige lose Ende da. Guck doch.«

»Nicht so nah. Nicht so dicht am Bett atmen. Das lose Ende wird austrocknen und in wenigen Tagen abfallen. Dann sehen Sie nichts mehr davon. Nicht so nah. Nicht die Hand übers Bett halten. Keime.«

»Keime. Gottverdammte Keime. Das is alles, was ich von dir höre, seit du hier bist. Keime. Kein Keim nich hält mich davon ab, mein eignes Kind hochzunehmen. Keime. Keime.« Er trat zurück. »He. Ella. Lady. He. Wie fühlst du dich? Lady?«

Ella May blickte durch die Wimpern ihrer halb geschlossenen Augen. Von dem Chloroform wirkte sie noch immer leicht benommen. »Ist es. Ein Junge. Oder. Ein Mädchen?«

»Ein richtig hübscher großer Junge.« Blanche legte das Baby zwischen die Füße seiner Mutter und rieb seine Haut mit Öl ein. »Ein großer Rabauke.«

»Halt still, Grashüpfer!«, rief Tike. Er stand einen halben Meter vom Bett entfernt und beugte sich so weit vor, wie Blanche es zuließ.

Ellas Lippen waren heiß, feucht von dem Schweiß,

264

der ihrem ganzen Körper ein gesundes Rosa verlieh. »Ein Junge? Wer hat gesagt, ein Grashüpfer?«

Blanche schwieg und trug weiter Öl auf. Als sie seine Gliedmaßen einrieb und liebkoste, gurrte und lächelte das Baby vor Zufriedenheit.

»Ich hab ihn n kleinen Grashüpfer genannt. Ein Junge, Lady. Der hübscheste Kerl, den ich je gesehn hab. Hör nur, wie er gurrt. Guck mal, wie der streitlustige kleine Gauner lächelt, wenn Blanche, wenn n hübsches Mädel ihm den Bauch reibt. Ja. Ha. n Junge! Jawohl. n richtiger Junge und n ganzer Kerl. Gott, du solltest ihn sehn, Lady.« Tike hatte eine Art Tanz erfunden, einen Tanz, wie ihn einer der frühen Stämme, die jetzt im Schiefer des Caprock begraben waren, getanzt haben musste, vielleicht den schlichtesten Tanz der Welt und einen der anmutigsten. Einen Tanz, bei dem man ganz still steht. Tikes Füße bewegten sich nicht, doch alles andere an ihm tanzte auf dem Boden, in der Tür und an Flussmündungen. Das Zimmer tanzte mit ihm, und als er Ella May betrachtete, die dort auf ihrem Bett atmete und sich leise bewegte, sah er, dass ihr Gesicht, ihre Augen, ihre Gedanken zur Hütte hinaustanzten. Tike musste stehen bleiben. Er wollte nicht noch weiter weg, und Blanche würde ihm nicht erlauben, seine Keime näher ans Bett zu schleppen, und so stand er wie angewurzelt da und wiegte sich auf jede erdenkliche Weise.

»Aber. Es kann kein Grashüpfer sein«, flüsterte Ella May. »Das geht doch gar nicht.«

»Hören Sie auf, sich Sorgen zu machen.« Blanche

wickelte das Baby in eine weiße Flanelldecke und legte es auf die Bettdecke. »Helfen Sie mir, die Gummiunterlage unter ihr herauszuziehen.«

Stück für Stück, Zentimeter für Zentimeter zogen die beiden die Gummiunterlage unter Ella Mays Hüften, Rücken, Schultern, Beinen und Füßen hervor. Sie hoben, stützten, hielten Ella May, damit die schwachen Muskeln ihres Körpers kein Gewicht tragen mussten.

Sobald Blanche die Gummiunterlage zu einem Bündel zusammengerollt hatte, trug sie sie zur Tür. Während sie ihm den Rücken zuwandte, schlich Tike näher ans Bett und fuchtelte mit den Händen ganz närrisch vor dem Kind und vor Ella May herum. Er ahmte die Geräusche nach, die ihm beim ersten Schrei des Babys in den Ohren geklungen hatten: »Oggle ma google dee boogle ma stoofge. Iggle dee wiggle ma jiggle dum bittle. Unky de dunk. Unku de dunk. Blamm. Whammm. Singo blingo blango. Clunkity clink. Blinkety blink. Ha. He! Seht her! Ich bin Vater! Heja! Du verdammter Schneesturm da draußen, guck, jetzt is dir der Stachel gezogen. Juhu!« Er trommelte sich mit den Fäusten auf die Brust, bis sein Unterhemd fast in Fetzen an ihm hing, und brüllte: »Juhu! Verdammt, ich bin Papa! Daddy. Vaaater! He, Lady, ich bin Vaaater!«

Ella May lächelte nur zu ihm auf, dann auf den Jungen in seiner Decke herab. Sie lächelte ihre beiden Jungen auf die gleiche Art an. Ihr Gesichtsausdruck war derselbe für Tike und für den Grashüpfer. Sie fühlte sich freier, lockerer, leichter, seit das vier Kilo

266

schwere Baby samt allem Drum und Dran aus ihrem Bauch verschwunden war. Das Chloroform trieb noch immer wilde Schneeverwehungen und sommerliche Wirbelwinde durch ihren Kopf. Ein bisschen hatte sie das Gefühl, als ob sich Tike die Geburt zu sehr als sein eigenes Verdienst anrechnete, aber sie freute sich so sehr für ihn, dass sie ihm erlaubte, ihr die Show zu stehlen. Sein Tun erfrischte sie, und sie atmete tiefer durch, begann Füße und Beine zu bewegen und spürte die angenehme Hitze ihrer Haut auf dem grauen Baumwolllaken. Die Gummiunterlage war kalt gewesen. Tike wollte gleichzeitig mit dem Baby spielen und Ella May zudecken, doch Blanche legte ihm die Hand auf die Schulter und sagte: »Nehmen Sie Ihre Keime und bleiben Sie zurück.«

»Eins sag ich euch hier und jetzt«, wandte sich Tike an alle drei. »Wenn das kalte Wetter vorbei is, pflügen ich und der kleine Grashüpfer da n Stück Wurzelboden, dann formen wir n paar große fette Lehmziegel und bauen uns n Haus aus Erde. Und das wird so dicke Mauern haben, dass kein Wind nich rein kann, dass keine Schädlinge reinkriechen können, dass kein Wetter nich rein kann und dass ganz bestimmt keine verdammten alten Keime reinplatzen und auf mich draufhüpfen und mich von meiner Frau und meinem kleinen Grashüpfer da abhalten können. Das kann ich euch sagen, euch allen!« Und er wedelte mit den Fäusten im Zimmer.

Ella Mays Bauch schwappte auf und ab, so sehr musste sie lachen.

Blanche fand, dass Tike in dieser Phase seiner Show etwas zu viel Lärm machte, und auf der Suche nach etwas, was sie ihm zu tun geben könnte, ließ sie den Blick durchs Zimmer wandern. Es musste etwas sein, das ihn wenigstens ein paar Minuten lang ablenkte, damit sie Zeit hatte, das Baby neben Ella May aufs Kopfkissen zu legen. Warte. Was war es noch gleich? Ach ja. »Tike.«

»Bei Gott und allen Hakenwürmern, ich werd Mauern haben, so dick wie die Waschbank da. Oder noch dicker. Mein Haus wird so dick sein, dass nix es jemals einreißen könnt. Und die verdammten armseligen kleinen Keime werden kein einziges Löchlein zum Reinschlüpfen finden!«

»Tike. Würden Sie bitte aufhören, dauernd auf und ab zu gehen, bitte? Das ganze Bett wackelt.«

»Mein Haus wird nich wackeln. Nächstes Jahr um diese Zeit wird kein Bett nich wackeln. Wirst schon sehen, brauchst nur herkommen und den Kopf zur Tür reinstecken. Kannst springen, gegen die Wand dotzen, gegen die Decke prallen, kannst machen, was du willst, und das Haus da langt bloß nach unten, grapscht sich n Klumpen Erde und sagt: Teufel noch eins, mein Boden wackelt nich, da kannste noch so fest auftreten. Verstehste? Ich mein's ernst. Dem alten Woodridge werd ich den Morgen Land am Caprock abkaufen und ihm seinen Preis zahlen. Ich krieg das Geld schon. Das Geld kann ich kriegen. Keine Bange. Nur keine Bange.« Und er trat so fest auf, dass das Bett noch mehr wackelte.

»Nehmen Sie Ihre Schaufel und vergraben Sie die Nachgeburt. Ich gebe Ihnen eine Arbeit draußen im Hof. Da können Sie rumlaufen, wenn Sie unbedingt rumlaufen müssen.« Blanche machte sich am Bett zu schaffen. Sie richtete dies, glättete das. Legte etwas an seinen Platz. »Beeilen Sie sich. Sonst stinkt noch das ganze Haus.«

»Du glaubst mir nich, oder? Ich mein das mit dem Haus aus Erde. Wie? Du glaubst nich, dass n abgerissener alter Naturalpächter wie ich aus ner beschissenen alten Bruchbude wie der hier n schönes Erdhaus mit großen, dicken Mauern machen kann, oder?«

»Ich weiß es nicht, Tike.« Blanche hatte das Gefühl, dass er seine Worte an die falsche Person richtete. Aber sie hatte sich schon daran gewöhnt, dass ihre Klienten mit all ihren Sorgen und Hoffnungen zu ihr kamen, nur weil sie ihre Hände dazu ausgebildet hatte, ein Baby aus dem Bauch einer Frau zu holen. »Woher soll ich das wissen? Ich glaube nicht, dass jemand, der wirklich Mut hat, so tief sinken würde, dass er auch nur eine Minute länger in einer dreckigen alten Mausefalle wie dieser hier wohnen bleibt. Aber was Ihr Traumhaus angeht, Ihr sogenanntes Haus aus Erde, nun, wo es stehen soll, weiß ich nicht. Ich scheine gerade nicht richtig sehen zu können. Warten Sie einen Moment, bis ich das Baby zu seiner Mutter gelegt und es gut zugedeckt habe, so, und wenn Sie jetzt rausgehen, öffnen und schließen Sie die Tür sehr, sehr schnell, damit nicht zu viel Zugluft entsteht. Beeilen Sie sich. Und mummeln Sie sich gut ein. Und,

Tike, wenn Sie zurückkommen, vergessen Sie nicht, mir zu sagen wie kalt es draußen ist. Da ist die Gummi-unterlage, da bei der Tür. Tragen Sie sie zusammen-gerollt, verschütten Sie nicht den Inhalt im Hof. Und Vorsicht an der Tür.« Sie beugte sich über das Baby und Ella May, um sie vor dem kalten Luftzug zu schüt-zen, der eine Sekunde lang durchs Haus schoss, als Tike hinausging.

»Wie gefällt er Ihnen?« Blanche hob den Jungen in Ellas Blickfeld.

»Er wirkt jetzt schon zäh wie Leder, oder?« Ella Mays Stimme klang bereits tiefer. »Außer, dass seine Haut ganz runzlig ist. Stimmt was nicht mit ihm? Siehst du? Da an den Knien und am Hals und überall. Mit seiner vertrockneten und runzligen Haut sieht er eher wie eine Echse vom Caprock aus als wie mein Sohn.«

Blanche hielt ihn in ihren Händen und musterte ihn von oben bis unten. Er strampelte, stieß Dinge mit dem Ellbogen aus dem Weg und gab den Schiffen, die sich in sommerlichen Luftspiegelungen verloren ha-ben, geheime Zeichen. Er ballte beide Fäuste und fuchtelte mit ihnen in der Luft herum. »Offenbar se-hen wir zu Anfang alle aus wie Canyon-Echsen, Unge-heuer, Schlangen oder Fische, wie Babyelefanten oder so. Aber es wird Ihre Aufgabe sein, Mrs Hamlin, dafür zu sorgen, dass er aus alledem rauswächst und ein Mann wird.«

»Weißt du, Blanche, als ich mit diesem Äther oder Chloroform betäubt war …«

»Chloroform.«

»Was immer es war. Ich hatte die verrücktesten Träume. Visionen.«

Beide hörten sie durch den Wind, wie Tike die große Schaufel klirrend in die granithart gefrorene Erde stieß.

»Ja.«

»Ich sah, wie das kleine alte irre vergammelte Zimmer sich immer schneller drehte und dann explodierte. Explodierte. Wie ein großer Knallfrosch. Und dann sah ich Tike. Er rannte wie verrückt herum, wollte die Teile einfangen und wieder zusammensetzen. Und ich habe zu ihm gesagt: ›Tike, du bist der verrückteste Mann, der je gelebt hat, das Haus ist doch schon explodiert und kilometerhoch in die Luft geflogen, und alles ist kaputt und in Millionen Stücke zerfetzt. Lass es gut sein. Du bist doch verrückt, für nichts und wieder nichts über die Plains zu hetzen.‹ Aber wir haben kein anderes Haus, in das wir umziehen könnten«, sagte Ella May und redete weiter in Bruchstücken von ihrer Vision. »Und ich denke, der Schrotthaufen hier ist immer noch besser, als das Baby draußen im Eis des Schneesturms zu kriegen. Horch. Horch. Hörst du das? Das ist Tikes Hammer, ich meine Tikes Schaufel, die da auf dem Boden klirrt. Das gibt dir eine gute Vorstellung davon, wie hart die Erde gefroren ist. Hörst du's?«

Und in den vier Wänden des Zimmers vermischten, vermengten, vereinten sich Blanches Atem, Ella Mays heftigerer Atem und die peitschenden Geräusche des Sturms mit dem Klirren der Schaufel, dem Flackern der Lampe, den Geräuschen aus dem Mund des Grashüpfers.

»Wie eine so dünne, baufällige Bruchbude wie die hier dem Gewicht von so viel Wind, von so viel Schnee standhalten kann, ist ein Geheimnis, ein Geheimnis, das ich nie ergründen werde. Der liebe Gott wird wohl die Südseite drüben mit der rechten Schulter hochhalten.«

»Über den lieben Gott weiß ich nichts.« Blanche setzte sich, so behutsam sie konnte, neben Ellas Füße auf die Bettkante. Sie lächelte, denn das Geschrei des Jungen klang bereits klarer und gesünder, er hatte etwas von dem Speichel, Schleim und Sabber ausgespuckt, der ihn hatte röcheln und zischen lassen. Blanche war stolz auf ihre Arbeit. Sie hatte immer das Gefühl, ihr sei ein Gewicht von den Schultern genommen, so groß wie das, das sie aus dem Bauch einer jeden Mutter entfernte. Sie rieb mit den Fingern über den Flausch der obersten Decke, schaute dabei aber den Jungen an. »Ich glaube, der liebe Gott oder Jesus hätte diese Hütte längst mit einem Klaps seiner Hand zertrümmert. Und er hätte Mister Woodridge längst befohlen, Ihnen zu erlauben, dass Sie Ihr Haus aus Erde hier an dieser Stelle bauen. Wenn der liebe Gott seinen Kopf durchsetzen könnte, wäre Ihr Baby nicht in diesem Loch der Krankheit und des Todes zur Welt gekommen, sondern in Ihrem warmen, gesunden neuen Haus aus Erde.«

»Aber was würde Woodridge sagen, wenn Jesus aus

dem Schneesturm nach unten langen und diese Hütte zertrümmern würde?«

»Ich schätze, Woodridge würde die Abgeordneten, die Polizei, die Stadtverwaltung, Coxley's Army und alle Alligatoren und gelben Hunde zusammentrommeln und Jesus in Eis und Schnee aufspüren lassen und für ein, zwei Jahre wegsperren. Und wenn Jesus versuchen würde, Ihnen beim Bau des anderen Hauses zu helfen, von dem Sie reden, ich weiß es nicht, aber ich glaube, dann würden sie ihn für fünfzig Jahre, für neunundneunzig Jahre wegsperren.«

»Würden sie bestimmt nicht. Dieser Verschlag hier ist keine zwei Spucketropfen von meinem Baby wert. Und für ein Haus aus Lehmziegeln, wie wir es bauen wollen, braucht man weniger Geld als für diese Einzimmerklitsche. Meinst du wirklich, irgendjemand wäre dem lieben Gott böse, wenn er uns helfen würde, unser neues Haus zu bauen? Wer denn? So viel Geld ist es doch gar nicht, dass irgendjemand deswegen wütend würde. Das ist es nicht.«

»Das ist es.« Blanche bedeckte das Knie des Babys mit den Fingerspitzen. »Genau das ist es.«

»Genau was?«

»Was Sie eben gesagt haben. Weil das Erdhaus so stark ist, dass es noch in zweihundert Jahren stehen wird. Weil es fünfzig Zentimeter dicke Mauern hat. Weil es im Winter warm ist und im Sommer kühl. Weil es leicht zu bauen ist und jeder es bauen kann. Weil es keine Nickel frisst und keine Dollars trinkt und weil es nicht gestrichen werden muss und weil Sie sich nicht

Herz und Seele aus dem Leib ackern müssen und nicht jeden Penny in die Stadt tragen und Mister Woodridge auf den Schreibtisch legen müssen. Deswegen. Genau deswegen. Weil Ihr Haus sechs Zimmer haben könnte statt dieses einen Quadratmeters voller Krankheit. Weil Sie das Erdhaus in ein, zwei Jahren abbezahlen könnten und es Ihnen gehören würde. Weil es nicht denen gehören würde. Nach all den Jahren schröpfen sie doch die Leute immer noch: Pacht, Raten für dieses und jenes, für diese verrosteten, verrotteten Holzgerüste, die reinsten Feuerfallen. Wenn Jesus Ihnen helfen würde, sich aus dieser Falle zu befreien, würden sie ihn ins Gefängnis stecken.«

»Bei meiner Seele, ich kann nicht, ich kann einfach nicht glauben, dass irgendein Mensch auf dieser Welt eine solche Gemeinheit begehen könnte. Ich glaube, der alte Woodridge tut, was er tut, weil der liebe Gott ihm sagt, was am besten für ihn ist. Vielleicht hat der liebe Gott ihm gesagt, dass es nur gut und richtig ist, wenn er sein Land zusammenhält und keine Häuser darauf baut. Am Stück kann er es leichter bewirtschaften. Er kann seinen Traktor besser nutzen, Benzin sparen, das Saatgut kostet weniger, und schließlich können die Häuser für die Familien, die auf dem Land arbeiten, genauso gut drüben am Caprock gebaut werden, wo kein Weizen wächst. Unter dieser alten Hütte ist wunderbares Weizenland, und ich glaube, Woodridge hat völlig recht, wenn er sagt, dass er sie abreißen und das Land bestellen will. Dieser kleine Morgen hier wird jedes Jahr viele hungrige Mäuler füttern.«

Während sie redete, zog Ella das Baby näher zu sich heran, und bei jedem Wort drückte sie es leicht mit dem Arm. »Eigentlich wollte ich dich bitten, meine zweihundert Dollar morgen oder übermorgen in Woodridges Büro zu bringen und den Morgen Land drüben am Caprock zu kaufen.«

»Sie wissen, dass ich das gern für Sie tue.« Blanche sprach leise und sanft. Das Gespräch genau zu diesem Zeitpunkt war Ellas Nerven nicht eben zuträglich. »Woodridge tut wohl, was er für das Beste hält. Und für zweihundert Dollar den Morgen Land am Caprock zu kaufen, ist nicht verkehrt – nein, das habe ich nicht behauptet. Aber genau da werden Ihre Sorgen anfangen. Es wird ein harter Kampf werden. Ein Kampf mit dem Holzhändler, ein Kampf mit der Kreditfirma, weil Sie feststellen werden, dass Ihnen keine Bank auch nur einen Dollar leiht, damit Sie Ihr Erdhaus bauen können.«

»Ich habe vor dem schwierigen Teil keine Angst.« Die Geräusche des Jungen ließen ihre Augen lächeln. Ellas Gesicht legte sich in tiefe Falten, als sie nachdachte. »Aber Blanche, unser kleiner Grashüpfer muss unbedingt raus aus dieser Kiste. Und in unser anderes Haus. Und wenn es sein muss, kann ich kämpfen.«

»Manchmal frage ich mich«, fuhr sie fort. Blanche wollte, dass sie so wenig wie möglich redete. Ella brauchte Ruhe, keine Worte. Blanche stand auf und machte sich an den Eimern und Töpfen voll Wasser auf dem Herd zu schaffen. »Ich frage mich, ob es je

275

zu einem richtigen Kampf kommt. Manchmal hoffe ich es. Ich wünsche mir, dass die Familien, die ihr Leben lang hochverschuldet in diesen Abfallkübeln von Häusern wohnen, sich zusammenschließen und kämpfen, um aus diesem elenden Gestank und Schlamassel herauszukommen. Ich wünschte, sie würden merken, dass sie ihr sauer verdientes Geld für das Privileg ausgeben, in einem Sarg zu leben.«

»In einem Sarg?«

Ella regte sich im Bett. »Ein guter Sarg kostet mehr als ein Dutzend von diesen Hütten. Eine Grabstelle auf dem Friedhof kostet mehr. Ach, heutzutage ist es so teuer, zu sterben. Deswegen möchte ich ja weiter am Leben bleiben. Und ich möchte ein paar Leuten in der Umgebung zeigen, dass es einen Ausweg aus diesem Schlamassel gibt: ein besseres Haus bauen und nicht etwa seine Sachen packen und auf dem Highway abhauen. Ich werde diese Straße, die nirgendwohin führt, niemals nehmen. An einem klaren Tag kann ich draußen im Hof stehen und die Stelle sehen, wo ich geboren bin, ich kann die Stelle sehen, wo Tike geboren ist, ich kann die Stellen sehen, wo alle unsere Leute geboren sind. Und ich habe das Gefühl, ich würde völlig den Verstand verlieren, wenn ich eines Morgens irgendwo aufwachen würde, weit weg von hier, an einem Ort, wo ich aufstehen und hinausschauen und all das nicht sehen würde. Ich weiß nicht, welche Gestalt es annehmen wird, Arbeit oder Kampf, Schwitzen oder Frieren oder was immer, aber eins weiß ich. Ich bleibe hier.«

Um sie ein bisschen zu beruhigen, sagte Blanche: »Scht. Was ist das?«

Ella lauschte. »Tike singt. Immer wenn er den Klang von Eisen oder Stahl hört, singt er.«

»Hören Sie.«

Little grasshopper when he was a baby
Well, he hopped up on his mommy's knee
And he grabbed up a tractor in his right hand
Says, »Tractor be th' death of me! Oh, God!
Tractor be th' death of me!»

»Hör nur, wie er es hinbekommt, dass das Schaufel-klirren zu seinem Singen passt. Falls man es Singen nennen kann«, sagte Ella. »Eigentlich klingt es eher, als würde er im Sterben liegen oder so.«

Blanche lächelte bei ihrer Arbeit am Herd und lauschte.

The landlord he told the little Grasshopper
I'm gonna drive my tractor plow out on this farm
An' I'm a gonna drill that wheat on down, down, down.
I'm a gonna drill that wheat on down!

Die gefrorenen, brüchigen Töne von Tikes Lied dran-gen durch die Bretterritzen und die Tapete. Die Schaufel schlug gegen die vereiste Erde, und Blanche fiel auf, dass Tike ziemlich genau in demselben Takt sang, wie seine Schaufel klirrte:

Well the Grasshopper says to that landlord
You can drive your tractor all around
You can plow, you can plant, you can take in
your crop,
But you cain't run my earth house down, down, down!
No! You cain't run my earth house down!

DANKSAGUNG

Den Roman *Haus aus Erde* zum Leben zu erwecken, war eine sonderbare und wundervolle Erfahrung. Woody Guthrie besitzt einen so unverwechselbaren Schreibstil, dass wir zuweilen mit dem Geist des auf seine Schreibmaschine einhämmernden Mannes aus Oklahoma selbst zu kommunizieren schienen. Seine geistige Energie wird auf diesen Seiten höchst lebendig. Wer wie wir beschließt, »Woodyland« zu betreten, verlässt es als ein anderer. In der Wüste nahe den Chisos Mountains steht ein altes Haus, in dem sich Guthrie einst zusammen mit seinem Vater, seinem Bruder und Onkel Jeff verkrochen hatte. Wenn man die Ruine besucht, kann man den Geist dieses Romans mühelos heraufbeschwören.

Irgendwann im Jahre 1947 setzte Guthrie sich an seine Schreibmaschine und fand den richtigen »Groove«, um *Haus aus Erde* abzufassen. Wir haben unser Bestes getan, den Roman so zu lektorieren, wie Woody es unserer Meinung nach selbst gewünscht hätte. Wir haben einige wenige kosmetische Veränderungen vorgenommen, Rechtschreibfehler korrigiert und zwei Absätze geringfügig umgeschrieben. Wir spielten mit dem Gedanken, den Roman mit Anmerkungen zu versehen, beschlossen dann aber, Woodys kühne Prosa ohne jegliche akademische Prätentionen singen zu lassen.

Unser Partner bei der Veröffentlichung von *Haus aus Erde* ist die gemeinnützige Woody Guthrie Foundation mit Sitz in Mount Kisco, New York. Sämtliche Erlöse aus diesem Buch kommen der Stiftung zugute. Wir sind noch keiner Nachlassverwaltung begegnet, die so professionell und so liebevoll zu Werke geht. Direktorin der Stiftung ist Woody Guthries Tochter Nora, die es sich zur Lebensaufgabe gemacht hat, alles, was mit ihrem Vater zu tun hat, zu bewahren und zu zelebrieren. Mit ihr zusammenzuarbeiten ist eine Freude. Ihre Familie im Himmel dürfte auf sie herablächeln.

Durch Nora lernten wir Tiffany Colannino (Archivar) und Barry Oilman (Kunstsammler aus Denver) kennen. Mit beiden war die Zusammenarbeit ein Genuss.

Zwei bedeutende Guthrie-Forscher haben unsere Einführung und Guthries Roman gegengelesen: Guy Logsdon in Tulsa, Oklahoma, und Professor Will Kaufman von der University of Central Lancashire, Verfasser der Studie *Woody Guthrie, American Radical*. Heather Johnson, Direktorin der Northport (NY) Historical Society, half uns dankenswerterweise, Guthries Beziehungen zur Roosevelt-Administration besser zu verstehen. Robert Santelli, Impresario des Grammy Museum, teilte an jedem Punkt der Wegstrecke seine mühsam erworbenen Kenntnisse mit uns. Auch von Guthries beiden großen Biographen Ed Cray und Joe Klein haben wir sehr profitiert. Bob Dylan und Jeff Rosen gaben uns nach ihrer Lektüre des Manuskripts kluge Hinweise.

Was die Herstellung betrifft, so gilt unser besondererer Dank Virginia Northington in Austin, Texas, die uns bereitwillig geholfen hat, das Manuskript für die Veröffentlichung vorzubereiten. Im Verlag HarperCollins arbeiteten wir mit Jonathan Burnham und Michael Signorelli zusammen. Sie waren fantastisch. In der Welt von Infinitum Nihil gilt unser besonderer Dank Christi Depp, Stephen Deuters, Joel Mandel und Mike Rudell. Das Hörbuch wurde bei Tequila Mockingbird in Austin und bei Infinitum Nihil in Los Angeles aufgenommen (ein Dankeschön an Shayna Brown).

Nach der Entdeckung des Romans arbeiteten wir zunächst mit Pamela Paul und Sam Tanenhaus von der *New York Times Book Review* zusammen. Sie redigierten unsere unter dem Titel »This Land Was His Land« gemeinsam verfasste Ankündigung des Romanfundes, deren Erscheinen fast genau auf den hundertsten Geburtstag des Troubadours fiel. Für die Zusammenarbeit hätten wir kein besseres Team finden können.

Douglas Brinkley und Johnny Depp
Albuquerque, New Mexico

AUSWAHLBIBLIOGRAPHIE

Brower, Steven / Guthrie, Nora: *Woody Guthrie Artworks*. New York, NY: Rizzoli, 2005.

Butler, Martin: *Voices of the Down and Out. The Dust Bowl Migration and the Great Depression in the Songs of Woody Guthrie*. Heidelberg: Winter, 2007.

Cohen, Ronald: *Woody Guthrie. Writing America's Songs*. New York, NY: Routledge, 2012.

Cossart, Axel von: *Woody Guthrie. (Hobo und Folk-Idol)*. Köln: Voco-Ed., 1996.

Cray, Ed: *Ramblin' Man. The Life and Times of Woody Guthrie*. New York, NY: W. W. Norton, 2004.

Edgmon, Mary Jo Guthrie / Logsdon, Guy: *Woody's Road. Woody Guthrie's Letters Home, Drawings, Photos and Other Unburied Treasures*. Boulder, CO: Paradigm Publishers, 2012.

Garman, Bryan K.: *A Race of Singers. Whitman's Working Class Hero from Guthrie to Springsteen*. Chapel Hill, NC: University of North Carolina Press, 2000.

Guthrie, Nora: *My Name Is New York. Ramblin' Around Woody Guthrie's Town*. Brooklyn, NY: PowerHouse Books, 2012.

Guthrie, Woody: *American Folksong*. Hrsg. v. Moses Asch. New York, NY: Disc Company of America, 1947.

ders.: *Born to Win*. Hrsg. v. Robert Shelton. New York, NY: Macmillan, 1965.

ders.: *Bound for Glory*. New York, NY: E. P. Dutton, 1943. Deutsche Ausgabe: *Dies Land ist mein Land. Autobiografie*. Mit Zeichnungen des Autors und einem Vorwort von Billy Bragg sowie einem Nachwort von Michael Kleff. Deutsch von Hans-Michael Bock. Hamburg: Nautilus, 2001, ²2012.

ders.: *Every 100 Years. The Woody Guthrie Songbook*. Hrsg. v. Judy Bell, Anna Canoni und Nora Guthrie. New York, NY: Hal Leonard, 2012.

ders.: *Folks Songs von A-Y. 193 Lieder mit Noten*. Übersetzt von Harry Rowohlt. Dazu Zeichnungen von Woody Guthrie und ein Vorwort von Pete Seeger. Frankfurt am Main: Zweitausendeins, 1977.

ders.: *Pastures of Plenty. A Self-Portrait*. Hrsg. v. Dave Marsh u. Harold Leventhal. New York, NY: HarperCollins, 1990.

ders.: *Roll On Columbia. The Columbia River Songs*. Hrsg. v. Bill Murlin. Washington, DC: Department of Energy, 1988.

ders.: *Seeds of Man. An Experience Lived and Dreamed*. New York: E. P. Dutton, 1976.

ders.: *Woody Guthrie Folk Songs. A Collection of Songs by America's Foremost Balladeer*. Hrsg. v. Pete Seeger. New York, NY: Ludlow Music, 1963.

ders.: *Woody Guthrie Song Book*. Hrsg. v. Harold Leventhal u. Marjorie Guthrie. New York, NY: Grosset & Dunlap, 1976.

ders.: *Woody Sez*. Hrsg. v. Marjorie Guthrie, Harold Leventhal, Terry Sullivan u. Sheldon Patinkin. New York, NY: Grosset & Dunlap, 1975.

Hampton, Wayne, *Guerrilla Minstrels. John Lennon, Joe Hill, Woody Guthrie, Bob Dylan*. Knoxville, TN: University of Tennessee Press, 1986.

Jackson, Mark Allan: *Prophet Singer. The Voice and Vision of Woody Guthrie*. Jackson, MS: University Press of Mississippi, 2007.

Kaufman, Will: *Woody Guthrie, American Radical*. Chicago, IL: University of Illinois Press, 2011.

Kleff, Michael (Hrsg.): *Hard Travelin'. Das Woody Guthrie Buch. Songtexte und Essays*. Heidelberg: Palmyra, 2002.

Klein, Joe: *Woody Guthrie. A Life*. New York, NY: Alfred A. Knopf, 1980. Deutsche Ausgabe: *Woody Guthrie. Die Biographie*. Aus dem Amerikanischen von Martin Bauer und Christa Hohendahl. München: List, 2001.

Logsdon, Guy: »Poet of the People«. In: Woody Guthrie: *Woody Sez*. Hrsg. v. Marjorie Guthrie, Harold Leventhal, Terry Sullivan u. Sheldon Patinkin. New York, NY: Grosset & Dunlap, 1975. S. xi-xviii.

ders.: »Woody Guthrie. A Biblio-Discography«. In: Robert Santelli / Emily Davidson (Hrsg.): *Hard Travelin'. The Life and Legacy of Woody Guthrie*. Hanover, NH: University Press of New England for Wesleyan University Press, 1999. S. 181–243.

ders.: »Woody Guthrie and His Oklahoma Hills«. In: *Mid-America Folklore*, 19. Jg. 1991. H. 1. S. 57–73.

Lomax, Alan / Guthrie, Woody / Seeger, Pete: *Hard Hitting Songs for Hard-Hit People*. Lincoln, NE: University of Nebraska Press, 2012.

Longhi, Jim: *Woody, Cisco, and Me. Seamen Three in the Merchant Marine*. Chicago, IL: University of Illinois Press, 1997.

Mueller Coombs, Karen: *Woody Guthrie. America's Folksinger*. Minneapolis, MN: Carolrhoda Books, 2002.

Mürdter, Barbara: *Woody Guthrie. Die Stimme des anderen Amerika*. Berlin: Verlag Neues Leben, 2012.

Partington, John S. (Hrsg.): *The Life, Music and Thought of Woody Guthrie. A Critical Appraisal*. Burlington, VT: Ashgate, 2011.

Partridge, Elizabeth: *This Land Was Made for You and Me. The Life and Songs of Woody Guthrie*. New York, NY: Viking Books, 2002.

Santelli, Robert: *This Land Is Your Land. Woody Guthrie and the Journey of an American Song*. Philadelphia, PA: Running Press, 2012.

ders. / Davidson, Emily (Hrsg.): *Hard Travelin'. The Life and Legacy of Woody Guthrie*. Hanover, NH: University Press of New England for Wesleyan University Press, 1999.

Yates, Janelle: *Woody Guthrie. American Balladeer*. Staten Island, NY: Ward Hill Press, 1995.

AUSWAHLDISKOGRAPHIE

The Asch Recordings, 4 vols. Vol. 1: *This Land Is Your Land*, Vol. 2: *Muleskinner Blues*, Vol. 3: *Hard Travelin'*, Vol. 4: *Buffalo Skinners*. Smithsonian Folkways, 1999.

Ballads of Sacco and Vanzetti. Smithsonian Folkways, 1996.

The Columbia River Collection. Rounder Records, 1987.

Dust Bowl Ballads. Buddha Records, 2000.

Library of Congress Recordings. Rounder Records, 1988.

The Live Wire Woody Guthrie. Woody Guthrie Foundation, 2007.

Long Ways to Travel. The Unreleased Folkways Masters, 1944–1949. Smithsonian Folkways, 1994.

The Martins and the Coys. The Alan Lomax Collection. Rounder Records, 2000.

My Dusty Road. Rounder Records, 2007.

Nursery Days. Smithsonian Folkways, 1992.

Songs to Grow On for Mother and Child. Smithsonian Folkways, 1991.

Struggle. Smithsonian Folkways, 1990.

Woody at 100. The Woody Guthrie Centennial Collection. Smithsonian Folkways, 2012.

Woody Guthrie Sings Folk Songs. Smithsonian Folkways, 1989.

NEUE MUSIK AUS DEM
WOODY-GUTHRIE-ARCHIV

Billy Bragg and Wilco: *Mermaid Avenue. The Complete Sessions*. Nonesuch Records, 2012.

Jonatha Brooke: *The Works*. Bad Dog Records, 2008.

Bob Childers, Jimmy LaFave, Joel Rafael, Slaid Cleaves, Eliza Gilkyson, Sarah Lee Guthrie and Johnny Irion, Ellis Paul, Kevin Welch, Michael Fracasso: *Ribbon of Highway, Endless Skyway*. Music Road Records. 2008.

Jay Farrar, Yim Yames, Anders Parker, and Will Johnson: *New Multitudes*. Rounder Records, 2012.

The Klezmatics: *Wonder Wheel and Happy Joyous Hanukkah*. Jewish Music Group, 2006.

Joel Rafael: *The Songs of Woody Guthrie*. Inside Recordings. 2009.

Rob Wasserman and Various Artists: *Note of Hope*. 429 Records, 2011.

Wenzel: *Ticky Tock*. Contrar Musik, 2003.

ZEITTAFEL

1878	Woodys Vater Charley Guthrie wird geboren.
1888	Woodys Mutter Nora Belle Sherman wird geboren.
1902	Charley Guthrie begegnet Nora Belle Sherman.
1905	24. NOVEMBER: Charleys und Noras erstes Kind Clara Edna Guthrie wird geboren.
1906	17. DEZEMBER: Charleys und Noras zweites Kind Roy Guthrie wird geboren.
1907	Die Familie Guthrie zieht nach Okemah, Oklahoma.
1912	Die Demokratische Partei nominiert Woodrow Wilson als Präsidentschaftskandidaten.
	14. JULI: Charleys und Noras drittes Kind Woodrow Wilson Guthrie wird geboren.
1913	Woodrow Wilson wird Präsident der Vereinigten Staaten.
	Die Familie Guthrie bezieht das »Old London House« in der South First Street in Okemah.
1918	FEBRUAR: Charleys und Noras viertes Kind George Guthrie wird geboren.
1919	MAI: Woodys ältere Schwester Clara Edna Guthrie kommt bei einem Brand ums Leben.

1922	In Cromwell, zwölf Meilen südwestlich von Okemah, wird Öl gefunden.
	MAI: Charleys und Norahs fünftes Kind Mary Josephine Guthrie wird geboren.
1923	Wegen der Ölfunde in Cromwell steigt die Einwohnerzahl von Okemah auf 15000.
1926	Charley schickt zwei seiner Kinder, George und Mary Jo, zu seiner Schwester Maude nach Pampa, Texas.
1927	Bei einem Brand wird Charley schwer verletzt. Nora Belle Guthrie wird in eine Klinik eingewiesen. Charley zieht zur Genesung nach Pampa. Woody bleibt mit Roy in Okemah.
1927–1929	Woody wohnt bei verschiedenen Familien in Okemah.
1929	JUNI: Woody zieht nach Pampa.
1930	Zusammen mit den Freunden Matt Jennings und Cluster Baker gründet Woody seine erste Band, das Corncob Trio.
	13. JUNI: Nora Belle Guthrie stirbt in einem Krankenhaus in Norman, Oklahoma.
1932	Die Große Depression erreicht ihren Höhepunkt.
1933	28. OKTOBER: Woody heiratet Mary Jennings (Scheidung 1940).
1935	14. APRIL: »Schwarzer Palmsonntag« (Staubsturm).
	NOVEMBER: Woodys und Marys erstes Kind Gwendolyn Gail Guthrie wird geboren.

1937	Woody verlässt Pampa und zieht nach Kalifornien, dem »Garten Eden.«
	JULI: Woodys und Marys zweites Kind Carolyn Sue Guthrie wird geboren.
	SEPTEMBER: Woody und seine Gesangspartnerin Maxine »Lefty Lou« Crissman sind zum ersten Mal auf Radio KFVD zu hören.
	DEZEMBER: Woody, Mary und die Kinder ziehen nach Glendale, Kalifornien.
1938	22. JANUAR: Woody, Mary und Allene Guthrie (Woodys Cousine) fahren nach Tijuana, Mexiko, um bei Radio XELO aufzutreten. Es wird ein Fehlschlag, und drei Wochen später ziehen sie zurück nach Kalifornien.
	18. JUNI: Woody und Maxine »Lefty Lou« Crissman beenden die *Woody & Lefty Show* bei Radio KFVD.
1939	MÄRZ: Der Roman *Früchte des Zorns* wird veröffentlicht. Im Erscheinungsjahr werden 420 565 Exemplare verkauft. Der Roman wird mit dem Pulitzer Prize und dem National Book Award ausgezeichnet.
	12. MAI: Im *Daily Worker*, dem offiziellen Organ der Kommunistischen Partei, erscheint die erste »Woody Sez«-Kolumne.
	JULI: Ed Robbins stellt Woody dem Schauspieler und Aktivisten Will Geer vor.
	SEPTEMBER / OKTOBER: Woody reist

mit Will Geer und anderen durch die USA, um bei der Organisation von Wanderarbeitern zu helfen.

7. OKTOBER: Woodys und Marys drittes Kind William Rogers Guthrie wird geboren.

1940   Woody und Mary treten als Komparsen in Pare Lorentz' Dokumentarfilm *The Fight for Life* auf.

FEBRUAR: Woody zieht nach New York City, wo er bei den Geers wohnt.

18. FEBRUAR: Bei einem Benefizkonzert für republikanische Flüchtlinge des Spanischen Bürgerkriegs macht Will Geer ihn mit dem Musikforscher Alan Lomax bekannt.

23. FEBRUAR: Während eines Aufenthalts im Hanover House in New York City schreibt Woody »This Land Is Your Land«.

3. MÄRZ: Bei einem vom John Steinbeck Committee to Aid Agricultural Organization veranstalteten Benefizkonzert für Wanderarbeiter hört Pete Seeger Woody zum ersten Mal singen.

21., 22., 24. MÄRZ: Woody macht mit Alan Lomax Tonaufnahmen für die Library of Congress in Washington, DC.

MAI: Woody spielt für RCA Victor seine *Dust Bowl Ballads* ein.

AUGUST: Woody tritt im Pilot zu der Serie *Back Where I Come From* bei Radio CBS auf.

NOVEMBER: Woody wirkt bei der Drama-
serie *Cavalcade of America* mit und wird
vom Columbia Broadcasting System ver-
pflichtet.

1941 JANUAR: Woody verlässt New York City
und zieht mit Mary und den drei Kindern
an die Westküste.

FEBRUAR: Woody erhält einen befriste-
ten Vertrag bei Radio KFVD in Los Angeles
und beginnt mit der Arbeit an einem Manuskript, das später unter dem Titel *Dies ist
mein Land* erscheint.

MÄRZ: Woody tritt beim International Wo-
man's Day Committee Tea auf.

3. APRIL: Woody tritt bei einem Benefizkonzert für arme Arbeiter aus Oklahoma in
Los Angeles auf.

4. APRIL: Woody tritt beim Barn Dance,
einem Benefizkonzert zugunsten der
Cannery und Agricultural Workers Union,
auf.

13. MAI: Woody beginnt Songs für einen
Film über Staudämme am Columbia River
zu schreiben; er verdient 266,66 Dollar.

JULI: Nach seiner Rückkehr nach New
York City schließt Woody sich einer Tour-
nee der Almanac Singers durch den Westen
an. Gemeinsam treten sie in Detroit, Chicago, Milwaukee, Denver und San Fran-
cisco auf.

7. JULI: Woody nimmt zusammen mit den Almanac Singers *Deep Sea Chanties* und *Sod Buster Ballads* auf.

AUGUST: Woody tritt bei einem Folkfestival in Asheville, North Carolina, auf.

7. DEZEMBER: Angriff auf Pearl Harbor.

8. DEZEMBER: Die Vereinigten Staaten treten in den Zweiten Weltkrieg ein.

1942   JANUAR: In New York City nimmt Woody zusammen mit den Almanac Singers eigene Schallplatten auf. Bei einer Probe für *Folksay* (Choreographie: Sophie Maslow) im Almanac House begegnet er Marjorie Mazia.

JULI: Woodys Vorschlag, seine Kriegssongs aufzunehmen, wird von der RCA abgelehnt.

1943   FEBRUAR: Woody und Marjorie Guthries erstes Kind Cathy Ann Guthrie wird geboren.

MÄRZ: *Dies ist mein Land* wird veröffentlicht.

5. JUNI: Woody und seine Freunde Cisco Houston und Vincent »Jimmy« Longhi melden sich zur Handelsmarine.

Woody, Marjorie und Cathy beziehen das Haus 3520 Mermaid Avenue, Coney Island, New York.

1944   16., 19., 20., 24., 25. APRIL: Woody nimmt Songs für Moe Asch auf.

19. APRIL: Zusammen mit Cisco Houston nimmt Woody siebenundfünfzig Songs auf.

OKTOBER: Mit dem FDR Bandwagon, einer Gruppe von Musikern, die Frank D. Roosevelt unterstützen, tritt Woody in Chicago auf.

Woody spielt *Struggle* für Asch Records ein.

1945   MÄRZ: Woody nimmt Songs für Moe Asch auf.

10. MÄRZ: Mit Ben Botkin, Herbert Haufrecht, Richard Dyer-Bennet, Charles Seeger und Sonny Terry nimmt Woody an einer ganztägigen Konferenz über die Rolle der Folklore in einer Demokratie an der Elizabeth Irwin High School teil.

8. MAI: Woody wird zur Armee eingezogen.

13. NOVEMBER: Woody heiratet Marjorie Greenblatt Mazia (Scheidung 1953).

21. DEZEMBER: Woody wird aus der Armee entlassen.

1946   *Songs to Grow On* wird veröffentlicht.

Woody beginnt die Arbeit an seinem zu Lebzeiten unveröffentlichten Roman *Haus aus Erde*.

1947   Woody arbeitet weiter an *Haus aus Erde*.

FEBRUAR: Cathy Guthrie kommt bei einem Wohnungsbrand ums Leben.

10. JULI: Woodys und Marjories zweites Kind Arlo Guthrie wird geboren.

1948	JUNI–NOVEMBER: Woody und Cisco Houston singen für Henry A. Wallace's Präsidentschaftskampagne.
	25. DEZEMBER: Woodys und Marjories drittes Kind Joady Guthrie wird geboren.
1950	2. JANUAR: Woodys und Marjories viertes Kind Nora Guthrie wird geboren.
	FEBRUAR: Woody schreibt sich am Brooklyn College ein. Er belegt Kurse in Philosophie, Englisch, Spanisch und Antike Zivilisation.
1952	Woody zieht nach Topanga Canyon, Kalifornien, und begegnet Anneke Van Kirk.
1953	Woody heiratet Anneke Van Kirk (Scheidung 1955).
1954	Woody und Anneke bekommen eine Tochter namens Lorina Lynn.
	Woody geht freiwillig ins Brooklyn State Hospital.
1956	Woodys Vater Charley Guthrie stirbt.
	Bei Woody wird die Huntington'sche Krankheit diagnostiziert.
	17. MÄRZ: Die Pythian Hall veranstaltet ein Benefizkonzert zugunsten von Woodys Kindern, das den Folk Revival mit auslöst.
	MAI: Woody entlässt sich selbst aus dem Brooklyn State Hospital.
	Woody wird ins Greystone Hospital, New Jersey, eingewiesen.

1959	Bob und Sidsel Gleason laden Woody an Sonntagen zu Musiksessions mit Freunden zu sich nach Hause ein.
1961	Bob Dylan besucht Woodys Haus in Queens, New York, und wird zu Woody ins Krankenhaus gebracht.
	Woody wird ins Creedmore State Hospital verlegt.
1965	*Born to Win* erscheint.
1966	Woody erhält den Conservation Service Award des amerikanischen Innenministeriums.
1967	*Hard Hitting Songs for Hard-Hit People*, Woody Guthries zusammen mit Alan Lomax und Pete Seeger in den vierziger Jahren geschriebenes Songbuch, erscheint.
	3. OKTOBER: Woody Guthrie stirbt im Creedmore State Hospital, Queens, New York.
1968	Die Carnegie Hall veranstaltet ein »Tribute-to-Woody-Guthrie«-Konzert.
1976	*Seeds of Man* wird veröffentlicht.
1980	Joe Klein veröffentlicht *Woody Guthrie*, die erste Biographie.
1988	Woody Guthrie wird postum in die »Rock and Roll Hall of Fame« aufgenommen.
1996	In New York City wird das Woody-Guthrie-Archiv eröffnet.
1998	Unter dem Titel *Mermaid Avenue Volume 1* erscheint ein Album mit bislang unveröf-

fentlichten Texten Guthries, vertont von Billy Bragg und Wilco.

1999   Der Smithsonian Institution Traveling Exhibition Service kuratiert die Wanderausstellung *This Land Is Your Land. The Life and Legacy of Woody Guthrie*, die bis 2002 an verschiedenen Orten der USA gezeigt wird.

2000   FEBRUAR: Woody Guthrie erhält postum den »Life Time Achievement Award« der National Academy of Recording Arts and Sciences (NARAS).

2012   JUNI: Woody erhält postum den ersten »Songwriters Hall of Fame Pioneer Award«. JULI: Woody Guthries hundertster Geburstag. Die *New York Times Book Review* gibt den Fund des vollständigen Manuskripts von *Haus aus Erde* bekannt.

2013   FEBRUAR: Harper-Infinitum Nihil veröffentlicht *Haus aus Erde*.

Zeittafel: Woody Guthrie Archives.